THE ROAD TO SCIENCE FICTION

科幻之路

⑫

发明明天的人

[美国] 詹姆斯·冈恩 编著
James Gunn

刘思慧 等 译

译林出版社

图书在版编目（CIP）数据

发明明天的人 /（美）詹姆斯·冈恩（James Gunn）编著 ; 刘思慧等译. -- 南京 : 译林出版社, 2025. 1.（科幻之路）. -- ISBN 978-7-5753-0426-9

Ⅰ. I561.44

中国国家版本馆CIP数据核字第2024WD0383号

著作权合同登记号 图字：10-2023-21 号

发明明天的人 [美国] 詹姆斯·冈恩 / 编著 刘思慧 等 / 译

策　　划 姬少亭 李兆欣
统　　筹 吴荀东
责任编辑 小　小 宗育忍
翻译监制 东方木
装帧设计 孙逸桐
责任校对 王　敏
责任印制 闻媛媛

出版发行 译林出版社
地　　址 南京市湖南路 1 号 A 楼
邮　　箱 yilin@yilin.com
网　　址 www.yilin.com
市场热线 025-86633278
排　　版 南京展望文化发展有限公司
印　　刷 南京新世纪联盟印务有限公司
开　　本 880 毫米 × 1240 毫米 1/32
印　　张 7.5
插　　页 1
版　　次 2025 年 1 月第 1 版
印　　次 2025 年 1 月第 1 次印刷
书　　号 ISBN 978-7-5753-0426-9
定　　价 59.00 元

目 录

萌芽期：从弗兰肯斯坦到道廷

人们认识到，科学技术正在改变人类生存的本质，然后，第一次科技使人类能够掌握自己的命运，这使得作家们思考科学变革的过程。过程中人们创造出了一种文体，这一文体最终变成了今日全世界人人皆知的科幻小说。起初，变化似乎掌握在像中世纪的魔术师或炼金术士这样的人手里，而重点是他们选择是否采取行动，以及这些行动所带来的后果。玛丽·雪莱在1818年的《弗兰肯斯坦》中让人们看到了从超自然到自然的演变，以及从哥特式小说到类似科幻小说的文本的转变，因为自然科学看起来比魔术师的魔杖更为强大。

1826年，玛丽·雪莱发表作品《最后一个人》（*The Last Man*），这是英国的第一部大灾难小说，或者说是“地球上的最后一个人”式的小说（法国作家德·格兰维尔在1805年发表了《最后的人》，第二年，英国出版了一个未受关注的译本）。在美国，埃德加·爱伦·坡和纳撒尼尔·霍桑开始抓住“科学技术所创造的改变”这一主题（布赖恩·奥尔迪斯在雪莱和布尔沃·利顿1871年的《即临之族》之间，没有列出任何英国作家，但I. F. 克拉克列举出了一打“未来的故事”，作者多数是匿名的）。到了 1851 年，正如布赖恩·斯塔伯福德所指出的，这一发展中的文学体裁将变得足够引人注目，以至于一位叫作威廉·威尔逊的作家，在《关于一个伟大而古老的主题的一本认真小书》中，提到他称为科幻小说的一种文学类型的存在——除此之外他寂寂无名。“在这种文学作品中，所揭示的科学真相可能是假设的，它们与令人愉快的故事交织在一起，这些故事本身可能诗意且可信——因此，它以生活之诗的外衣，传播对科学之诗的理解。”

但是似乎没有人注意到这段话，直到雨果·根斯巴克在大约八年后，独立地重新创造了这一术语，用在他的美国杂志《科学惊奇故事》（*Science Wonder Stories*）上，而威尔逊的贡献在文学史上始终处于次要地位，尽管他的术语和描述十分贴切。

1871 年，随着《道廷之役》（*The Battle of Dorking*）在《布莱克伍德杂志》上（其后印成小册子）发表，一种新的元素进入了这个发展中的文学体裁，这位作者起初是匿名的，后来人们发现他是陆军中校乔治·汤姆金斯·切斯尼爵士，他由此创造出了未来战争文学，或者说入侵文学。当然，这种样式也有先例，例如 1851 年的《1852 年 5 月……法国突如其来入侵英国之历史》（匿名）和 H. 朗（H. Lang）1859 年的《空战：对未来的展望》。但切斯尼的这篇小说产生了直接的影响。受普鲁士军队在 1870 年的战争中，运用撞针枪奇袭法国人获得成功的启发，这篇中篇小说描述了英格兰是如何因缺乏准备而被德国军队成功入侵的。

故事是由一位战役的幸存者向他的孙子讲述的。《道廷之役》对英国人产生了直接而巨大的影响，以至于首相格莱斯顿公开反对它和它对英国财政部的攻击。而《道廷之役》却立刻在其他国家出版，被翻译成数种欧洲语言，包括德语在内，多数情况下，文中被侵略的国家会被转换成译本所在国。它引出了数量巨大的跟风之作，特别是在第一次世界大战的前几年。其中最为著名的一个是 H. G. 威尔斯的《世界大战》(1898)，这本书经历了一种相似的地区场景的转变，它在哪里出版就改成在哪里发生，一直延伸到包括奥森·威尔斯 1938 年著名的无线广播版本，它呈现了新泽西和纽约的毁灭，以及乔治·帕尔 1953 年的电影版，该版本热衷于炸毁洛杉矶。

除了它的主题，《道廷之役》对于这一题材的独特贡献是它的暗示：在人类物种身处其中的新环境中，唯一不变的是变化，而我们要决定的，并非是否创造这种变化——在它出版的时代，这一新生文学体裁中多数作品都是如此，当然其中包括雪莱和霍桑的所有作品以及爱伦·坡的大多数作品，只有少数例外——而是如何适应变化。也就是说，我们已经从带来变化的人，变成了被变化所改变的人。

（刘思慧　译）

道廷之役（节选）

陆军中校乔治·汤姆金斯·切斯尼爵士

我的孙辈们，你们让我给你们讲我在50年前那件大事中的亲身经历。回顾历史中那哀痛的一页，是一件糟心的事，但或许，在你们新的家园里面，你们会因这一教训而受益。对于那时身在英国的我们来说是太晚了。然而我们也曾收到过很多的警告，倘若当时能重视就好了。危险不是在我们不知不觉中发生的，它须臾爆发而至固然不假，但它的到来是有先兆的，若非我们故意视而不见，本该足以使我们看清真相。对于发生在国土上的耻辱，我们英国人只能责怪自己。那个备受尊重的古老帝国啊！要我说，是行为不端的古老帝国，因为它循着我们这些不端的人行事。我得说，即使是现在，即便过去了50年，每每思起自己是其中的一分子，在青年时代经历了老英国的潦倒不堪、有负祖辈传承的无瑕的信任和托付，便没有勇气凝视一个青年人的脸。

50年前，这是一个多么骄傲和幸福的国家！自由贸易已运作了四分之一个世纪，带给我们的财富似乎是永无止境的。伦敦越扩越大；对于想住在伦敦城里的富豪来说，对于赚了钱从五洲四海定居于此的商人，还有律师、医生、工程师及诸色人等，以及从利润中抽成的中间商来说，房子似乎永远都建得不够快。街道一直延伸到克罗伊登和温布尔登[1]，这两个地方在我父亲的记忆里还是荒郊野地；人们过去常说，金斯敦和赖盖特很快就会并入伦敦。我们曾以为我们可以不停建造，不停繁衍，直至永恒。不消说，即使在那个时候，也并不缺少贫困。一文不名的人的增长速度，和富人的增长速度一样快，贫困问题业已变成一道难题；但如果税率很高的话，就有足够的钱给他们；而对于所谓的中产阶级来说，他们的增长与繁衍似乎是无止境的。当时的人们似乎认为，将一打孩子带到世界上，是一件理所当然的事——或者，就像以前的人常说的，是上帝派给了他们如此多的婴儿；如果他们并不能把女儿都嫁掉，便会设法好好培养儿子们，因为在各行各业总有新的空缺职位在等着他们，包括一直在持续扩张的政府部门。此外，那段年月里，年轻人会被派去印度，或者加入陆军或海军；即使在当时，移民也并不少见，尽管现在已不太寻常了。学校教育者们，和所有其他专业阶层一样，也受资本交易的驱动。诚然，他们教授的东西不多，但招纳多达四五百名男生的新学校如雨后春笋般在全国各地兴起。

我们那时都是傻子啊！我们以为所有这些财富和繁荣都是上天赐给我们的，取之不尽，用之不竭。出于盲目，我们并没有看出我们只是一个装配来自世界各地的东西的大工厂；如果其他国家停止将生产所需的原材料运给我们，我们就无法自己生产它们。彼时我们的确在廉价煤铁方面有优势；要是我们注意不去浪费燃料的话，或许会让我们撑得久些。但是即使是在那时，也有迹象表明，煤铁很快会在世界其他地方变得更廉价；至于食物和其他东西，英国的情况不比现在更好。我们之所以如此富有，仅仅是因为世界上别的

1　分别为位于伦敦南部和西南部的小镇。

国家习惯于把他们的商品输送给我们，在我们这里售卖或制造；我们本以为这种情况会永远不变。所以，要是我们能采取适当手段勉力保持，或许会持续下去；但我们太愚蠢了，漫不经心到甚至未能够保持这样的繁荣；而且，贸易航路一旦转向，就再也不会回头。

然而，如果有那么一个国家曾收到过清晰的警示，那一定是我们。如果说我们当时是最大的贸易强国，那么我们的邻国，就是欧洲的军事列强。他们当时也进行着良好的贸易，因为这事发生在他们愚蠢的社会思潮之前（你们再长大一些会听说的），这种思潮毁了富人，也没给穷人带来什么好处；在许多方面，他们都是欧洲首屈一指的国家，但他们最引以为傲的是他们的陆军。这是有理由的。他们已经打败了俄国人和奥地利人，过去还打败过普鲁士人，他们认为自己所向无敌。我还记得拿破仑皇帝[1]在巴黎的万国工业博览会[2]期间所举行的盛大阅兵，他向纷至沓来的各国国王亲王炫耀他精锐的皇家近卫队时，是何等的自豪！然而，三年之后，这支长期以来被视为欧洲第一的陆军，可耻地被击败了，全员皆成俘虏。这样的惨败是世界史上未曾有过的；这样的证据摆在面前，愚蠢的我们仅仅因为自己没有先例，就不去相信灾祸发生的可能，本以为我们会将这样的教训牢记在心。当然，我们国家曾一度群情激昂，陆军应该整饬改编，国防力量有待加强，以遏制突然进攻的巨大威力。这种呼声高涨，毕竟，他国将这种进攻付诸实施的能力已明眼可见。但我们的政府，是在紧缩开支的呼声中上台的，他们也不能食言。他们的党内也有激进分子，这些人的选票必须通过拉拢才能获得，而他们盲目地要求削减军费，以作为获得他们效忠的代价。这一党派总是谴责军方，并以此作为削弱皇室和贵族影响力的既定政策的

1. 此处指拿破仑三世。
2. 即后世所说的世界博览会，此处指 1867 年于巴黎举行的第二届世博会。

一部分。他们不明白，时代已经完全变了，皇室已无实权，政府只能顺遂下议院的心意才能存在，就连议会规章也渐渐让位给暴民法。无论如何，国防部喜出望外，有了这个借口，他们就可以放弃这份违心的军事计划当中所有的重点。在他们口中，皇家海军舰队与英吉利海峡已经拥有了足够的防御力量。所以陆军继续裁减，民兵和志愿兵也照旧未进行训练，因为召集他们操练会“干扰国家的工业”。确实，在那些日子里，我们本可以放弃一些工业，就算那样，仍比现在的情况还要来得忙碌。但何必给你们讲一个耳朵长茧的故事呢？全国上下虽惶惶然，却被国家领袖言之凿凿的虚假安全所误导；席卷全法国的灾难所发出的警示如耳旁风般过去了。法国人信任他们的陆军和其威望，而我们信任我们的海军。两种盲目的信任导致的都是灾难，我们的先辈在最艰难困苦时都无法想象的灾难。

我毋庸告诉你们，毁灭是如何发生的。首先是印度的起义，拖住了我们本就规模不大的陆军的一部分。然后是与美国之间的纠葛，之前的征兆已经有些年头了，于是我们派出了 1 万人的部队去保卫加拿大——这点人谈不上切实加强了加拿大的防御，反而对美国人是一个无法抗拒的诱惑，想要试着俘虏他们，尤其是派遣部队里还包括三个营的皇家卫队，然后美国人也做到了。因此，国内正规军的规模甚至比平时还要小，其中半数还在爱尔兰，去防备传说中芬尼亚兄弟会[1]在英国西边[2]的整备入侵。更糟的是——虽然我现在尚不得知事情最终会有何重大影响——海军舰队分散在海外；一些舰只在守卫西印度群岛；另一些在中国海域打击海盗行径；还有很大一部分，在试图保卫我们在北太平洋沿岸的北美殖民地，在那里维持

1. 爱尔兰共和军的一个下属组织，曾在 1866 年、1870 年和 1871 年入侵当时仍属英国殖民地的加拿大，以逼迫英国从爱尔兰撤军。
2. 专指爱尔兰，既是广义的大英帝国内部的西方疆土，又是狭义的英国外部的西方邻国。

我们不可能守卫得住的土地财产，简直愚蠢透顶。40 年前，美国并不是现在这样的大国；但让我们尽力在美国的海岸线上守卫我们的领土，就只能绕过合恩角[1]才能到达那儿，这可荒谬得很，就像假设美国想要在爱尔兰独立之前占领马恩岛[2]一样荒谬。我们现在能看得明明白白，但当时都视而不见。

彼时我们正处于这种状态：我们的舰船分散在世界各地，我们那丁点儿陆军七零八落；此时秘密条约被公开，荷兰和丹麦被吞并。人们现在说，如果当时我们在解决自身其他困难之前少说几句，那么我们本可以避免麻烦降临在我们身上。但英国人总是很冲动：全国上下怒火中烧，而政府受报刊的怂恿和对民意的顺从，对外宣战。我们以前总是大难不死，便深信以前的运气和勇气多多少少会助我们渡过难关。

接下来当然是遍布这片土地的喧闹忙乱的景象。并非预备役军人的征召引起了这样大的骚动，因为我记得总共也就 5 000 来人，而且当中有相当一部分人在战争到来的时候还没有被找到。但是新兵招募在全国各地进行，并且附带高额奖励，又有 5 万人被编入陆军。然后又投票通过了一项法案，额外增加 5.55 万人的招募，编入民兵部队；为什么不敲定一个整数我不太懂，但是首相说了，稳固国防所需的兵员定额就是这个数。然后开始造船！铁甲舰、通讯船、炮舰、浅水重炮舰——国内的每个造船厂都有活儿，一个人只要会上铆钉，就能得到一天 10 先令的工资。你们可以想得到，这对征募新兵没有任何帮助。我也记得，鉴于工匠需求量巨大而是否应该被征兵的议题，下议院里也打过嘴仗，回想起来他们应该是得到了豁免。这么一来就有很多工人进入造船厂；要是我们能有几年而非几星期来备战，我敢说我们会干得非常不错。

---

1. 太平洋与大西洋的分界线。以 1616 年绕过此角的荷兰航海家斯豪滕的家乡命名。
2. 英格兰与爱尔兰之间的海上岛屿。

正式宣战是在某个星期一，几个小时之后，我们就看出了敌方对此早有准备，他们实际上早已挑起了这场战争，宣战却实实在在地由我们开始。敌方回了一通电报，内容无非是他们向战斗之神的虔诚祈求，还说神是被我们激怒的。从那时起，我们与北欧之间的通讯就被切断了。我们使馆的全体人员被通知一个小时内打包走人，这种做法好像让我们忽然回到了中世纪。第二天早上，报纸没有新闻，仅仅是对发生的事给出些微暗示，这让整个伦敦都惊得哑口无言，成了这场意料之外的战争中最令人吃惊的事情之一。但是一切都已事先安排好了；且我们也不应感到惊讶，因为仅仅在几个月之前，我们就已看到同一个列强，只消在命令之后几天，就调动了 50 万人员，来征服欧洲最强大的军事国家，一切井井有条，没有比过去我们的陆军部把一个旅从奥尔德肖特运送到布莱顿来得更忙乱——而且这个列强当时还没有现在的盟友。眼下发生的事情，实际上也没有多神奇。但是我们国家的人无法使自己相信，英国从未有过的事，有朝一日竟会发生。和邻国一样，我们清醒得太晚了。

当然，报纸没多久就得到了消息——即使是工作中的实权机构也无法将特约记者拒之门外；寥寥数日之后，尽管整个欧洲之间的电报和铁路都在被拦截，主要事实还是不胫而走。从波罗的海各国到奥斯坦德[1]，所有港口的运输船舶都已实施禁运；两大列强的舰队起锚出发，据说要在北方大港会合，部队正匆匆登上所有扣留于此的汽船上，其中大部分都是英国船。显然，入侵是早有预谋的。尽管那样，如果舰队当时能准备万全，我们还有可能得救。保护敌方运兵船队的要塞可能太坚固，光由运输船只无法试图夺取；但只要有一两艘铁甲舰，由懂行的英国水手来操控，就可能击毁击伤部分运兵船，推迟这场登陆远征，给我们争取到最急需的时间。但当时，

1. 比利时西北部港口城市。

舰队最精锐的部分被诱到达达尼尔海峡，而余下的英吉利海峡分舰队，正在爱尔兰西海岸对付芬尼亚兄弟会的暴徒；所以十天之后，舰队才聚在一起，到了那个时候，敌人的战备工作已经快要就绪，显然已无法通过奇袭来阻止。情报主要通过意大利传递过来，速度太慢，而且多少有些模糊和不确定；但是我们已经确定，敌方至少有二三十万军力已经或正准备登船，而护卫运兵船队的铁甲舰数量比我们那时所能集结的铁甲舰多得多。现在想来，敌人登陆目标的不确定性，以及唯恐与敌军擦身而过的担忧，使得我方舰队在唐斯锚地[1]滞留数日，直到宣战两周后的星期二才起锚生火，驶向北海。当然，你们已经读过女王之前一天访问舰队的故事，知道她是如何乘游艇绕所有舰只一周并登上了旗舰，向舰队司令送别；知道她感慨万千地告诉舰队司令，国家的安危托付于他，交由他守护。你们也记得这位勇敢的老军官的回应，记得水兵们如何分区列队敬礼，记得女王陛下驶离时水手们热烈欢呼的情形。自然，此情此景被记录下来由电报传至伦敦，舰队的高昂情绪感染了整个城市。当女王的专列从多佛到达伦敦时，我就在查令十字车站外面，她乘车驶离时欢送她的喝彩声和叫喊声，可能会让你们以为我们已经赢得了一场大捷。在前段时间里大力呼吁裁军，又在过去两周里言词战战兢兢，现在又献计献策各种让步妥协以求摆脱战争的期刊，在翌日早上以欢欢喜喜的姿态出现。“惊慌失措的质问者们，”他们写道，“现在要问，迎接入侵的手段在哪里？我们会回答说，入侵永远不会发生。一支大英帝国舰队正前往迎战来犯的狂妄之敌，而大英帝国水手的勇气和热情在这个国家的人民身上充分体现。大英帝国舰船与其他任何国家舰船之间的争端角逐，在任何不做让步的条件下，其结果都是板上钉

1. 位于英国肯特郡东岸，北海南部。此处也是历史上的西班牙和荷兰两国唐斯海战的发生地。

钉的。英国怀着从容不迫的自信，静候即将到来的战斗发生。”

这就是社论的原话，我们当时也都是这么想的。8月10日，星期二，舰队从唐斯锚地驶出。舰队一边前进一边沿途铺设海底电报电缆，以保持着不间断通讯。报纸每隔几分钟就发布最新的消息。这种情况还是头一次出现，大家都认为是个好兆头。海军部用电报不断下达前后矛盾的命令，跳过舰队司令越权指挥的事是真是假我不好说；但舰队司令回复的所有讯息都简短得不能再短，不管是海军部还是其他任何人都利用不上。诸如某舰已出发侦察，另一艘舰已归队——舰队沿纬线航行，等等。这种情形一直持续到星期四早上。我像平日一样坐火车进城，当我步入办公室的时候，我听见报童的叫卖声“最新号外——敌军舰队近在眼前！”，你们可以想象一下伦敦当时的景象！尽管保家卫国的战斗在我们眼皮底下打响，但银行的业务还在继续。可以这么说吧，就是为了处理到期票据；投机者们也是真够活跃的。但即使是这些要么发大财要么赔大钱的人，他们对这支舰队的兴趣也压倒了一切；去银行存取钱的人会停下脚步，将最新的简报拿给银行柜员看。至于街道上，满是停下来购买并阅读报纸的人，你几乎都挤不过去。每间商行或办公室里，成员们焦躁不安地坐在公共休息区，仿佛是抱团取暖，每隔几分钟，就让其中一个人出门买最新的号外。至少这就是我们办公室里发生的事。但是干坐着是不可能的，随便做些什么事也一样不可能，于是我们中的大多数人出去在人群中闲逛，感觉这样子消息能来得更快。尽管之后的时代也很糟糕，但我现在想来，那一天令人作呕的提心吊胆，和随之而来的惊魂未定，几乎是我们所曾经历过的最糟的事儿了。大约10点钟的时候发来第一封电报，一小时后，电报报告说，舰队司令已打出信号，舰队排成一字战列，旋即下令接敌接战。到了12点传来电报，报告“舰队在三英里许向我方下风向开火”——这是拖着电报电缆的那艘船说的。到目前为止，一切都符合预期。接着，灾难的第一个前兆出现了。“一艘铁甲舰爆炸”——“敌军鱼雷造成重大损失”——“旗舰接敌跳帮夺船”——“旗舰似乎正在下沉”——“舰队副司令发号施令”——然后电报沉寂下来，接下来的你们都知道，我们没收到任何讯息。直到两天后，仅余一艘逃出生天的铁甲舰驶入朴茨茅斯港。

而后整个过程真相大白——我们的水兵是如何一如既往彰显勇气，设法逼近敌舰，而后者是如何在近距离交火时回避直接交战，转向躲开从其后方向我方舰船发射致命鱼雷，将我方战舰一艘接一艘击沉海底；一切都只发生在几分钟内。我们的政府，貌似早已收到了警惕这项新发明的警告，但对于举国上下的民众来说，这场沉重的打击完全出乎意料……

那天充满了恐慌与兴奋——资金储备是如何跌至35%的；银行挤兑歇业；城里商行倒闭了一半；政府如何发出通知，暂停用金币支付及偿还票据——这种最后的防范举措，对大多数的商行业已太迟，其中包括卡特公司，我父亲刚踏进公司办公室的时候，它刚刚停止支付款项；战斗的号令，以及全国上下一致的回应——这些都是我无须去重述的历史。你们想要听那时我个人的亲身经历，好吧，从宣战之日起，志愿参军的人数就大大增加了，然后我们步兵团在一两天内从平时的600人增加到近1 000人。但是来复枪的库存不足。上头承诺我们几天后会再次配给，不过我们再也没有收到过。等候配给的时候，全团不得不分成两部分，上午是新兵携步枪操练，我们老兵在下午。“黑色星期五”[1]造成停工歇业，使大量年轻人失去工作，第二天我们招募一批人后达到了1 400余人；但是所有这些

1. 本文的黑色星期五特指1869年9月24日发生的金融恐慌，也是该用语首次被创造并传播开来。

人赤手空拳又有什么用呢？到了星期六，上头宣布说，有大批滑膛枪贮存在塔楼内，可以分发给提出申请的步兵团，于是志愿兵们展开惯常的争夺，我们的人则弄到了两三百支；但是用这些老旧燧发滑膛枪来操练，还不如用一把扫帚，反正效果差不多；此外，国内都没有滑膛枪弹药。后来发起了全国性募捐活动，用以在伯明翰生产来复枪，捐款额两天内就达到了小几百万，但就像所有其他事务一样，来得太晚了。继续说志愿兵的事：两星期前在多佛、布赖顿、哈里奇和其他地方设立了兵营，正规军的和民兵的都有，大多数志愿兵步兵团的指挥所不是隶属于这个兵营就是隶属于另一个，志愿兵们习惯了把自己关起来每天操练，因为他们有的是时间，到了星期五，有命令下达，要将他们永久编入现役，但首都的志愿兵仍然作为预备役留在伦敦，直到能够看清入侵会发生在哪个地点……[1]

我再次恢复意识的时候，天已经很暗了，好一阵子我都无法辨明自己身处何地。我如梦似醒般躺了好一会儿，一动也不想动。渐渐地我意识到自己在一间屋子里，躺在铺有地毯的地板上。战斗的喧嚣声一点儿都听不到了，但是有一种声音，好像有很多人在不远处。终于我坐起身，然后慢慢站了起来。这动作让我疼痛难耐，因为我的伤口已经高度发炎，我的衣服粘在伤口上，疼得要命。最后我站起来摸索着走到门口，打开门的一瞬间我就知道自己身在哪里，因为疼痛让我恢复了清醒。我一直躺在特拉弗斯家走廊尽头的写作室里。我沿着走廊向前走，走廊里没有煤气灯，客厅的门也关上了；但是蜡烛的微光从门开着的餐厅泄出，微弱地照亮着大厅，在大厅里能辨认出 6 个睡觉的人的轮廓，而餐厅里则挤满了人。桌子上摆

1. 在删节的段落里，故事讲述人和他的志愿兵战友开拔去了道廷，在这里发生了一场传统的 19 世纪战役。作者从火枪与大炮、冲锋与反冲锋、死者与伤者方面入手，详尽地记述了战争所伴随的混乱，该战役不到一天便结束，以英军大败而告终。

满了杯盘酒瓶，但是屋里大多数人都在椅子上或地板上沉沉睡去，几个人在抽雪茄，有一两个戴着头盔的人还在一门心思地吃晚饭，大口吃喝的间歇还不时嘟囔出一两句置评。

“这些英国志愿兵，都是些英勇的士兵啊[1]。”一名膀阔腰圆的壮汉一边说，一边用银质餐叉将一大坨牛肉塞进嘴里，我觉得这是他人生中第一次使用这种餐具。

“是的，是的，”他的一位战友回答的时候，身体懒洋洋地靠在椅背上，肮脏的双腿架在餐桌上，嘴里还叼着一根可怜的特拉弗斯最好的雪茄，“他们跑得可真够快的。”

“是的，当然，”最初的说话者回答说，“但还是没有那些法国新兵蛋子跑得快。”

“当然，”一个躺在地板上的傻大个嘟囔着，一边支着胳膊肘，一边从丑陋的下巴处吐出一团烟雾，“他们还有一些神枪手呢。”

“你说得对啊，大块头彼得，”第一个人回答，“如果这帮混蛋也能好好训练过防守[2]，我们今天就不会在这儿了。”

“很对！很对！”第二个人说，“操练才会造就好士兵。”

更多评判我们不幸的志愿兵的缺点，或许被我错过了，我没有留步去听，而是被楼梯上的声音吸引住了。特拉弗斯太太站在楼梯转角平台上，我一瘸一拐地爬上楼梯和她碰面。铭刻在我记忆里的、那些在夺去性命的日子里的许许多多的画面中，我最记忆犹新的就是我这可怜的朋友在顷刻间丧偶失子后哀痛的样子，她穿着白色的连衣裙站在那里，仿佛一个来自死者房间的幽灵般出现，手上的蜡烛映照着她的脸，使她苍白的脸色与周围凌乱的黑发形成强烈的反差，脸上显现的疲态与悲痛掩不住她的姣好容颜。她很平静，甚至

1. 本句以及下面引号内的对话均为德语。
2. 此处的“防守”和上句的“神枪手”在德语里是同一个词。

没有眼泪，然而哆嗦的嘴唇无声地诉说她正极力克制的情绪。

“我的好友，”她拉起了我的手，说道，“我是来找你的。请原谅我的自私，忽略了你这么长时间，但是你会理解的。”她瞥了一眼上面的门，“我一直都忙不过来。”

“在哪里？”我问。“我的儿子？”她料到了我要问什么，接上了我的话，“我将他安放在了他父亲的旁边。但是现在你的伤口需要处理：你看起来多么苍白虚弱！——在这休息一会儿。”——然后，她下楼去到餐厅，带了点葡萄酒回来，我感激地喝下，接下来她让我坐在楼梯第一级台阶上，拿来了水和亚麻布，剪开我上衣的一只袖子之后，清洗包扎了我的伤口。

这让我觉得自己很自私，因为我给她添麻烦了；但我实在太虚弱了，没剩下多少意志力，而且我也实在需要她强迫我接受的这些救助；伤口包扎的过程给了我难以名状的安心。照料我的期间，她用断断续续的语句向我解释了眼下的情况。除去她自己的卧室，和她在伍德的帮助下把我抬去的那个小客厅，每一个房间满满当当的都是士兵。伍德被抓去修铁路，露西因为恐惧逃走了，但是厨子留在了她的岗位上，准备了晚餐并打开酒窖，供士兵们享用。她听不懂他们说的话，他们又野蛮又粗俗，但倒也不算未开化。我的伤口包扎完毕后，她说，我该走了，去照顾好我自己的家，那里会需要我；对于她来说，她只求能获准继续照看那里——意味着安放着她丈夫和孩子尸体的房间——在那儿她不会受到别人猥亵。我觉得她的建议很对。我在这里无力保护她，我也急于知道我生病的母亲和妹妹怎么样了；此外，葬礼也需要她做安排布置。于是我一瘸一拐地走了。没有互向对方表达谢意的必要，而且任何外露的宽慰都无法触及如此深切的悲痛之情。

屋外的动静很大；好多辆车夫是来自苏塞克斯和萨里郡的马拉

大车向前行进，毫无疑问是被士兵征用了并且在一旁看守着；虽然没有煤气灯照明，但通往金斯敦的马路上被手打火把照得敞亮，打火把的人沿路站成一排，间距很短，他们是被抓来当差的，其中一些是附近大宅的佃农。这些打着火把的人里，离我最近的是一位老先生，他的脸我很熟悉，我们经常乘同一列火车往返。我没记错的话，他是政府办公室的一名高级职员，是一位长相温和的老者，一本正经的模样，长脖子上常围着一条双层宽领巾，就算在过去那些日子里也不多见的装束。即便在那个痛苦的时刻，我还是不免被这位可怜的老伙计为了照亮征服者之路而展示出的荒诞形象给逗乐了，他一脸庄重，颈上系着长领巾，以在自己家门前举着火把的方式来悔罪。但眼下一个更要紧的目标出现了，一个班的士兵经过，押着两名双手反剪的英国志愿兵。他们向我投来恳求的目光，我走到马路上，问那位下士班长这是怎么回事，在他从我身旁走过的时候，我甚至冒着风险用手扯住他的袖子。

“赶路呢，流氓！”这个壮汉一边大声说道，一边举起他的来复枪，作势要将我砸倒。“向我们开枪的俘虏必须被枪毙。”他接着补充道；然后会枪毙这两个可怜的家伙，我猜想，要不是当时我向一位碰巧骑马经过的军官求情的话。“长官先生，”我尽可能地大声喊着，“这就是你们的纪律吗，没有命令就能枪毙手无寸铁的俘虏？”那位军官注意到了我的申诉，便勒停了马，命令这个班的士兵也停下来，让我把话说完。我通晓的其他语言在这儿派上了大用场，对于这两个一看就知道以前是在北方厂里干活的俘虏，他们显然完全无法让对方明白自己的话，甚至连自己犯了什么罪都不知道。因此，我翻译了他们的解释之词：在迪顿附近的遭遇战里，他们落在了部队后面，躲在谷仓里，然后从藏身地出来时正巧落在敌军中间，他们手里拿着来复枪，让敌军以为他们会在后背开枪。他们没有被当场击毙已然是一个奇迹。这位上尉听了这个故事后让士兵放他们走，他们随即溜进了一条小巷。他是一个有军人风度的人，但尤甚于此的是他无比傲慢的态度，这种傲慢可能会越来越强，因为它不是做作出来的，而是从无法估量的优越感里油然而生的。为战友求情的瘸腿志愿兵，和征服者军队的上尉，在他眼里，两者之间存在着无限的鸿沟。就算那两个人是狗的话，他们的命运也不能被更轻蔑地决定。他们被释放仅仅只是因为他们不值得被俘虏，而且没来由地杀死活人活物，或许与军官的正义感相悖。但何必特意提起这种羞辱呢？每一个当时活着的人，不正是诉说自己的屈辱与不堪的故事本身吗？哪里都是一样的故事。在第一次列队后，敌人们命令我们齐步走时，他们嘲笑我们。我们屈指可数的正规军牺牲在几乎是以一敌众的徒劳的战斗里；我们的志愿兵和民兵，有的只是一窍不通的军官，没有弹药和装备，也没有管事的参谋人员，在富裕的物资里忍饥挨饿，我们很快就变成了无助的暴徒，绝望地到处战斗，对上入侵者纪律严明的机动作战部队，正中他们下怀。真是幸福啊，那些尸骨染白了萨里郡田野的人，他们至少不必忍受我们这些活人要承受的耻辱。甚至是从未尝过只能看人脸色而活的滋味的你们，当我们谈论起那些日子时，你们的脸颊也会发烫。试想，这些人，和你们的祖辈一样，曾经是世界上最自豪的国家的国民，是从未经历过耻辱和失败的国家的国民，是曾夸耀自己高举的国旗上太阳永不落的国民，在那时忍受的是什么！我们听说过战争中的慈悲宽大，但我们并没有见到过；有人说，这场战争是由我们挑起的，我们就要承担后果。伦敦和我们唯一的兵工厂被占领后，占领军便可以任意摆布我们，他们就狠狠地踩住我们的脖子。需要我告诉你剩下的吗？——我们不得不支付的赎金，和为了满足赎金而征收的税款，让我们至今都穷困潦倒？——宣布我们必须让位给一个新的海上列强，且要被改造得无力报复，这样残忍的直白？——胜利方的军队白吃白住，在我们头上作威作福，这一切使得他们貌似合法而有条理的征用，让我们义愤填膺？被他们的军人直接抢劫倒还算了，总好过被我们自己的父母官巧立名目敲骨吸髓。当时我们究竟是如何熬过来的，每一天每一小时都在承受的穷困潦倒，我现在都已不甚了了。我们能指望还剩下些什么？我们的殖民地全部被夺走；加拿大和西印度群岛归了美国；澳大利亚被迫独立；印度，在来自本国同胞的援助被切断，在那里徒劳困守的英国人被全歼之后，永远地丢失了；直布罗陀和马耳他割让给了那个新的海上列强；爱尔兰独立并一直陷入无政府状态和革命当中。当我看到我们国家现在的样子——贸易流失，工厂沉寂，海港空空如也，成为贫穷和衰败的猎物——当我看到这一切，想起我年轻时候的大英帝国，我扪心自问，我是否真的怀有真心或爱国情操，使我就算亲眼看见这样的潦倒不堪后仍然愿意活下去！法国人不一样。他们也不得不在征服者的枷锁下吞食苦果；他们的沦陷不比我们来得更突然更猛烈；但是战争不能夺走他们富饶的土地；他们没有殖民地可以失去；使他们富足的宽广土地，依旧在他们手里，他们在遭受重击后又站了起来。但是我们英国人当时看不到我们的繁荣是多么的虚假——都建立在对外贸易和金融信誉上；而贸易航路一旦转向，哪怕就一次，或许就不再回头；而我们的信誉一旦被动摇，或许就不会再恢复。那时人们的谈话会让你以为，我们的政府能永远以三厘利息向外借款，贸易因我们住在汹涌大海一隅的雾中小岛上而朝我们汇聚，这都是上天注定的。他们无法看清四面八方堆积起来的财富，都不是在这个国家里头创造的，而是在印度、中国和世界各地；而对于通过买卖土地里出产的大自然的财富来赚钱的人来说，携财货离开到别的地方生活，这是非常可能的。那时人们不会相信我们的煤铁也有殆尽的一天，也不会相信会比美国的煤铁贵上太多而失去开采价值。并由此坚信，我们应该通过让自身变得强大安全、受人尊重，来确保不会失去最大贸易中心的虚假地位。我们曾认为，我们生活在一个商业盛世，这种繁荣会至少持续一千年。毕竟，我们反思中最为痛苦的一部分，是所有这些痛苦和衰败本来可以轻易避免的，是我们的短视和满不在乎招来了横祸。在那里，狭窄的海峡对面，预兆就写在墙上，但是我们不愿意去读。少数人的警告淹没在大众的声音里。当时权力已经从一个向来由他们去统治去面对政治风险、在从前的斗争中带给我们国家无限光荣的阶级，交到了未受过良好教育、未受过如何参政议政的培养、易受蛊惑煽动的下层阶级手中；在那代人中少数明察秋毫的人，要么被谴责是在危言耸听，要么被说成是一个想通过在军备扩充上浪费公帑来争权逐利的权贵。有钱人骄奢淫逸，穷人不愿承担国防开销。政治活动业已变成争取党内激进派选票的一种手段，而那些应当领导国家的人，躬身迎合当时的自私自利，并且顺应大众呼声，谴责那些想要加强国民武装以增强国防的人，称他们是在干涉人民的自由。这个国家彼时确已盛极而衰，但当我反思，如何凭借些许的坚定与克己，或些许的政治魄力和远见，便可能避免这场灾难之时，我会感到这一判决确实是我们应得的。一个自私到连自己的自由都无法捍卫的国家，不配拥有自由。至于你们，我的孙辈们，你们将在一块更繁荣昌盛的土地上寻找新的家园，千万不要让这一痛苦的教训，在接纳你们的国家当中逐渐被遗忘。至于我，我太老朽了，不适合在一个陌生国家里重新开始生活；尽管我一生艰难而不幸，但也不会在孤寂中等待太久。这个时刻很快就会到来，那时我这把老骨头会长眠于我深爱的这片土地里，安息在我曾长久经历过的这片土地的幸福和荣光中。

（刘思慧、Mahat　译）

视角问题

一种体裁发展出来，用以描述一种不同的现实，或者描述一种不同的被感知的现实。为了让读者能接受变化，科幻需要削弱现实性——读者于世界中无处不见的现实性。这种新的体裁，发明了一些改变视角的方法，让读者发现他们自己和他们的生活方式是随机的，是或然性的结果，而非一种神谕，或一种必然的发展。作为一种体裁，科幻小说提醒我们，没有什么应被视为是理所当然的。

H. G. 威尔斯，在他的早期（1901 年前）大多数科学传奇小说中，试着打破大不列颠的自满情绪。他在 1894 年发表于《帕尔摩晚报》的文章《人类的灭绝》中对这种思维进行了总结。“我们认为，”他写下，“由于人类作为一个整体，在一代人的时间里，活着变得越来越轻松了，而在未来，我们将继续追求完美的舒适和安全……即使现在，就我们所知而言，即将到来的恐慌正蹲伏于地，为它的春天而蠢蠢欲动，而人类之覆灭近在手边。我再说一遍，这世上曾存在过的每一个占据统治地位的物种，它完全统治的时刻，即它被推翻的前夜，从无例外。”

但是，展示科学实验的危险，进化的危险，外星入侵的危险和来自昆虫及海洋生物的无形威胁的危险，这只是视角上的一种改变。晚一些的作者，会思考架空历史的可能性，并动摇读者对他们的过去的信心。像哈尔·克莱门特（Hal Clement）和艾萨克·阿西莫夫（Isaac Asimov）这样的作者会暗示，物理事实——例如，物质实体、重力，或者将中子聚集在一起的力——是可变化的，而像西奥多·斯特金（Theodore Sturgeon）和厄休拉·K. 勒古恩（Ursula K. Le Guin）这样的作者，会推想不同的性别安排所导致的社会和政治影响差异。

描述合理的替代方案，即为对给定方案的质疑，但也没有探及陌生感的究极可能。从太空，从未来，或从外星角度看现在，都可以动摇读者所固有的确定感，但是作者们本可以更深入地探讨现实的本质。许多这样的推测，例如菲利普·迪克（Philip Dick）的大多数小说和故事，罗伯特·西尔弗伯格（Robert Silverberg）的《太阳舞》（“Sundance”），它们是认识论的：我们怎么知道我们所知的是真的？其他的如罗伯特·A. 海因莱因（Robert A. Heinlein）的《你们这些僵尸》（“All You Zombies——”），满足于唯我论：我们唯一能知道的是我们自己。但是也有另外一些叙事，它们启示了我们的是时空本质上的基本差异。

有一种转变视角的方式，正如乔纳森·斯威夫特（Jonathan Swift）在他 1726 年的作品《格列佛游记》（*Gulliver's Travels*）中所展示的是去暗示尺寸上的根本差异：小人国的事情，是如何使我们自己的担忧看上去微不足道的？而当放大到布罗卜丁奈格人[1]的大小时，我们自己的缺陷，看上去又会怎么样呢？而伏尔泰在 1750 年的《小大人》（*Micromegas*）中改变尺度的方式，是通过把巨人从天狼

1.《格列佛游记》里面大人国里的巨人。

星和土星带来的。可以说，他是通过把人类事务放到显微镜下的方式，揭示人类的无足轻重。

埃德温·A. 艾勃特（Edwin A. Abbott）在《平面国：多维的浪漫》（*Flatland: A Romance of Many Dimensions*, 1884）中，带给了这世界一些不同的东西。艾勃特很不像是会为这种发展中的体裁做出贡献的人。他是一位英国牧师，是受尊敬的教师和校长，但他出版的几本书表明，他擅长的领域是古典学。事实上，《平面国》最初是用“一个正方”的笔名发表的，但这既可能是出于艺术原因，也可能是为了掩盖作者身份。

《平面国》与其说是一部小说，不如说是想象练习：想象其他的现实。它描述了如果世界是二维的，生活会变成什么样子——如果它具有长度和宽度，但是并没有高度。“一个正方”所描述的生命形式，以及因他们世界中的各种现实而导致的生活方式，这一切都设计得极为精巧。这一思想练习的部分影响，正如所有优秀的科幻一样，在于拓展了读者的世界。在《平面国》的第二部分，在正方访问“线条国”和叫作“球体”的三维存在所时，这一点被表述得很明白。正方在球体面前想象了不可想象（对于我们来说也是）的四维世界[1]。

许多像《平面国》这样的思辨性文章都具有科幻小说所拥有的各种吸引力，唯独在叙事上有所欠缺：它们被同样的读者，出于同样的目的所消费，这个目的即为想象力的变幻。《平面国》是第一批现代科幻小说，并为后世作者提供了极好的新工具。它是一个远超出其时代的成就。即便它出现于今天的书店中，看起来也毫不违和——事实上，自它出版以来，一直在被再版。

（刘思慧　译）

1. 在第二卷中，球体向正方介绍三维世界，正方由此想象四维乃至多维世界，而球体不认为有这样更高维度的世界，大怒，并将正方踢回二维世界。

平面国（节选）

埃德温·A. 艾勃特

第一部分
这个世界

“且勿心焦，这世界且宽且阔。”[1]

平面国的本质

我管这个世界叫平面国，并非因为我们这么叫它，而是这么叫清晰地揭示了它的本质，我快乐的读者，我这是让你能够明白，你居住在空间里是件多么幸运的事。

想象一张大纸，上面有直线、三角形、正方形、五边形、六边形，还有其他图形，它们都没有固定在它们的位置上，而是在平面上，或者说在平面当中自由移动，但无力升于其上，或沉于其下——很像是影子，坚固并且带着亮边——这样，你会对我的祖国与同胞有一个很正确的概念。呜呼，几年前，我应该说“我的宇宙”：但现在我的观念已打开，并有了更高的视角。

1. 莎士比亚《罗密欧与朱丽叶》第二幕第二场。

在这一个国家，你会立刻意识到，并不可能出现任何你会称之为“立方体”之类的东西。但是我敢说，你会认为，我们至少能够凭视觉区分这些三角形、四边形以及其他图形等这些各种四处走动的图形。与此相反，我们什么也看不着，至少没有办法把它们中的一个和另一个区分开来。对我们来说，什么都看不见，什么都不可见，除了直线本身；我会快速跟您解释为什么会这样，为什么必然如此。

在你们的空间国里，你把一分钱放在桌子中央，俯身上空，盯着看，它看上去会是一个圆圈。

但那之后，退回桌子边缘，慢慢地放低你的眼睛（由此，将你自己越来越近地代入到平面国居民的处境），你会发现，这一分钱在你视线里越来越接近椭圆形；最后，当你的视线与桌面恰巧处于同一平面时（这时你仿佛真的成了一个平面国人），这一分钱看上去就不再像椭圆了，正如你所见，它变成了一条直线。

你以同样的方式看从纸板里裁下的三角形、四边形，或任何其他图形，也会发生同样的情况。当你的视线与桌面平行看过去，你会发现你看到的不再是一个图形，它变成了一条直线。以等边三角形为例——他在我们这里，代表的是商人这个受尊重的阶层。图 1 是你从上方俯视他的时候，你看到的这个商人的样子。图 2 和图 3 是当你的视线接近水平时，或者几乎与桌面在同一平面的时候，你看到的这个商人的样子；并且，当你的视线与桌面完全处于同一水平线时（这就是我们平面国人看他的方式），你看到的就是一条直线。

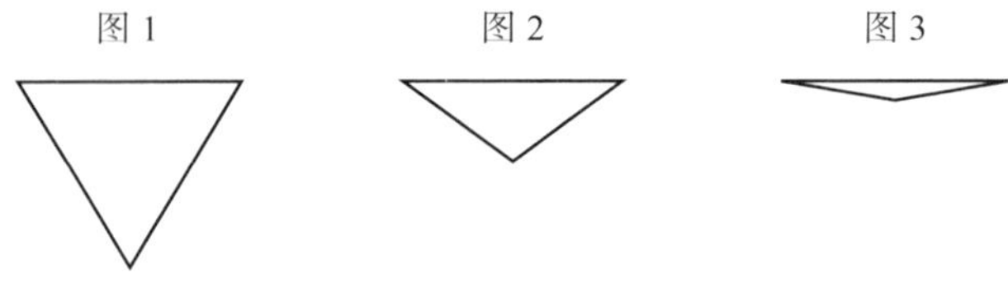

当我在空间国时，我听说当你们的水手在穿越大海的时候，看到地平线处的某个海岸或岛屿时，有着非常相似的体验。那遥远的土地可能有海湾、低岬、突出或者凹陷的尖角，数量和大小不一而足；但从远处你看不到这些（除非你们的阳光洒在它们上面，通过光影明暗判断它们的投影与阴影），你什么也看不到，除了水面上一条将断未断的灰线。

你可能会问，在这种不利情况之下，我们如何能区分我们的朋友和其他人：这个问题实在非常自然，但是它的答案，等我描述平面国的居民时，会显得更加恰到好处，容易理解。眼下请容我将这个话题搁置，且去对我们国家的气候和房屋略谈一二。

平面国的气候与房屋

我们的罗盘和你们一样，上面也有四个点：东、南、西、北。

没有太阳，也没有其他天体，我们并不可能用通常的方式来确认北方；但我们有我们自己的方式。根据我们自己的自然规律，南方自有一种持续的吸引力；但在温带气候中，这是非常轻微的——因此即使是妇女，在比较良好的健康状态下，也可以毫不费力地向北旅行数弗隆——然而把我们朝南吸引的这种阻力，在我们的大部分地域都可以起到指南针的作用。此外，还有雨（定期隔一段时间就会下），它总是从北方来，这提供了额外的帮助；还有，在城镇里，我们得到了房屋的指引，因为这些房屋的侧壁基本上是南北走向的，好让屋顶能挡住从北方来的雨水。在这个国家，没有房屋的地方，树干在某种程度上起了向导的作用。总之，在确定我们的方位这方面，我们并没有你们以为的那么困难。

然而在气候更加温和的地区，在那里，南向的吸引力几乎感觉不到，有时走在一个完全荒芜的平原，那儿没有房屋，也没有树木来指引我，我不得不在同一个地方静止不动待几个小时，直到下雨才继续我的旅程。对于弱者、老年人，尤其是纤弱的女性，吸引力对于他们的影响，要比对于强壮的男性的影响大得多。因此，出于教养，如果你在街上遇到一位女士，你总得把北侧的路让给她——当你身体状态不好，或者在一个不太容易分清南北的地区中时，立刻如此做到，也绝非易事。

我们的房子里是没有窗户的，因为光总会照到我们身上，无论在我们家里，还是在外面，无论白天还是黑夜，时刻降临，无处不在，虽然我们也不知道它们从何而来。这是旧日里一个有趣的问题，学识渊博的人们总想探索的问题，“光从何处来？”这个问题的答案被人们反复探究，没有任何结果，只有疯人院被想要解决这个问题的人们变得更加拥挤。因此，在通过征收重税来间接镇压这种研究的尝试徒劳无功之后，近来立法机关索性绝对禁止了此类研究。我——呜呼，我在平面国是完全孤独的——乃是现在唯一知道该神秘问题的真正答案的人；但我的知识无法被我任何一个同胞理解；他们嘲笑我——我，空间真理的唯一拥有者，从三维世界里引进光的理论的仅存持有人——我被当成疯子里最疯的人嘲笑！但且别再离题说这些令人痛苦的事情，让我们回到我们的房屋。

建造房屋最常见的形式是五边形或五角形，如附图所示。北边的两条边 RO、OF 构成了屋顶，大多数情况下都没有门；东边小一点的门让女性进出；西边大一点的门供男性进出；南边是地板，通常也没有门。

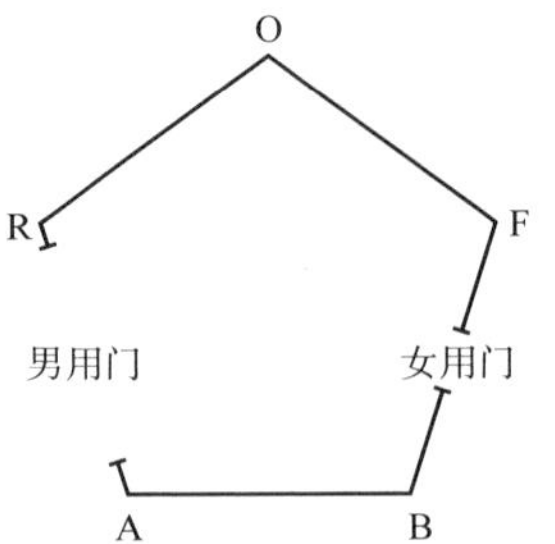

正方形和三角形的房屋是不允许的，原因如下。正方形的角度（更不用提等边三角形了）要比五边形的角度尖锐得多，而无生命物体的线条（例如说房屋）又要

比男人和女人的线条昏暗得多，因此，三角形或四边形房屋的端点，可能会对一个不太小心的，或心不在焉的意外地忽然撞上去的旅人造成严重的伤害，这种危险决然不能忽视：早在我们时代的11世纪，三角形房屋即被法律普遍禁止，仅有的例外是防御工事，火药库、营房和其他国家建筑，一般民众不小心地接近这些建筑是很不可取的。

在这个时期，四方形房屋仍然在任何地方都是被允许的，尽管会以一种特别税收的方式来劝阻。但是，大约三个世纪之后，出于公共安全考虑，法律决定在所有人口超过1万的城镇中，五边形的角度是法律允许的最小的房屋角度。社区的良好意识支持了立法机关的努力，现在，哪怕在乡间，五角形建筑也已然取代了所有其他类型。只有在一些十分偏远落后的农业区，古文物研究者仍能发现个别四角房屋。

关于平面国居民

一个成年的平面国居民，其最长的长度，或者说幅度，最多不超过你们所说的11英寸，12英寸便可视为最大限度了。

我们的女性都是直线。

我们的士兵和底层工人是有两条相等的边的三角形，每一条各为11英寸，而底边，或者说第三条边，是如此之短（经常不超过半英寸），以至于在他们的顶点形成一个非常锋利、可怕的尖角。事实上，当他们的底边退化最严重时（不超过八分之一英寸），他们很难和直线，或者说和女性区分开来。因此可以想见，他们的顶点极端尖锐。对我们来说，正如对你们来说一样，这些三角形被称为等腰三角形，以区别于其他三角形；我在下面几页提到他们时，也会使用这一名字。

我们的中产阶级由等边三角形组成。

我们的专业人士和绅士们都是正方形（我也属于这一类型）和五边形。

在这些阶层之上的是贵族阶级。他们分为好几等，从六边形开始，他们的边数递增，等级也递增，直到获得“多边形”的荣衔。最后，当边的数目变得非常庞大，而边的大小如此的小，以至于图案越来越接近于一个圆形，于是他被列入圆形阶层，或者说祭司阶层，这是所有阶层中最高的一级。

一个男孩会比他的父亲多一条边，这是我们的自然规律，这样，每一代人（通常来说）会在发展程度和高贵性上升一个台阶。因此正方形的儿子是五边形，五边形的儿子是六边形，等等。

但是，这条规律并非总是适用于商人，更不用说对于士兵和工人了；因为他们的边都不相等，很难说他们配得上人类形状之名。因此，自然法则在他们身上并不成立，等腰三角形（也就是两条边相等的三角形）的儿子还是等腰三角形。尽管如此，并非所有希望都已断绝，哪怕是对于等腰三角形来说，他的后代可能会最终从他堕落的状态中升级出来。因为，经过一系列的军事成功，或一系列勤奋且熟练的劳动，一般能够发现，在工匠和士兵阶层中，较为聪明的人，他们的第三条边，或者说底边，呈现出微小的增长，以及另外两条边的收缩。这些下层人民中较为聪明的成员，他们的子女间的通婚（由祭司安排），通常会导致后代更接近于等边三角形的类型。

很少有——与大量的等腰三角形分娩数对比来说——等腰三角形父母生出真正的、可通过认证的等边三角形[1]。这样的出生要求，作

1.“为何需要认证？”空间国的评论家可能会发问，“一个正方形儿子的出生，不就是自然本身对于其父的等边性给出的认证吗？”我回答说，在任何情况下，都没有一位女士会嫁给未经认证的三角形。一个略微不规则的三角形，偶尔会生出方形的后代；但几乎所有的案例中，首代的不规则性都会对第三代造成影响：他们要么达不到五边形的等级，要么堕落回三角形。

为其先决条件，不仅需要一系列精心安排的通婚，在未出生的等边三角形的潜在祖先身上，还需要长期的持续的节俭和自控力的训练，还要有数代等腰三角形耐心、系统、长时间地发展智力。

从等腰三角形父母那里，诞生一个真正的等边三角形，这在我们国家对周围许多人来说，都是令人狂喜的事儿。经过卫生社会委员会一番严格的检查之后，这名婴儿若确认为正常的，便伴随着庄严的仪式被接纳为等边的阶级。然后，他会立即被从他又骄傲又悲伤的父母身边带走，被某个无子女的等边家庭收养。作为收养方的等边家庭，会宣誓以后决不允许这个孩子进入他从前的家，或看望从前的亲属等之类的事情，以免这一发育很好的新生命，受无意识的模仿力驱使，重新堕回他遗传的水平。

从他的农奴祖先中偶尔生出的等边形，会受到强烈的欢迎。这些欢迎，不仅来自贫穷的农奴本身，就像是一道光照进他们单调肮脏的存在中；也来自大多数的贵族阶层，因为所有上层阶层都很清楚，这是一种罕见的现象，不会对他们的特权产生什么影响，反而是阻挡来自底层革命的最有用的栅栏。

如果这些顶角尖尖的下等人没有例外地完全缺乏希望与追求的目标，他们可能会在一些煽动性的爆发中找到他们的领导者，而这会使他们能够仗着压倒性的数量和力量战胜智慧的圆形。但明智的自然法则规定，随着工人阶级的智力、知识和所有美德的增加，他们尖锐的顶角（这使他们的身体有着强大的攻击性）的角度也会以相同的比例增大，逐渐接近等边三角形相对无害的角度。因此，在最野蛮与可怕的士兵阶层身上——这些生灵几乎和女人一样缺乏智慧——人们发现，当他们拥有了必要的心智能力，可以运用他们巨大的穿透力来获得优势时，他们的穿透力也会减弱。

这种补偿法则是多么地令人钦佩！这是对自然合理性多么完美

的证明，我几乎可以说，这是平面国各州的贵族宪法所得以建立的神圣起源！通过明智地运用这一自然律，多边形和圆形总是能够利用人类心中无法抑制的无穷希望，将叛乱扼杀在摇篮中。人为修饰也有助于建立法律和秩序。这被普遍认为是可行的——公立医院可以通过人为地拉长或者压缩，将叛乱领袖里面尤为聪明的那些人变得完全符合等边规则，以便立刻接纳他们进入特权阶层；数量大得多的不符合标准的人，都会被最终贵族化的前景所吸引，被引诱进入公立医院，在那里他们被光荣地监禁了一辈子；只有那么一两个更顽固、更愚蠢、没希望被规则化的人会被处死。

这样，等腰的可怜虫们，既没有规划，也没有领导者，要么是毫无抵抗地被他们的同胞的小身体刺穿——这些同胞，是圆形首领一直花钱养着，以备此类应急事件的；要么是在多得多的情况下，他们之间的嫉妒和猜疑被圆形团体巧妙地煽动起来，于是他们相互激战，并死于彼此的尖尖角下。我们的史册记录了不少于120次这样的叛乱，此外还有规模较小的爆发，数目为235次，它们都是这样结束的。

说起女人

既然我们的士兵阶层那高高的尖角是可怕的，那么可以合理推断出，我们的妇女还要可怕得多。如果说一个士兵是一根楔子，那么女性就是一根针，至少两个端点是如此。再加上，她们能让自己随时几乎隐身的力量，你应该也能明白，平面国的雌性，绝不是可以被轻视的生物。

但在这里，也许一些年轻读者可能会问，平面国的女人如何使她们自己隐身。我认为这应该是显而易见的，无须任何解释，哪怕是对最不愿意思考的人，几句话也能讲明白。

把一根针放在桌子上，然后用你的眼睛从桌子的水平面看针的侧面，你会看到它的全部长度；但是看它的末端，你只能看到一个点，它显得几乎不可见。我们的女性也是这样。当她侧身转向我们时，我们看到的她是一个线段；当包含她眼睛或嘴巴的端点——对我们来说，这两个器官是相同的——和我们的视线相遇时，我们只能看见一个相对明亮的端点；当她将背影呈现于我们的视线里，那么——那儿仅仅是有点光泽，事实上，就像无生命的物体一样模糊——而她的后端，就像是给她戴了一顶可以隐身的帽子。

现在，空间国理解能力最差的人，也应该能理解我们遇见妇女时所面临的危险了。即使处于中产阶层的一个体面的三角形的角，也不是全无风险的；倘若谁撞上一位工人，免不了要留下切口；倘若与一个士兵阶层的军官相撞，立刻就是重伤；如果和一个平民士兵的顶点碰一下，马上就是死亡的威胁——和一个女人相撞还能怎么样呢，除了绝对的立刻的灭亡？而且当一个女人是隐身，或者仅仅像一个昏暗的亮点那样可见时，哪怕是最小心谨慎的人，要避开与她相撞是多么的难啊！

平面国不同的州，在不同时间颁布了许多成文法，以期将这种危险降至最低；在南方和气候不那么温和的地域里，由于引力较大，人们更容易做不受约束的、无意识的身体运动，有关于妇女的法律自然要严苛得多。可以从以下摘要中获得对这些行为准则的整体了解：

> 1. 每所房屋在东面应有一个入口，只供女性使用；所有女性均须“以适当且恭敬的方式”进入，而非由男子的西门通行。[1]

1. 当我在空间国的时候，我知道你们的祭司圈子也以同样的方式为村民、农夫和寄宿学校的教师（《观察者》1884 年 9 月 1 日，第 1255 页）准备隔开的入口，他们也需要“以适当且恭敬的方式进入”。

2. 任何女性在公众场合行走，必需持续发出不惊扰他人的声音，有违者处以死刑。

3. 任何女性倘若被证明患有圣维塔斯舞蹈病[1]、痉挛、伴随有剧烈打喷嚏的慢性感冒，或者任何可导致无意识身体运动的疾病，立即处以死刑。

在一些州，另有附加的法律，要求妇女在任何公众场合行走或站立时，必需不停地从右向左晃动后背，以向身后的人表明她们的存在，否则处以死刑。还有其他的州强制要求妇女出行时，必需有一名男性，例如儿子、仆人或丈夫相伴；还有的州则将妇女完全限制在家中，除非在宗教节日期间才能出来。但是，我们最明智的一些圆形，或者说政治家们发现，增加对女性的限制不仅导致种族的衰弱和式微，而且还导致国内谋杀案的增加，以至于对我们国家的损失超过了禁止的准则所获得的收益。

当妇女的脾性因室内的禁闭或室外的限制而愈发被激怒时，她们很容易将怨气发泄到丈夫和孩子的身上；在不太温和的气候中，整个村庄的男性，有时会在一到两个小时间被女性们同时爆发的情绪崩溃所摧毁。因此，上面提到的三项法律，足以使国家得到更好的管理，并可被接受为我国女性法典的一个粗略的范例。

归根结底，我们最主要的保障并非来自立法机关，而是来自女性本身的利益。因为尽管她们的一个倒退，便可引发即刻的死亡，但除非她们可以从她们的受害者挣扎的身体中立即将刺入的尖头拔出，完成分离，否则她们自己脆弱的身体也可能随之破碎。

时尚的力量也在我们这边儿。我说过，在一些不那么文明的州

1. 又称“风湿性舞蹈病”，一种由细菌感染引起的运动神经系统失调。发病者以妇女和儿童为主。

里面，没有女性能够站在公众场合而不被强制要求左右摇摆她的背部。自所有图形有记忆以来就是如此，在一些文明情况良好的州中，这种做法在所有教养良好的女士当中普遍存在。这是一种应该做的事，并且在每一个受人尊敬的女性身上，是自然天性的事。需要立法去强制，这在任何一个州都被视为耻辱。她们摆动的节奏，容我在此说一句，非常协调，那圆形阶层里的女士，她们背部恰到好处的波荡，被普通等边人家的妻子嫉妒且模仿；而等边阶层女士所能做到的，仅仅是单调的摆动，就像一个摇晃的钟摆；但等边女士这种寡淡无奇的摆动，依旧受到那些上进的、有抱负的等腰三角形的妻子的崇拜与抄袭。在等腰女士的家庭中，“背部运动”还没有成为生活的必需品。因此，在任何有地位的、考虑他人感受的家庭中，“背部运动”普遍存在，而这样的家庭中的丈夫和孩子，至少可以免于隐形的攻击。

但我绝没有半点要说我们的妇女冷血无情的意思。但不幸的是，这个脆弱的性别，在一时激情的支配下，就忘记了所有其他的考虑。这就是，当然，是由她们的不幸构造所造成的，是一种必然。因为她们身上一个角也没有，在这一方面，比最低级的等腰三角形更低级，因此她们完全没有脑力，既没有反思力，也没有判断力，还没有预见力，更几乎没有记忆力。因此，当她们陷入愤怒的情绪时，她们不记得自己的目标，也识别不出事物的区别。我确切知道这样一件事的原因是，一位女性屠杀了她的整个家庭，半小时后，当她的暴怒消退，碎片被风带走，她开始问，她的丈夫和孩子到哪里去了。

因此，很明显，只要一个妇女处于可以转身的地方，她就不可以被过于激怒。当你让她们待在她们的房间里——这房间的构造，就是为了剥夺她们这种能力——你可以想说什么就说什么，想做什么就做什么；因为她们将完全无力产生危害，就算有什么事情激怒了她们，让她们有可能为此要将你置之死地，过几分钟她们也就不会记得了；同样，她们也不会记得你为了平息她们的愤怒，而做出的种种承诺。

总体来说，我们的家庭关系相当平稳，唯独在士兵阶级中的低等阶层除外。那里的丈夫们缺乏机敏和慎重，这种缺乏有时会导致难以描述的灾难。他们过于依赖他们的尖角这种进攻性武器，而非依赖敏锐的感觉和及时的伪装来防御危险。这些鲁莽的造物，他们也经常忽略女性居所的规定建筑形式，或者在门外通过不明智的表达激怒他们的妻子，还拒绝立即收回这种表达。此外，由于对那确实的真理迟钝而不敏感，他们对向妻子们做出过分慷慨的承诺会感到不适，而这些承诺，是更明智的阶层愿意做出的，以在某个特定时刻安抚他们的配偶。以上导致的结果就是屠戮，但这也并非全然是坏事，因为它消灭了一些较为野蛮、较为麻烦的等腰三角形们；我们这里的很多圆形们，都将这种较纤细的性别破坏性视为镇压多余人口，扼杀革命萌芽的多种天意安排之一。

然而，即使是在我们最规范、最接近圆形的家庭中，我也不能说我们家庭生活的理想，就像你们在空间国里那样高。只要没有屠杀存在，这就是和平的，或许可以用这个词，但双方在品味和追求上不甚和谐，并且出于圆形们的谨慎和智慧，为了保证安全，家庭的舒适度便被牺牲。远古以来，在每一个圆形或多边形家庭中，这似乎便是一种习惯——母亲和女儿，需要让她们的眼睛和嘴巴一直朝向她们的丈夫和男性朋友们；对于一位有荣誉的家族的女士，背朝着她的丈夫被视为不祥之兆，这预兆着地位的丧失。但是，正如我将要展示的那样，这种习俗虽然它有安全的优点，但也并非没有缺点。

在工人或受人尊敬的商人的家中——那里，当妻子在家中从事她的业余爱好之际，她被允许背朝她的丈夫——至少会有一段间隔时间，妻子既不被看到，也不被听到，只有持续的嗡嗡声作为和平的讯号[1]；但在上层阶级家庭，通常没有这种安宁。在那里，滔滔不绝的话语和明亮的锐利眼神总是指向一家之主；而光本身，并不比女性话语的洪流更加持久。能够防止被女性刺杀的技巧和花招，并不能阻止女性的嘴巴；而且，由于妻子的话中毫无见识，她又绝对没有什么机敏、理智或者良知，能够阻止她把这些话说出来，因此，不少愤世嫉俗的人都说，他们宁可选择女性带有死亡的危险却不吵人的那一头，而非安全而吵闹的另外这一端。

对于我在空间国的读者来说，我们的女性状况看起来可能真是很可悲，而且也确实如此。一位形状最差的等腰男性，尚可期待他的角有所改善，并最终将他从堕落的等级中提升出来；但没有女性能对她的性别怀有这种期望。“既为女人，永为女人”，这是自然的法令；而进化的法则似乎也对她不利。然而，至少我们可以钦佩命运的明智安排，命运判定她们毫无希望，所以她们没有记忆以用于回想，也没有预见性以用于预测。于是乎，这些苦难和羞辱，既是她们与生俱来的必需部分，也是平面国建立之基。

（刘思慧　译）

1. 如前文所述，女性必需持续发出不惊扰他人的声音，以让男性感知到自己的存在。

对大灾难的渴望

英国科幻小说的一个持续不衰的主题，就是大灾难。它摧毁文明，留下一众残余的人类为生存而拼争，并且在此过程中，指明人类的美德和致命的缺陷。大灾难，就像布赖恩·斯塔伯福德所指出的那样，从人类最早期开始，就是人类持续不绝的恐惧。传说、神话和宗教，都盛产关于瘟疫、洪水或其他自然或超自然的大灾难的故事。斯塔伯福德指出了这类故事当中的奇怪的矛盾情绪："因悲剧而惊恐，但因想象自己是一个空旷世界里的幸存者，而感到强烈的浪漫情怀。"

在科学时代，世界范围的大灾难的合理性大大增加之后，英国人似乎对这种想象格外钟爱。玛丽·雪莱的《最后一个人》(1826)以瘟疫摧毁了人类种族，同样的还有 M. P. 希尔（M. P. Shiel）的《紫云》(*The Purple Cloud*, 1901）和美国的一些作品，例如杰克·伦敦（Jack London）的《猩红疫》(*The Scarlet Plague*, 1912)，以及乔治·斯图尔特（George R. Stewart）的《尘世容生》(*Earth Abides*, 1949）及之后一些作品。

19 世纪新的宇宙学，使宇宙毁灭的可能性更加合理了，这呈现在了弗拉马里翁（Flammarion）的《世界终结》（*Omega*, 1894）、威尔斯的《星》（*The Star*, 1897）、埃德温·巴尔默（Edwin Balmer）和菲利普·怀利（Philip Wylie）的《当世界毁灭时》（*When Worlds Collide*, 1932—1933）以及尼文和波奈尔的《恶魔之锤》（1977）等上百部其他作品之中。这当中还包括约翰·温德姆，他将使几乎所有人失明的宇宙爆炸和食肉的可移动的植物在《三尖树时代》（*The Day of the Triffids*, 1951，电影版 1963）里面结合起来。

由于原子弹，导向自毁的战争的可能性增加了，一些作品发出这样的警示，例如切斯尼的《多尔金战役》、威尔斯的《空中战争》（*The War in the Air*, 1908）以及威尔斯的电影《笃定发生》（*Things to Come*, 1936），还有 L. 罗恩·哈伯德（L. Ron Hubbard）的《最终封锁》（*Final Blackout*, 1940），接下来是内维尔·舒特（Nevil Shute）的《海滩上》（*On the Beach*, 1957）、帕特·弗兰克（Pat Frank）的《哀哉，巴比伦！》（*Alas, Babylon!*, 1959）、小沃尔特·M. 米勒（Walter M. Miller Jr.）的《莱博维茨的赞歌》（*A Canticle for Leibowitz*, 1960）和斯坦利·库布里克（Stanley Kubrick）的电影《奇爱博士》（*Dr. Strangelove*, 1964）也紧随其后。

涉及大灾难的时候，美国人似乎是行动主义者，他们所想象的大灾难，主要由可能的人类的自毁行径引发，而英国人就比较倾向于事物的自然终结。关于大自然的反击的最早版本之一，就是理查德·杰弗里（Richard Jefferies）发表于 1885 年的《伦敦已矣，或曰，荒野英格兰》（*After London or, Wild England*）。

杰弗里是一位博物学家，后来转向小说写作。他是一位农民的儿子，颇具描绘动植物的世界的天赋。他在 1881 年发表了《木魔法：寓言》，又在 1882 年发表了其续篇《贝维斯：一个男孩的故事》。奥尔迪斯说，杰弗里“恨伦敦，也恨他生活其中的时代”。当他写下《伦敦已矣》时，他正在遭受肺结核的困扰，在出版两年后，这疾病最终夺去了他的生命。无论如何，书中所呈现的是对回到自然的生活方式的一种迷恋。

《伦敦已矣》在结构上和传统小说不同。第一卷“复归蛮荒”，花费了五章和大约 80 页，去描述英格兰“伦敦已矣后”的改变。章节名为“大森林”“野兽”“林中之人”“入侵者”，还有“大湖”。这是科幻的想象力针对“如果文明覆没，大不列颠会归于何处”这个问题的早期练习。第二卷“荒野英国”是一本 360 页的传统小说，讲述了在这些变化后产生的中古式的英国，菲利克斯·阿奎拉爵士的爱情故事和崛起之路。

杰弗里从未解释这些变化是如何发生的。他的故事讲述者，提供了一些一般性的猜测，但没有哪个是令人信服，或有确定意味的。W. H. 赫德逊（W. H. Hudson）在《水晶时代》（*A Crystal Age*, 1887）里用的手法同样模糊，还有约翰·科利尔（John Collier）的《汤姆冷着呢》[1]（*Tom's A-Cold*, 1933），但后面的作者会写得明确一些。J. D. 贝雷斯福德（J. D. Beresford）在《雏鹅》（*Goslings*, 1913）里用瘟疫，温德姆用他的行走植物，而约翰·克里斯托弗（John Christopher）［原名 C. S. 尤德（C. S. Youd）］在《草之死》（1956，1957 年以《寸草无生》之名再刊，1970 年改编为电影）里面，用的是一种杀死了所有草本植物（包括小麦）的传染病。但杰弗里真正的后继者可能当数巴拉德，他在《不知何处而来的风》、《淹没世界》（1962）、《旱》（1964），还有《结晶世界》（1966）里面，写了一系列未做解释的全球性大灾难。

1. 语出莎士比亚《李尔王》第三幕第四场。

在 1870 年到 1900 年之间，美国的人口翻了一番，工作周减少，而人均收入增加了 50%，由此观之，英国关于文明消亡的预兆，开始得是有点早。

（刘思慧　译）

伦敦已矣（节选）

理查德·杰弗里

第一卷
复归蛮荒

第一章　大森林

老人们说，他们的父辈告诉他们，在田地被抛荒后不久，有种变化便清晰可见。伦敦倾覆后，第一个春天，万物皆变绿。这样所有的乡村都变得相似起来。

草地皆化为绿色，那些早先被播下，昂扬生长的小麦皆化为绿色。但它们未曾得到，今后也不会得到任何照料。那些可耕种的，却未被耕种的土地，那些最后一茬断株已被犁起来的，现在长满了茅草；那些最后一茬断株未被犁起来的，也被野草覆没了。所以现在没有哪里不是绿色，或深的绿色，或浅的绿色；人行小道是绿得最浓最化不开的地方，因为这是绿草的天性：当它们受人踩踏，日复一日，当夏季来临的时候，之前的小路，又会细细地覆盖一层从路边上新长起来的草。

秋风乍起，因为牧场不复被收割，这草如何站立，便如何枯萎，落于此处，亦落于彼处，风吹到哪里，它们就倒到了哪边，种子落下，纷纷如雨，而花梗变成了一种近乎灰色的白。酸模和酢浆草浓密的地方，是一种近乎褐色的红。那小麦，自它们成熟以后，并没有人收割它们，它们依旧站立着，并被如云的麻雀、乌鸦和鸽子所浸没，吞食。它们聚集而来，不受任何打扰，享受着它们的盛宴。而当冬日降临，庄稼被暴风雪所击倒，被雨水所浸没，被成群结队的野兽践踏零落。

又一个夏日，那些前一年伏落的稻草，又被一层新绿覆盖，那是小麦与大麦，从去年垂落的种子里爆裂而出，同样覆盖而来的，还有大量的酸模、蓟草、牛眼雏菊以及类似的植物。这缠结的一团，穿过发白的稻草生长出来。野芥子也一样，在火焰似的黄色花朵下面，将腐烂的根隐藏在田野之下。春天始生的披酸碱草几乎不可能穿过去年集结而下的厚厚的死草与花梗，但对于酸模和蓟草、酢浆草、野胡萝卜和荨麻等，则没有这个麻烦[1]。

人行小径在第二年就已被掩藏了，但是大路仍可寻见，即使它已变得和草皮一样绿，但仍然是最适合走路的，因为那缠结的小麦与青草，和在牧场中央长长的野草，一旦有人试图通行，都会绊住行人的脚。年复一年，小麦、大麦、燕麦和豆荚等原有作物都在一直生长，并彰显自己的存在，不过长势渐渐减弱，因为荨麻和其他更粗野的作物（比如野生防风草），它们顺着沟渠蔓延至田野里，并将原有作物渐渐绞杀……

（第一章的余下部分，讲述了英格兰迅速退化为它早期的森林状态。第二章简单地介绍了野生动物恢复了它们旧有的角色，而家

1. 后面这些是多年生植物。

养动物也加入了它们。第三章“林中之人”，主要是关于那些留在城市中的人们向布须曼人的退化，以及吉普赛部落渐渐大权在握。第四章“入侵者”，描述了威尔士人和爱尔兰人试图逆转他们古代的失败[1]，并入侵了英格兰的残余部分。）

第五章　大湖

在我讲述历史之前，现在只剩下我们国家的地理问题需要被解决。现在，于此国度，我们所知的它的样子和远古的人所知的它的样子中最为显著的区别，是在群岛的中间新出现的神秘大湖。从赛文河畔的红岩峡开始到这儿，经划艇所能走的最直接的航道，在长度上大概有200英里，甚至乘一艘人员配置极佳的船，也往往需要一周时间。因为这段路程，当它绕着岛屿航行时，罗盘指针指向的点也转来转去。因此，划桨者只得不管风是从哪个方向来的，逆着一刀一刀的风不停地划桨。

许多地方未经探索，关于它们的存在我们几乎一无所知，甚至连个推测都没有。事实上，在菲利克斯·阿奎拉的时代之前，其中大部分甚至没有名字。每一个居住区都对自己城市之前的河湾和通往下一个城市的路径十分了解，但除此之外的，他们既一无所知，也没有任何兴趣去知道。不过我猜测，这个湖并不可能像它看上去那样真的那么长，那么宽，因为国境以内无法容纳这样大的湖。湖岸线的长度几乎被翻了三倍，因为岛屿和礁石使船只没有办法按直线航行。也因为在大多数的情况下，船只是沿着大陆的南岸航行，这里被河岸和一堆小岛的边缘保护着，不受从开阔水域肆虐的风暴的影响。

---

1. 爱尔兰曾为独立王国，威尔士为大公国，后均被英格兰国王爱德华一世收复。此处用了这一历史背景，意指在未来世界对此进行报复。

这样沿着海湾和海峡行驶，他们的旅程延长了三倍，但是几乎可以完全免于风浪之厄。大风吹来时卷起海浪的速度可以快得令人难以置信。事实上，缓慢的商业船，为了等待顺风，往往从一个港口行到另一个港口就要好几天。这些沉重的船只，载着众多货物，为了过浅滩，船底造得又平又宽，船头高高翘起，像是一些漂在水上的巨木。而驾驶轻舟的猎人，真的，他们有时会冒险比大船更远地深入大海，好迅速从一个地方航行到另一个地方。如果不是每个城市或港口的征税审查，他们可能航行得更加迅速。这些城市和港口的当局，不仅为王室的国库，也为他们自己无尽的贪婪而征收各种税费，无论这些船只从何处来，属于什么人，或欲往何处去。所以，没有船只能快速通过，除非它们全副武装，能够抗拒这些调查人员。

所以这些小舟在天气平静的夜里，就从距离口岸数英里远静静航行，以此来逃避港口税关；要是在白天，他们就沿着芦苇浅滩航行，在菖蒲和柳树的遮蔽下溜过去。商船则在傍晚的时候拖靠在岸边，船员们下船生火、做饭。然而，无论如何，在他们通常的航道上会有一两处水道，使他们无法这样轻松地过去——要么是两岸岩石参差嶙峋，要么是水道太窄。所以，当他们要通过这种地方的时候，必须得从一个地岬绕个大圈到另一个。

这个湖被白马峡分成了面积不等的两个部分，在峡中的船只通常要受天气的摆布，无法逆风航行，因为那风通过狭窄的通道时会造成一股涌流。湖内没有潮汐，这些迷人的湖水并不每天涨涨落落；哎，当我说这些的时候，我忘了去说湖水从何而来，它们是如何填满了我们国家的中央。现在，哲学家西尔维斯特和那些追求奇迹的人们说，黑暗的天体穿过太空，会导致大量的淡水以雨的形式降落，并且森林生长也会从云中吸出雨水。让我们把这些猜测留给梦想家，并重述已知的事情。

在这件事情上，并没有什么民间传说流传。普通民众对这种事情的记忆力是相当好的，但他们说，没有大暴雨，在古代手稿里也没有对洪水的记录，也没有提过什么异常的降雨。但这湖泊，自己便告诉了我们它是如何形成的，或者说，起码让我们能够略知一二；而这些事实，最近又被探险队确认了。

在湖水东端，湖泊变窄，最后在广袤的沼泽里消失，而沼泽下面就覆盖着古伦敦遗址。在旧时的日子里，毫无疑问，泰晤士河也经由这里流过。由于海平面的变化，泥沙被带到了这里并堆积起来，堵塞了河流。我前面曾经提到过的大量的木材、城市与桥梁的残骸，被条条河流带了过来，而泰晤士河带得最多。这又增加了废物积累。而那些古时桥梁的地基，就好像是故意为了这个目的一般，将漂浮物卡住了垒起来，这样就堆得越来越快。而且，在此之前，泰晤士河已经十分堵塞了，因为古老城市的下水道，经由巨大的地下渡槽和排水沟，都纷纷排放在它里面。

一段时间之后，所有沙滩和浅岸都被长势生猛的野草、柳树和菖蒲覆盖了，并且连在了一起，潮汐逐渐退却，越来越低，也留下了越来越多的泥土和沙石。现在人们相信，当这样的情况持续一段时间之后，河流里的水无法找到渠道宣泄，开始满溢出来，溢到空寂无人的街道上，并开始填满了地下通道和下水道，这些通道的数量之庞大，散布之广，实在难以言喻。在强大的水压之下，这些通道纷纷爆开，而后住宅坠落其中。

这座伟大的城市，有如此多的传说与它相关的城市，归根结底，只是由砖块所建造的，当常青藤蔓爬过来，当树木与灌木纷涌而出，并且，最后，当水从地下爆涌而入之际，这宏伟的都会一夕之间便告倾覆。到了今天，那些城市里建得比较低的地方，都变成了湿地与沼泽。那些建造得比较高的房子，当然，就像其他镇一样，其中所有都被幸存者们洗劫一空；连钢铁都被重新炼化掉了。树木沿着屋子生长，渐渐穿透了墙壁，然后房屋坠落。树木和灌木掩盖了它们，常青藤和荨麻遮蔽了那些断壁残垣。

那些较小的城市与村镇，其情况也是如此，它们的遗址在树林之中。尽管我们现在的许多城镇沿用了古时的名字，但它们事实上并不在原来的位置，而是与原址相距有两三英里，有时候甚至至10英里远。是创始者们创建了它们，并用自己旧家乡的名字为之命名。

由此，伦敦城，伟大而骄傲的城市，其低地部分变成了沼泽地，其高地部分被灌木所遮蔽，最大的建筑物倒塌变成废墟。在高地上，一切皆不可见，除了乔木与山楂树。在低地处，长满了柳树、菖蒲、芦苇和灯芯草。这些坍塌的废墟，让河流越来越闭塞，并且几乎马上就要逼得河流倒转。即便有点水能渗过去，也少得让人无法察觉，并且肯定没有什么渠道能够到达海洋。这是个巨大的、停滞的沼泽，没有什么人胆敢进来，因为一旦进入，死亡将是不可回避的命运。

从这一大片恶臭的烂泥里渗透出的水汽是如此致命，以至于没有动物能够忍受它。黑色的水流，上面漂着一层绿棕色的浮渣，而浮渣又从底部的烂泥浆当中永不停歇地往外冒。当风聚集了瘴气，并且从某种程度上来说，把它们挤压到了一起，它就变成了一朵低云，清晰可见，垂悬在这个地方上面。云层并没有超过沼泽的范围，它留在那里，似乎是由于某种持续的吸引力；这对于我们来说倒是好事，幸好它出不来，因为当水汽最为浓重的时候，连野鸟都得飞离栖身的苇丛，只为从这毒气当中逃开。这里没有鱼，泥鳅也无法在这泥浆中生存，甚至蝾螈都不行。这是一潭死水。

菖蒲上和芦苇上覆了一层黏泥，触感令人恶心；那儿还有个地方，甚至连这些都长不了，什么都没有，只有一种油质的液体，绿油油的，散发着恶臭。非常明显，这样的水里一条鱼也不会有，因为从未见鹭鸟过去捕食，翠鸟也不会，什么鸟都不会接近那里。他们说，当水汽浓重的时候，太阳都要被遮蔽，但我看不出来有谁能确认这种描述，因为根本就没人能进入云层下的区域。当风将雾气聚集起来的时候，每一口呼吸都是致命的。因为数千年来的腐烂物，和数以亿计的人类身体，都在这死水当中溃烂，慢慢地下沉，渗入地底。还有那些埋藏在阴沟中的排泄物，它们会纷纷浮上水面。

我恐怕，许多人曾经受他们想要得到利益的渴望驱使，尝试过进入这个可怕的地方，并导致了死亡。因为几乎无可争议的是，有无尽的宝藏埋藏于其中，但它们却被比火蛇更为恐怖的事物保卫着。这些人通常会在严寒持续的霜冻中，或在干旱最严重的时候，尝试进入其中。霜冻减弱了蒸汽的浓度，而这沼泽地，尽管没有行船的水道，也是可以部分通行的。但一旦什么东西被碰到了，无论是一段灌木，一根柳枝，甚至一株菖蒲，只要冰层破裂，在这时刻，瘴气就会升起得更加猛烈。除此之外，有些地方永远都不会结冰，这些冒险者们一旦不小心靠近，或者是风向一转，毒气就会被吹向他们。

夏日中旬，在漫长的酷热白昼，水汽上升，多多少少地散于天空。这个时候要是迂回前进，进入沼泽是可能的，但以患病为代价是肯定的。如果这个探险家无法在夜晚降临前退出沼泽，无论夏天还是冬天，他都死定了。在早些时候，一些既大胆又冒险的人，确实成功地获得了一些珠宝，但那之后，沼泽变得更加危险，死水越渗越深，它一年比一年更容易致人死亡。所以如今已经有许多年没人再做过这样的尝试。

这腐烂的沼泽地的面积并不确定，但一般认为，它在宽度上横跨 20 英里，并且从曲线上来说，接近 40 英里。它在外围地区毒性并不强，只有沼泽内部是必须避开的。

沼泽与湖接壤处，海浪吐出来的沙土早已在湖水和死水之间形成了部分的屏障，这屏障高出水面几尺。屏障较浅的地方，长满了菖蒲和芦苇。在这离沼泽一箭地的地方于湖上航行，都是可行的。事实上，死水与湖水并不会混合在一起，就像在沼泽的其他地方清晰可见的那样，溪流与暗黑或微红色的水并排流动，井然有序；那儿还有一些水池，一边有鹿饮水，而另一边连老鼠都不去。

老百姓断言，魔鬼栖身于这沼泽之中。而事实上，在夜间是会看见火焰的形状，这对无知的人来说，是对此种传说的确证。那些水汽，在它们最浓重的地方，一旦着火，便如蓝色的火之精灵一样。这些燃烧的气团浮动来去，其实连芦苇都烧不着。那些迷信的人，在其中捕风捉影地看到了恶魔的形状和有翼的火蛇，并且说，有白色的幽灵在黄昏后萦绕于沼泽的边缘。其他的古城里或多或少也发生了同样的事。事实上，遗址常有，沼泽不常有，但由于废墟上散发着的邪气，这些地点都变得不适宜居住。人们会避开它们。在森林里面，要是发现有一座古代房屋存在的地点，猎人们都不敢接近。

他们说，要是不小心发热，或者得了疟疾，那一定是不慎睡在了古代遗址上面。也不能在古城镇附近耕种土地，因为这会导致发烧。正是因为如此，就像我之前所提到的，现在有同样名字的地方距离它过去的位置常常有数英里远。农民的犁锹一旦挖到了古代遗址，在那里工作的人立刻就会得病。故此，旧世界的那些城市和它们的房屋及居住地会被遗弃在森林里。有时，猎人们在夜晚想要搭起营帐的当口，可能会被绊倒在一片碎瓦，或切凿过的石头碎片等诸如此类的事物上，他们会立刻挪开至少一箭之地。

东流的泰晤士河，由于堤岸的堆积，最初被阻挡而最后完全被截留倒流回原来的位置，泛滥开来，覆盖原本干燥的土地。许多小一些的河流和溪流情况也是如此，和它一起汇聚成了这片湖。起码在我国东边，大湖是这样形成的。

在西端，水域也在陡峭的悬崖之间收缩，这座悬崖被称为红岩峡，在古时被称为布里斯托尔的城市附近。现在威尔士人说，塞文河在旧时代曾流经这里，但并不穿过峡谷。当地人的传说也证实了这一点。伟大的塞文河从北方下来，英格兰在它的一岸，威尔士在它的另一岸，渐行渐宽，奔流入海。在它到达大海之前，另一条较小的河流埃文河，从它的上游流淌至今，穿过了峡谷的裂缝，从此处汇入进来。

但当古人日薄西山，旧世界的日子也要结束的时候，咸水的汪洋开始后退，水位降低，大片的沙丘暴露了出来，这些沙洲马上扩散开来，延伸到塞文河的大多数地方。事实上，也有些人认为咸水没有退去，而是陆地提高了。然后他们说，那些海浪吐出了数量巨大的卵石和沙子，因此堤岸被堆了起来。无论怎样，我们唯一确切知道的是，塞文河的河口升起了一个宽阔的海滩，横亘在那里，并逐渐变宽，持续向西扩展。就好像海洋掀起了自己的河床，将它朝着海滨盖了过去。

现在，当塞文河因此比泰晤士河更严重地被截流时，它也会回流，回到最初的位置，直到它满溢出来，其他小一些的河流也汇入其中。最终，它们与倒流的泰晤士河混合到了一起。这就形成了淡水内海；虽然西尔维特斯暗示（这是最不可能的），是陆地中央下沉形成了一个盆地，一段时间之后，当水涨得足够高，因为无论如何，水总需要一个出口，于是湖水穿过在红岩峡背后的绿色乡间，通过埃文河谷倾泻而出。

而后更进一步，它漫过了河岸，通过河岸最低的地方漫溢出去，并由此找到了它通过堰塞坝的途径，奔流入海。于是接下来，当海洋里的潮汐退却后，大湖里的水以一种狂暴的姿态冲过这些堤岸，没有船只可以顺流而下，或逆流而上。如果他们试着顺流而下，他们会在两水交界之处进退两难；如果他们想要逆流而上，再强的风，也无法帮助他们对抗水流。不过，当潮汐逐渐恢复之后，海面与湖面齐平，水向外的潮流停止，甚至还有些向内的，水的最高点可以到达红岩峡。而如今的潮况中，这样的时刻一天有两次，一次白天，一次夜晚，船只可以于这样的情况下进出通行。

我所提到过的那些爱尔兰船，会在这样的情况下进入湖中，等在堤岸外头，直到潮汐将它们抬起。这些船是在他们的国家为了横穿大洋时建造的，它们又大又结实，人员配备良好，能载 30 到 50 人。而威尔士船，它们沿着塞文河的古老河道下来，进入湖中，所以这些船小得多，也轻得多，因为它们并不需要承受汹涌的海波。每艘船只载 15 到 20 人，但是船的数目要多得多。至于爱尔兰船，由于它们的大小和吃水深度，在淡水中航行的时候，并不能总是在夜晚靠岸，也无法像货船一样，循着岛屿边缘和海岸之间的路线前行。它们经常停留在更靠外的、更深的水域，但威尔士的小艇，在海岸的任何一个地方都很容易袭来，所以面对他们，没有什么地方是安全的。威尔士人对我们认为是塞文河河道的那片湖区极其重视，他们绝不允许一条异国小艇进入那里。因此，无论那里是窄溪，还是宽阔的河道，或者河岸长什么样子，我们都一无所知。这就是有关于淡水内海的起源的确切知识，排除了所有的迷信与猜测，只记下了确定的事实。

那里是一片美丽的水泽，澄澈如水晶，可供啜饮，充满了鱼类和其他生灵，并被绿色小岛所点缀。在静谧的黄昏，这里的风景是世界上最可爱不过的了：太阳静静落下，穿过水平面，闪闪发光的水面如此宽阔，以至于用肉眼横过水面望去，只能勉强分辨出一朵低垂的暗云悬在地平线那头，若是纵观，很可能只能看到无穷无尽的湖水。有时候它是蓝的，反射着正午的天空；有时候它是白的，窃到了白云的颜色；有时候它是暗绿色的——当风起云涌之时。

事实上，风暴会以超乎寻常的速度呼啸而来，所以那些船只，只要有可能，便沿着商道而行。像他们所说的，绕在岛屿后面，岛屿如保护礁石一般遮蔽它们。风暴来得快去得快，往往早晨一片平静，午间海浪汹涌，肆虐沙滩，而傍晚又风平浪静，这样的情况并不少见。那些爱尔兰人，对咸海十分熟悉的这些人，他们说它的暴雨和狂风，变幻莫测，让这湖比海洋更加危险。但是，湖里几乎到处都遍布岛屿，船只也可以在后面寻求庇护。

在这大湖的水面下方，一定隐藏了非常多的古代城镇和都会，它们的名字已然丢失殆尽。即便当今，起锚时偶尔仍会带上些生锈的金属或旧铁器，或黑色的木梁碎片。据说——也确实很有可能——当旧时代的余民发现这水正在逐步侵蚀（它上升得非常缓慢），他们也年复一年被湖水逼得步步后退，那时候他们认为，假以时日，他们会全都被水冲走、淹死。但扩伸到它现在的限度之后，湖水不再上升，甚至在最潮湿的季节里也并不上升，它总是保持不变。从某些特定的码头的位置上我们可以知道，它像这样已经至少有数百年的时间了。

以我之见，绝没有一片像这样绝美的广袤水域。我们该要无比悲痛，因为这样的水域经常被证明是将战争的痛苦带到无辜者门前的最好捷径。然而，人们依旧是乐此不疲地从水上来来往往；当代大多数的城市也依旧位于水滨。在晚上的时候，我们会在沙滩散步，居高临下地俯瞰水面，凝视着它们的波光碧影，我们一天的辛劳仿佛就得到了报偿。

（刘思慧　译）

媒介与信息

美国有十分硬币一本的廉价小说，英国也有一便士一本的恐怖怪谈，这些都是专门以娱乐大众为目的的廉价出版物（尽管按今天的标准来说已经够贵了）。然而，随着 1891 年第一本高级插图杂志的问世，一个新的时代开始了。这本杂志是乔治·纽恩斯创办的《河岸街》杂志，其目的是为英国最优秀的面向广大普通读者写作的作家们提供一个家园。这是一次大胆的尝试，它的成功催生了一代新作家和一批效仿者，包括美国的《麦克卢尔杂志》和《芒西杂志》。

一个必不可少的先决条件是，内战之后席卷美国的义务基础教育运动和 1871 年英国《教育法案》的实施，极大地普及了读写能力，从而发展出一个新的受教育读者阶层。就像真正的科幻小说中发生的那样，通过四项技术突破，出版杂志在经济上变得可行了：1846 年轮转印刷机发明，1884 年整行铸排机[1]出现和木浆造纸工艺进

1. 一种用于印刷的“整行铸造”排字机。由其能够一次完整铸造一整行铅字而得名。

步（尽管插图杂志是用布浆纸[1]出版的）以及 1886 年网目印版技术。对新兴受教育的工人阶级具有吸引力，又展现了异域冒险魅力的通俗杂志，直到 1896 年才出现。

像侦探小说（《河岸街》杂志连续出版了 6 部以夏洛克 · 福尔摩斯为主角的小说）以及其他类型的小说一样，科幻小说在插图杂志高收入的新环境中蓬勃发展。这吸引了年轻的 H. G. 威尔斯离开了他在函授学校的岗位（他在那里著有一本生物学教科书），转而从事自由撰稿人的职业，起初写文章，而后创作短篇故事和长篇小说。

威尔斯在自传中写道："19 世纪的最后十年是一个非常适合新作家的时期，我个人的好运来源于整整一代有志之士的运气。我们很多人都'飞黄腾达'了……读书的习惯正在向有着独特需求和好奇心的新阶层扩展……市场需要新书，呼唤新作者……"

《闲人》杂志是受《河岸街》杂志启发的竞争者之一，它由罗伯特 · 巴尔和剧作家杰罗姆 · K. 杰罗姆创办于 1892 年 2 月。这本杂志主打最好的有才华的青年作家创作的小说，也取得了成功。这些作家受到新兴杂志的吸引而进行创作，甚至可能就是被它们所造就的。阿瑟 · 柯南 · 道尔（Arthur Conan Doyle）为《闲人》写稿，鲁德亚德 · 吉卜林、罗伯特 · 路易斯 · 史蒂文森和威尔斯也是如此。

巴尔也为自己的杂志写故事。他于 1850 年出生于格拉斯哥，最初在加拿大安大略省温莎市做小学教师，后来就在美加边界对面的《底特律自由报》担任记者。在他被调到报社的伦敦办事处之后，他的室友吉卜林和朋友道尔把他介绍给了当地文学圈的友人。

巴尔是一位多产的广受欢迎的作家，他于 1892 年和 1894 年出版的作品集《〈在甲板躺椅上〉及其他船上发生的故事》（*In a*

1. 布浆纸：用布碎或棉布纤维造成的优质纸张。

Steamer Chair and Other Shipboard Stories）和《面孔与面具》（*The Face and the Mask*），其中收录了许多奇妙的故事。他于 1896 年和 1898 年出版的长篇小说《来自神秘之国[1]》（*From Whose Bourne*）和《特克拉：爱情和战争的传奇》（*Tekla: A Romance of Love and War*），展现了新奇古怪的设定。他的若干科幻小说都刊载在《闲人》上，其中包括 1892 年 11 月发表的《伦敦的毁灭》（"The Doom of London"）。

正如萨姆·莫斯科维茨在关于"世纪之交"科幻小说的首部选集——《煤气灯下的科幻小说》（1968）中所指出的那样："巴尔让假借科幻小说来进行社会批评这种新型写作技巧普及开来……"他也让自然灾难小说普及开来。时至今日，这样的小说不断涌现，其中加拿大作家格兰特·艾伦、卡特利夫·海恩和弗雷德·M. 怀特，以及当时崭露头角的年轻的威尔斯都创作了大量此类作品。

1952 年伦敦烟雾事件造成大量人员死亡之后，1956 年英国通过了《清洁空气法案》。由于该法案和其他一些生态措施，伦敦大部分的烟雾如今已经被清除了。但巴尔的故事远远早于这次事件和其他灾难，因此似乎具有一种预言性。

（唐伊豆　译）

1. 原文为 From Whose Bourne，出自莎士比亚悲剧《哈姆雷特》第三幕第一场台词"那从来不曾有一个旅人回来过的神秘之国"（朱生豪译本），"神秘之国"此处指死亡国度。

伦敦的毁灭

罗伯特·巴尔

20 世纪的自负

我很庆幸我侥幸捡回了一条命，这才得以目睹世界历史上最辉煌的时代——20 世纪中叶。任何试图贬低过去 50 年里的巨大成就的行为，都是徒劳。如果我不揣冒昧，提醒诸位注意——19 世纪的人民也曾成功完成过许多重大的业绩——这个现下显然已经被大家遗忘的事实，可一定不要因此认为，我对那些当代的伟大发明心存任何程度的轻视。人们总是倾向于居高临下地看待那些生活在自己之前 50 年或 100 年的人们。在我看来，这个弱点在当代格外突出。这种民族性的自大心理虽说的确存在，但是我们至少应该尽可能使其不那么刺眼。许多人会惊讶地发现，19 世纪的人民也具有类似的缺点。他们幻想自己生活在一个进步的时代。虽然我还没那么愚蠢，并不打算证明他们做了什么真正值得载入史册的事情，但任何不抱偏见的研究人员都必须承认，他们的发明至少是今日之成就的基石。诚然，如今要想见到电话、电报和其他所有电子设备只能去参观国家博物馆，或者找上寥寥几位对上个世纪的所作所为感兴趣的人们，参观他们的私人收藏。然而正是对现在业已过时的电学的研究才带来了最近关于振动以太的新发现，从而让这种物质能够令人满意地为世人工作。19 世纪的人并非傻瓜，虽然我十分清楚，这一句话只要引起人们一丝一毫的关注，就必定会招致轻蔑。但谁又能说，下半个世纪的进步可能不会像已结束的上半个世纪那么巨大？谁又能说，下个世纪的人们看待我们，一定不会像我们看待 50 年前的那些人一样，抱有轻蔑之情？

作为一名老人，我也许早已落伍，生活在过去而不是现在。然而在我看来，最近发表在《布莱克伍德》杂志上出自牛津大学莫伯里教授天才手笔的那篇文章完全没有道理。在《伦敦人民的下场是否应得？》这个标题下，他竭力证明数百万人同时毁灭是一件好事，我们至今仍在享受其种种良好的结果。据他所说，伦敦人是如此迟钝、愚蠢，完全丧失改进的能力，沉溺于集资敛财的罪恶，以至于除了彻底灭绝，什么都不足以补救。伦敦的毁灭不是一场骇人听闻的灾难，而是一件完完全全的幸事。尽管这篇文章得到了新闻界的一致认可，但我仍然坚持认为这种说法并不恰当。对于 19 世纪的伦敦，我还有必要说上几句话。

为什么伦敦得到警告却毫无准备？

我在第一次读到上述文章时感到的愤慨至今犹存，它促使我写下这些文字来描述这次灾难。尽管难免受到当代人的嘲笑，我仍然必须将其视为历史上曾侵袭了一部分人类的最可怕的灾难。我不会想方设法地将有关前述时代任何有记录的成就置于读者眼前，但是我的确想就伦敦人民所谓的愚蠢行为谈论几句。如今人们都说，他们在不断得到反复预警的情况下依然对灾难毫无准备，还将他们比作在火山脚下寻欢作乐的庞贝城居民。首先，雾在伦敦司空见惯，尤其是在冬天，没有人会特别注意。雾仅仅被看作造成不便的烦恼，妨碍贸易，有害健康；但是我认为恐怕没人想到，雾居然可能变成一张铺天盖地、令人窒息的床单，覆压在整座都市上空，熄灭生命之火，仿佛那个城市遭受了一场令人绝望的狂犬病。我曾经读到过，被疯狗咬伤的受害者可以用这种方式摆脱痛苦。尽管我非常怀疑是否确实有人这么干过，然而这种野蛮的暴行现在却被用来对付 19 世纪的人们。

也许庞贝城居民已经对维苏威火山的爆发见怪不怪了，以至于他们根本没有想到自己的城市可能会毁于风暴般的火山灰和泛滥的熔岩。雨经常光顾伦敦，如果雨下得足够久，势必会淹没这座大都市，但人们没有采取过任何预防措施应对来自云中的洪水。那么又如何能指望这些人为雾带来的灾难做好准备呢？况且还是世界历史上从未有过先例的灾难，伦敦人绝非当今作家们想让我们相信的那种萎靡懒散的白痴。

终究出现的巧合

由于目前海上和陆地上的雾都已经被消除了，而且现在这一代人几乎没有见过雾，所以对于雾——特别是因其当地特性而不同于其他地方的伦敦雾——做一些一般性的说明并非不合时宜。雾很简单，不过是从潮湿的地表或海面升起的水蒸气，或是由饱和大气凝结而成的云。在我年轻的时候，雾是海上的巨大威胁，因为人们当时需要借助在海面上航行的蒸汽轮船来旅行。

19世纪末，为了取暖与做饭，伦敦消耗了大量的烟煤。早晨和上午，成千上万的烟囱冒出滚滚黑烟。当大量白色水蒸气在夜间升起时，这些烟云落在雾上，将雾往下压，缓缓渗入其间，增大了雾的浓度。如果没有这层覆盖在水蒸气上的厚厚烟雾阻止光线的直射，太阳本可以驱散雾气。这种情况一旦占据优势，除了来自某个方向的风，任何力量都无法清散伦敦上空的雾。伦敦常常七天有雾，有时连续七天无风，但这两个条件从未同时发生，直到20世纪的最后一年。众所周知，这一巧合意味着死亡——大规模的死亡，地球上从来没有哪一场战争造成过如此巨量的屠杀。要理解这种情形，人们只需想象一下，雾取代了笼罩庞贝的火山灰，煤烟就像覆盖它的熔岩。这两次事件带给居民的后果完全相同。

想推销产品的美国人

当时我是富尔顿·布里克斯顿公司的机要职员，公司位于坎农街，主要经营化学制品和化工设备。我从未见过富尔顿，他早在我出生之前就去世了。约翰·布里克斯顿是我的上司，享有爵士头衔。我相信这项殊荣源于他为他的党派提供的服务，或者因为他是某次皇室巡游该市期间的一名市政官员，我想不起究竟是哪个了。我的小房间就在他的大房间旁边，我的主要职责是确保没有人来叨扰约翰爵士，除非他是重要人物或有重要事务。约翰爵士是个很难见到，见到了也很难相与的人。他几乎不顾及大多数人的感受，对我的感受更是毫不在意。如果我允许一个本该由公司下级人员来应付的人进入他的房间，约翰爵士肯定会将我骂得无地自容。在世纪末最后一年秋天的一天，一个美国人被带进我的房间。他别无所求，非与约翰·布里克斯顿爵士会面不可。我告诉他这不可能，因为约翰爵士非常忙。但如果他向我说明他的来意，等时机合适我会第一时间禀报约翰爵士。美国人对此表示反对，但最终还是接受了这个无可置辩的现实。他说他是一个发明家，发明了一款将会彻底变革伦敦生活的机器，他希望富尔顿·布里克斯顿公司成为这款机器的代理商。这款机器由白色金属制成，装在他随身带着的小手提包里。它的构造是这样的：调整指针，可以控制释放氧气量的多少。据我所知，氧气在高压下以液体形态储存在机器内部，如果我没记错的话，充氧一次可以使用六个月。机上接有一根橡胶管，另一端有一个吸嘴。美国人说，如果一个人每天吸上几口，必定能感到有益的变化。我知道，把这款机器展示给约翰爵士看一丁点儿用处也没有，因为我们经营的是老式的英国设备，从来不接触任何时髦的美国新发明。此外约翰爵士对美国人有偏见，我觉得这个人肯定会激怒他，因为他的肤色是这个种族中最苍白的一种，说话鼻音重，发音难听透顶，而且经常使用粗俗的俚语；他还会对分明素不相识的人流露出一种神经兮兮的亲密。我不可能允许这样的人出现在约翰·布里克斯顿爵士的面前；几天后他又来时，我向他解释道——我希望我的态度足够礼貌——本公司老板无法考虑关于这款机器的提议，对此他感到非常遗憾。美国人的热情似乎丝毫没有因为遭到回绝而减弱。他说我可能没有充分向约翰爵士阐明这种设备的潜力。他声称这是一项伟大的发明，无论是谁，只要获得此物的代理权都将会大发横财。他暗示其他著名的伦敦公司都急于拿下代理权，但出于某些未经言明的原因，他更愿意与我们打交道。他留下了几份有关这项发明的印刷小册子，说还会再次来访。

美国人见到了约翰爵士

自那以后，我多次想起那个坚持不懈的美国人，想知道他是在灾难发生之前离开了伦敦，还是被埋葬在没有标志的坟场里，成为千千万万身份不明的死者中的一员。当约翰爵士严厉地把美国人从自己眼前赶走时，他根本没有想到自己是在拒绝一次生命的馈赠，而他愤怒的话语，实际上是在宣判自己的死刑。就我个人而言，我很后悔冲着那个美国人发了脾气，说什么他的商业手段让我不敢恭维。也许他没有感觉出其中的伤人之处。是的，我确信他没有，因为他在不知不觉间救了我的命。尽管如此，他却没有表现出怨恨，而是立刻请我出去和他喝一杯，但我不得不拒绝这项提议。不过我的故事讲得有点超前了。确实，由于不习惯写作，按照正常的顺序来记叙事件对我来说有些困难。在我告诉美国人我们公司不能与他合作之后，他又来找过我几次，甚至养成了不请自来的习惯，我一点儿也不喜欢；但我对他的闯入没有任何干涉，因为我对他显然已经准备采取的极端行为一无所知。一天，当他坐在我的办公桌旁看报纸的时候，我被临时传唤，离开了房间。当我回来时以为他带着他的机器先走了。但过了一会儿，我震惊地听到约翰先生的房间传出了他那高亢的鼻音，与我上司的深沉声音交替作响。习惯这副深沉嗓音的人们都会吓得满心恐慌，但是它显然没有吓住美国人。我马上走进房间，想要向约翰爵士解释这个美国人是未经我的许可擅自进来的。这时我的上司要求我保持沉默，他转过去面对来客，粗声粗气地要求美国人继续他那有趣的叙述。这位发明家就等着这句话，只顾继续他油嘴滑舌的演讲，而约翰爵士的眉头越皱越深，他那白色额发下的脸也变得更红了。当美国人讲完之后，约翰爵士粗暴地命令他带着他那该死的机器一起离开。他说："一个行将就木之人要把一种所谓的保健新发明带给一个从未患过一天病的健壮之人，这简直是侮辱。"我不知道，约翰爵士为什么在本就决定不跟美国人做生意的情况下还听他说了这么久，除非是为了惩罚我一时疏忽放进了这个陌生人。我无助地站在那里，意识到外国人所说的每一个字都使约翰爵士越发怒火中烧。这次会面真让我感到痛苦至极。但是我终于成功地把发明家和他的产品拉进了我自己的房间，并关上了门。我真诚地希望我再也不会见到他了。我的愿望实现了。他坚持开动了他的机器，把它放在我房间的架子上，还让我在雾天偷偷把它塞到约翰爵士的房间里，留意它的效果。那人说他会再来，但他没有再次出现。

烟如何将雾压下来

雾是在一个星期五降临的。那年秋天直到 11 月中旬天气都非常好。起初的雾似乎没有什么反常之处。我见过许多比那时看上去更糟的雾。然而，随着时间日复一日地过去，空气变得更加浓稠，更加昏暗，我想是喷涌在空气中的煤烟量日益增多导致的。那七天的怪异之处在于，空气极度静止。虽然当时浑然不觉，但我们正处于一座密不透风的穹顶之下，它缓慢而稳定地消耗着我们周围赖以生存的氧气，并不断产生有毒的碳酸气体。之后，科学工作者用一个简单的数学运算准确地告诉我们，最后一个氧原子会在何时被消耗完毕。但是事后的明智总是很容易。英格兰最伟大的数学家的尸体是在河岸街上被发现的。那天早上他从剑桥过来。在大雾期间，死亡率总会显著上升，在这种情况下，上升幅度直到第六天才比平时大。第七天早晨，报纸上充斥着惊人的统计数字，但在付印之时，这些令人担忧的数字的意义还没有被充分认识。第七天各大晨报的社论中，没有任何对这场紧随其后的灾难的警告。那时我住在伦敦西郊的伊林，每天早晨乘火车来到坎农街。到第六天为止，我都没有体验到这场雾带来的任何不适，我相信，这主要归功于那款美国机器不知不觉的运转。第五天和第六天，约翰爵士没有到城里来，但第七天，他来到了自己的办公室。分隔他房间和我房间的门是关上的。10 点刚过不久，我听到他房间里发出一声喊叫，接着是沉重的倒地声。我打开门，看见约翰爵士脸朝下趴在地板上。我赶忙朝他跑过去，同时第一次感觉到缺氧对人的致命影响。还没够到他，我就先一条腿跪倒在地，随即向前栽倒。我意识到我正在逐渐失去知觉，于是本能地爬回了自己的房间，在那里压迫感立刻就解除了，我喘着粗气重新站起来。我关上了约翰爵士房间的门，因为我认为里面充满了有毒气体，事实也确实如此。我大声呼救，但没有人回答。当打开通往主办公室的门时，我又遇上了我所认为的毒气。我迅速关上门，这才惊讶于往常繁忙的办公室如今一片死寂。我看到一些职员在地板上一动不动，有些人则坐在桌子旁，头支棱在上面仿佛睡着了。即使在这个可怕的时刻，我也没有意识到，我所目睹的景象遍及整个伦敦，而不像我想象的那样，只是我们地窖里的一些瓶罐爆炸造成的局部灾害（地窖里装满了各种化学品，我对它们的特性一无所知，因为我只跟会计打交道，并不接触科学方面的业务）。我打开了房间唯一一扇窗，再次大声呼救。街道笼罩在阴沉的浓雾中，寂静无声，漆黑一片，而此时我又遇到了房间里那股致命的令人窒息的空气，我恐惧得无法动弹。在倒下时，我拉下窗户，把有毒的空气关在了外面。我又苏醒过来，慢慢地，我想清楚了事情的真实情况。我身处氧气的绿洲里。我立刻猜到，在致命气体的无边荒漠中，这个绿洲的存在要归功于架子上的那款机器。我取下了美国人的机器，生怕移动它会导致它停止工作。我把吸嘴含在唇间，又走进了约翰爵士的房间。这一次，我没有任何不良反应。我可怜的主人已经没救了。显然，大楼里除了我以外已经没有一个活人。外面街上完全陷入寂静和黑暗。煤气断了，但是部分商店里仍怪异地亮着几盏白炽灯，零零星星。可能它们靠蓄电池工作，而不是直接靠发电机的电力。我机械地走向坎农街站，即使蒙着眼睛，我也知道该怎么走。伏在人行道上的尸体不时将我绊倒。过马路的时候，我撞见一辆一动不动的公共马车，在雾中若隐若现，车前躺着几匹死马，缰绳悬荡着，一头牵在已死的司机无力的手里。车上的乘客如同幽灵一般，全都默不作声，或者坐得笔直，或者以极度扭曲怪诞的姿势悬卧在挡板上。

满目死亡景象的火车

如果一个人的理性能在这样的时刻保持灵敏（我承认我的大脑已经停止运转了），他就会知道坎农街站不可能会有火车。因为如果空气中没有足够的氧气维持人的生命或者点燃煤气灯口，那么肯定也没有足够的氧气来给机车点火，即使火车司机保留了足够的精力来完成这项任务。不过有时直觉要比理性好，这次便是如此。那段时间，从伊林来的铁路经过一条很深的隧道穿过城市地下。由于碳酸气体比空气更重，它似乎会首先在这条地下通道中找到栖身之所，但事实并非如此。我认为应当是有一股气流穿进了隧道，从城市郊区带来一股相对纯净的空气，这点空气能在灾难发生后的几分钟内维持人的生命。尽管如此，坎农街地铁站长长的站台上还是呈现出了一派骇人的奇观。一列火车停在下车站台，电灯时亮时灭。站台上挤满了人，他们像魔鬼似的互相厮打，显然毫无道理，因为火车已经尽其所能地装满了人。数百人被踩死在脚下，不时有一股污浊的空气沿着隧道扑来，于是又有数百人松开拳头，无能为力地倒下。在他们的尸体上，幸存者们继续厮打着，人数不断减少。据我所见，那列停止的火车里的大多数人都已经死了。有时一群绝望的战斗者爬到那成堆的人山上，奋力打开一扇车厢门，把已经上车的乘客拖出去，气喘吁吁地占领他们的位置。车上的人并不反抗，他们被推倒后要么一动不动地躺着，要么在车轮下面无助地翻滚。我尽我所能沿着墙往机车走去，想知道火车为什么不开。原来司机躺在驾驶室的地板上，机车的火已经熄灭了。

习惯是一个奇怪的东西。苦苦挣扎的暴徒们为了车厢里的一席之地疯狂抢夺，他们早已习惯了火车的进站和驶离，以至于没有一个人想到火车司机也是人，也和他们一样遭到相同的毒气的支配。我把吸嘴插进司机紫色的双唇之间，自己像潜水者一样屏住呼吸，成功地使他苏醒了过来。他说如果我把机器给他，他就把火车开出去，锅炉里现有的蒸汽允许开到什么地方就开到什么地方。我拒绝这样做，只肯与他一同登上机车。我说这样能保住我们两个人的性命，直到我们冲出伦敦城抵达空气更好的地方。他阴沉着脸表示同意，并开动了火车，但他不肯与我平分氧气。每次他都拒绝把机器交给我，非要让我憋气憋得头晕眼花不可，最后他干脆将我打倒在了驾驶室的地板上。我想，当我倒下时，机器从火车上滚落出去了，他也跟着跳下了火车。令人惊讶的是，我们两个其实都不需要这款机器，因为我记得火车刚刚开动后，我就通过打开的铁门注意到，机车炉膛里的火突然又亮堂起来，尽管当时我处于极度迷茫和恐惧的状态，以致没有想到这意味着什么。一阵大风从西面刮来，但是来得太晚了，晚了一个小时。甚至在我们离开坎农街之前，那些幸存者就比较安全了。站台上那可怕的死人堆中共有 167 人获救，尽管很多人在其后的一两天之内就死去了，还有很多再也没有恢复正常的精神。我在挨了火车司机的重重一击后清醒过来，发现自己孤身一人，火车正疾驰着从基尤附近驶过泰晤士河。我试图停下火车，但没有成功。然而，我误打误撞地打开了气闸，在一定程度上对火车起了制动作用，减小了撞上里士满终点站时的冲击力。我在机车到达终点缓冲区之前跳上了站台，眼看着恐怖的列车满载着死人像噩梦一般从我身旁掠过。大多数车门都晃晃悠悠地大开着，每节车厢都挤得满满当当。不过我后来了解到，一路上每当火车经过固定路线的弯道或有额外的倾斜时，都有尸体掉出来。在里士满的撞车对于死去的乘客而言已经没有区别。除了我，车上只有两个人活了下来，其中一个人的衣服在打斗中从背上扯落，他被送进一所精神病院，在那里他永远都没能说清自己是谁。据我所知也没有任何人认领过他。

（唐伊豆　译）

世纪之末

随着世纪之末临近，插图杂志和科学传奇渐渐接近巅峰时刻。至1905年，按布赖恩·斯塔伯福德所记述，各种新期刊的实验阶段已经偃旗息鼓，科学传奇不再是时髦的新兴事物了。事实上，插图杂志已经被美国的纸浆杂志取代，成了科幻这一新生类型的保姆。纸浆杂志最初由弗兰克·芒西创立于1896年，他通过将男孩儿杂志《阿尔戈西》改造为“十分钱就能买到192页的小说”完成了这一创举。

西欧人的千禧焦虑[1]仍在加剧，这种情感在过去的表现形式从宗教复兴到衰退不一而足，但黄色十年[2]的影响几乎未能触及科学传奇。若有所触及，那便是“世纪之末”[3]的忧虑促使读者转向了“变化的文学”[4]，这或许可以部分解释H. G. 威尔斯的一些小说——如《时间机器》（1895）、《莫洛博士的岛》（1896）、《隐身人》（1897）、《世界大战》（1898），以及《当沉睡者醒来时》（1899）——缘何受到欢迎。

1. 基督教的某些派别相信千年之交时，最后的审判将会降临。
2. 指英国文学界受先锋文学美学期刊《黄面志》影响最深的十年，即19世纪90年代。“世纪之末”的逃避主义与颓丧色彩是其风格特点之一。
3. 原文为法语，常被用来特指19世纪末。
4. 此处指科幻文学。

诸多崭新的创造发明深深吸引了美国人，1876 年的费城百年展览会[1]比之回忆过去，更侧重展望未来，其中展品包括全世界动力最强的蒸汽发动机，一种名为“打字机”的新型写信机器以及一种名为“油毛毡”的可清洗地毯。而英国同样也被以下这些新的发明发现所改变：电影（1872）、电话（1876）、四冲程燃气机（1876）、高速内燃机（1880）、最早的人工塑料纤维嫘萦[2]（1883）、蒸汽涡轮机（1884）、黑胶唱片机（1887）、柯达相机（1888）、最早的汽车（1889）、彩色照片及第一艘实用潜艇（1891）、柴油机（1892），以及 X 光的发现、无线电报及光电感应管的发明（1895）。

18 世纪的伟大发明是蒸汽机，它改变了接下来的那个世纪。而 19 世纪的发明——电则堪比魔法，在 19 世纪的最后十年里，它得到了实际应用。白炽灯于 1879 年问世，最早的有轨电车于 1885 年开通，而电解铝技术于 1886 年发展完成。

这一切都需要动力，托马斯·A. 爱迪生于 1882 年创建了世界上第一所中心发电厂。位于德特福德的英国第一所大型发电站于 1889 年开始输送电力，但直到 1891 年才开始稳定运作。1883 年，英国第一个电气化铁路在布莱顿开通，1887 年至 1890 年间，英国开始挖掘伦敦的第一条地铁线路。

新的发明发现与其被应用到小说中的时间间隔正在缩短。路易吉·伽伐尼于 1771 年提出了伽伐尼反应[3]，近 30 年后才出生的玛丽·雪莱直到 1818 年才发表《弗兰肯斯坦》[4]。然而，H. G. 威尔斯

---

1. 即 1876 年费城世界博览会。
2. 嫘萦（Rayon），又译人造丝，中文译名是为纪念中国传说中发明养蚕业的嫘祖而来。
3. 即生物电反应。通过青蛙实验，伽伐尼成为第一个评价电力和运动 / 生命联系的研究者。伽伐尼提出，青蛙标本的肌肉活动是由神经带到肌肉的一股电流引发的。该发现一度被命名为伽伐尼现象(galvanism)。今天，关于生物学中伽伐尼现象的研究被称作“电生理学”，伽伐尼现象这一术语如今仅在历史文本中使用。
4.《弗兰肯斯坦》是一部基于生物电理论的小说。弗兰肯斯坦在创造人造人的过程中，最大的麻烦并非身体的拼接，而是需要大量的电。在玛丽·雪莱生活的年代，有许多关于生物电理论的实验，玛丽·雪莱也在创作过程中特别提到了伽伐尼的研究报告。

在 1894 年已经写出《发电机之神》，而乔治·格里菲斯（George Griffith）的《垄断雷电》（"A Corner in Lightning"）于 1898 年 5 月在《皮尔森杂志》上面世。

格里菲斯全名乔治·切特温德·格里菲斯·琼斯，萨姆·莫斯科维茨称他为继威尔斯后的英格兰科幻小说第二人。而《科幻小说百科全书》[1]称，为了在与威尔斯的竞争中获得评论界的赞扬，格里菲斯拓展了自己的写作多样性，但他却并未因此获赞。格里菲斯是神职人员之子，长大后从事教师工作，并为哲学杂志《世俗评论》[2]撰写文章，之后，他转而为 C. 阿瑟·皮尔森男爵[3]撰写小说及诗歌。他首获成功的作品是《革命天使》（*Angel of the Revolution*, 1893），其后他为其撰写了续篇《奥尔加·罗曼诺夫：又名，诸天的警报》（*Olga Romanoff: or, The Syren of the Skies*）（1893—1894）。他的创作也涉猎如下主题：大企业联盟的国际垄断，未来战争，不同形式的世界末日，甚至是星际旅行。这些内容在《空中逃犯》《金色星球罗曼史》《大海盗财团》《宇宙蜜月》《好天气财团》等多部长篇小说中皆有体现。他还撰写许多其他作品，包括历史小说、英国英雄传记以及有关英国刑罚制度的书籍。

正如威尔斯许多关于新发明的短篇一样，《垄断雷电》小心翼翼地探讨了基于新技术的脆弱文明面临的危险以及科学家对新技术的控制力会带来的危险。后来亦有许多短篇故事探讨彻底断电的世界（一个典型例子是 E. M. 福斯特的《大机器停转》）。但据莫斯科维茨记载，格里菲斯可能是创作该题材的第一人。

（憬怡　译）

1. 缩写 SFE，英文科幻工具书，初版于 1979 年，2003 年后第三版在网上可免费查阅。
2. 发行于 1876 至 1907 年间，倡导温和的世俗主义，反对当时查尔斯·布雷德洛等人倡导的激进无神论。
3. 英国报业大亨及出版商，最著名事迹是创立《每日邮报》。

垄断雷电

乔治·格里菲斯

他们曾面对面地共进过一次晚餐，当时她——也就是刚结婚18个月的西德尼·卡尔弗特夫人——半坐半卧地陷在一个宽大舒适的沙发扶手椅里，这椅子就摆在壁炉边上，壁炉是极精美的中世纪样式，炉子里烧着木头和煤炭的混合燃料，火势旺盛。她交叉的双脚——那着实是一双小巧玲珑的美足——套着精美的鞋袜，跷着的右脚后跟抵在黑色大理石的边角之上。

晚餐结束了。咖啡和餐后利口酒上了桌，而西德尼·卡尔弗特先生正在桌子对面吸着烟来回踱步。这是一个30岁左右的男人，面庞英俊，亲切和善，但一旦凑近观察，就会惊奇地发现他眼中闪着寒光，嘴部严苛的神情也绝不只是坚毅而已。

才喝完咖啡的卡尔弗特太太将茶杯放到身边那张小三脚桌上，回头对着她丈夫说：

“说真的，西德，我不明白你为什么非得干这事儿。当然了，这是个宏伟规划，随你怎么说。但你是全伦敦最富有的人之一，就算不做这档子事也已经够富有了。何况这肯定不是什么好事。如果有人要把大气装到瓶子里，让我们为呼吸的每一口空气付费，我们又会怎么想呢？再说，用这种方式故意扰乱生态系统的平衡，必然会带来很大的风险。况且，你又要怎么到达极点，去实践你的计划呢？”

“这个嘛，”他在行走间驻足片刻，若有所思地观察着香烟点亮的那一端，“首先我得提醒你，在地理上，地磁极点与北极点是两回事，磁极位于英属北美的布西亚领土上，要从北极点往南走一千五百多英里。再者，说到风险，要做一件这么大的事，当然不能不承担一些风险；不过我想，这回被迫承担大部分风险的人不会是我。”

“这些风险呢，你瞧，在他们发现电缆、电话和电报都无法正常使用时就会出现了，他们会发现，蒸汽机再怎么运作也无法带来足够的电力照明——简而言之，到那时，世上所有的发电厂都将失效，除非磁极蓄电公司——换言之，就是你卑微的仆人我，和我的一些朋友——愿意慷慨地将电力释放到地面上来。但这风险很容易处理，只要人们愿意为此付钱。况且，我们有的是理由提高我们的商品质量——‘我们的特制精炼雷电’‘我们的三重浓缩精华电流’，还有‘订货即发的合格雷暴’，都非常适合投放到广告里，不是吗？”

“这项计划可能会毁掉世界上最重要的产业之一，你不觉得用这种口气谈论它太轻浮了吗？”她说道，然而想到要像运送成磅的黄油和成卷的柏林绒线那样运送闪电，她还是情不自禁地笑出了声。

“罢了，这个我怕是没法跟你争了，你看，你说话的时候老是盯着我看，这不公平。不过我也敢肯定，若要谨遵耶稣的登山宝训[1]，那就别想做成什么生意，也别想赚到什么钱了。不过算啦，现在刚巧来了个方便咱们离题的契机。我等的那位教授来了。”

“我该回避吗？”她说着将双脚从壁炉围栏上移开。

“当然不必，除非你想回避，”他说，“或者你觉得听那些科学细

1. 指《圣经·马太福音》第五章到第七章里耶稣基督在山上所说的话。其中最著名的是“八种福气”，这一段话被认为是基督徒言行的准则。

节会很烦闷。”

“哦，不，并不会，”她说，“教授的讲解方式很吸引人。再说，我想对这项计划了解得尽可能多些。”

“肯扬教授来了，先生。”

“啊，晚上好，教授！真遗憾您没能赶上晚餐。”当那名科学家进入房间时，二人几乎同时开口。

“您进来时，我妻子和我正在讨论蓄电计划的道德问题呢，”他接着说道，“关于这个计划的执行部分，您可还有什么新消息要告诉我们？我妻子怕是并不完全支持这个计划，但鉴于她很渴望了解计划全貌，我想您不会介意再多一位听众吧。”

“正相反，我十分乐意。”教授答道，“这能给我多提供一个支持者，我反而更开心呢。”

“真高兴听到您这么说，”卡尔弗特太太赞许地说，“我认为这项计划如果成功，将是个十分邪恶的计划；如果失败，就是个愚蠢而又代价高昂的计划。”

“既然如此，就没别的好说了，”她丈夫笑道，“除了教授将要给出的理性意见。”

“噢，我的意见必定是理性的，我保证。”他回答时故意在那个词上加重了语气，“这项计划的道德问题与我无关，它的商业影响也与我无关。你让我关注的只是技术上的可行性与科学上的可能性，我也没打算做更多的事。”

他又喝了一口卡尔弗特太太递来的咖啡，继而说道：“今天下午，我跟马尔科维奇谈了很久，必须承认，我从未见过一个比他更机敏，比他更了解磁与电的人。他的理论认为磁与电是同一种原力在天球与地球上的不同表现形式，而当前通称为电流的物质只有在二者合而为一的阶段才会产生。这个理论本身就是神来之笔，或者至少可以说，在经过实验验证后，它将成为天才的洞见。那个想在地球磁极上建立蓄电机构的想法又是另一个点子，而我不得不承认，经过对其计划与设计的仔细检验，我确实在怀有一两点保留意见的前提下相信，他能够实现他的想法。”

“您那保留意见又是什么呢？”卡尔弗特有些急切地问。

“第一点对任何未经实验的计划都是十分必要的，特别是一个如此宏大的计划。你知道，对于那些举动冒昧的人，大自然有它自己难以预料的惩戒方式。往往是在最后一刻，你已站在成功边缘，但你确信会发生的事却没有发生，至此你便陷入了困境。这种事是完全不可预见的，但你必须明白，如果发生，它会彻底毁了你的企业，而此时你已为此投入了绝大部分身家——我指的是在计划的最终阶段，而非开始阶段。”

“好吧，”卡尔弗特说，“我们愿意承担这份风险，另一个保留意见呢？”

“我原打算说一说它的巨额成本，但我猜你已经准备好了。”

卡尔弗特颔首。于是他接着说道：

“好吧，不考虑这个问题，另一个问题仍然存在，它将是极度危险的——我指的是对那些留在现场，并真正接触现场工作的人。”

“如果是这样，那我希望你没打算到现场去，西德！”卡尔弗特夫人打断道，她的语气完美地展现出了妻子特有的威权。

“我们以后再讨论这个问题，小妇人。现在担心那些可能还太早了。好了，教授，您刚刚想说什么？还有什么警告？”

教授回答他的态度变得有些严肃：“是的，这是一个警告，卡尔弗特先生。事实上，我觉得我有责任告诉你，你正打算严重干涉自然界中最微妙，也是我们所知最少的一种力量，这种干涉的后果可能极具严重，它所影响的不只是那些牵涉其中的人，甚至会是整个北半球，乃至整个地球。

“另一方面，我认为必须把这点也说出来才算公平，它带来的或许只会是临时性的干扰。举例而言，你可能会给我们带来一系列极端的雷暴大雨天气；或者可能会使雷鸣电闪和降雨天气彻底消失，直到你的工作步入正轨。这两种情况都可能会发生，同时，它们都不会带来什么持续性后果。”

“好吧，我认为这很值得赌上一把，教授。”卡尔弗特说道，他已彻底沉迷于这个恢宏壮大的计划，更不消说经济层面上巨大利益的吸引。“我非常感谢您如此亲切而又清晰地讲明了这些问题。除非发生巨大意外，否则我想立刻开始动工。想象一下吧，在全球所有国家面前扮演朱庇特[1]，以迅疾之速为大家带来光电，这将是何其荣耀之事！”

“唉，我不想唱反调，”卡尔弗特夫人说，“但我还真希望能发生点意外。我觉得这整件事从一开始就是错的。如果你把我们都给炸了，或者引来雷电劈死我们所有人，甚至是把审判日[2]提前了，我一点儿也不会奇怪的。我觉得在你做这件事的时候，我该去澳大利亚待着。”

自西德尼·卡尔弗特先生伦敦宅邸餐厅中的对话发生后，一年多的时间过去了。在此期间，那场伟大的实验隐秘而迅速地完成了准备工作。一艘艘满载大型机器、燃料和给养的轮船携着数百名劳工和技师驶入大西洋。返航时则只剩下压舱物与船员随行。卡尔弗特先生本人随船消失又返回了两三次，尽管关于此事的种种流言在

1. 罗马神话中的主神。
2. 基督教教义中世界末日来临，人类遭审判的那天。失丧者会从坟墓中复活，所有人被召集在上帝的审判台前，按各人生前所行受审判。

城里和媒体上都已甚嚣尘上，但卡尔弗特先生不曾对此进行任何表态，无论是否。

有人说这是一场极地探险，那大型机器中包含了部分经过技术改良的破冰船和新发明的蒸汽雪橇，它们模仿攻城锤的样式而造，为的是击破冰山，辟出一条通往北极点的康庄大道。有人还添加了一些飞行器和导航气球的细节。于是又有人声称那些器具是为了开辟一条西北大道，保证从哈德孙湾到大西洋的水路终年畅通。更有一些想象力不那么丰富的人相信，这是要在离极点最近的地方建立一座伟大的天文与气象观测台，这将是探索北极光与黄道光本质为何的决定性工程之一。

若定要说卡尔弗特先生对这些假设有什么看法，他比较喜欢最后一个。该假设带有一种模糊性，同时又让这个计划看起来像是一个伟大的科学考察，这使他得以在不做出任何承诺的情况下，看似有所保留地承认了坊间传言。而他的预防措施做得如此之好，除了他所信任的小圈子，没有任何人对他们去布西亚地区考察的真正目的有一点儿疑心。

至此，一切都如奥洛夫·马尔科维奇的预期一样，这一浩大项目的发端与制订完全是基于他非凡的才能。他本人全权掌握着该项目的最高管控权，那些独特而昂贵的工程都是在他的亲自督导下渐渐完成的，在这孤独而荒芜的极北之点，磁针永远都径直指向地心正中央。

肯扬教授同卡尔弗特一同去过几次，一次是在工程开始之前，一次是在即将完工之时。到此时为止，没有任何事故与意外发生，除却北极光异常频繁的出现，以及水手的罗盘设备出现极大的数值变化外，地球的电现象没有发生任何不同寻常的改变。尽管如此，教授依然坚定而又不失礼貌地拒绝了在那巨型设备正式启动前留在北极点的邀约，卡尔弗特尽管万般不愿，却也在妻子的要求之下，于初步实验即将开始前返回了英格兰。

3月20日来临了，这是原定的动工之日，令卡尔弗特夫人如释重负的是，这天没有任何意外发生。虽然她知道，若此实验发生意外，她丈夫会有超过十万英镑的投资石沉大海。但只要一想到马尔科维奇的实验有望以失败告终，她就难以抑制地感到一种令人震颤的满足感。

她知道那了不起的卡尔弗特公司——实际上也就是她丈夫本人——能够负担这份损失。若能叫他们明白大自然的电动力只能由自然自行支配的道理，就算要花上三倍于此的金钱她也在所不惜。至于她的丈夫，他仍像往常一样工作，只是偶尔会流露出一点儿刻意压制的兴奋和期待。几个星期过去了，什么也没有发生。

她并没有如她所威胁的那样真正去往澳大利亚。然而，她还是逃离了英国的料峭春寒，搬到尼斯附近的一处小型度假别墅里，静静地等待分娩她的第二个孩子，她发现此事非常有助于说服她的丈夫远离磁极。卡尔弗特本人忙于处理工程项目计划中涉及的国内事务的细节，不得不花大部分时间待在伦敦，只能偶尔往尼斯跑上一两回。

可巧的是，卡尔弗特小姐来到这世上的日子比预产期早了几天，因此她父亲当时尚在伦敦。她母亲很自然地派女仆去发电报告诉她丈夫这一事实，请他立刻过来。过了半小时左右，女仆原封不动地拿着电报回来了，并带来电报局的消息说，由于某些特殊事故，电路几乎停止了正常工作，没有任何信息能够清晰地发送出去。

在刚成为新妈妈的喜悦之中，凯特·卡尔弗特完全忘记了那个伟大的蓄电计划，于是她重新打发女仆去电报局，要求他们尽快发出电报。两个小时后，她再次派人去问电报是否已经发出，得到的回答是电路已经完全停止工作，无论是电报或电话，当下任何需要用电的交流方式都无法进行。

此时她感到一阵恐惧席卷而来。到头来，那实验还是成功了，神不知鬼不觉间，马尔科维奇那神秘的机器已经在抽取地球的电流，尽数导入那巨大的储能器中，唯有向她丈夫掌控的垄断公司出价购买，电流才会被重新释出！但她仍不愧是个聪明的小妇人，在最初的震惊过后她马上决定，为了孩子，她要将所有的恐惧抛诸脑后，直到她丈夫到来。再过一两天他就会来了，再说，这或许只是某种奇异但正常的自然现象，大自然本身会在几个小时内让一切恢复正常。

那日黄昏来临时，人们发现打开的电灯异常昏暗，且光线闪烁。发电机被调至最大功率，电路都经历了细致的检查。这些东西都没有发现任何异常，但电灯却拒绝恢复日常状态。最不同寻常的是，相同的现象发生在了北半球所有使用电灯照明的城市里。

到了午夜，赤道以北的一切电报及电话通讯方式事实上都已中断，欧洲和美国的所有电气技师都绞尽脑汁地试图找出这场前所未闻的灾难的原因究竟何在，因为这一事实十分清晰：除非中止的电力能自行恢复，否则这场灾难将持续下去。次日清晨人们发现，在电力科学创造出的巨大成就方面，世界已经倒退回了一百年前的状态。

此时，人们才意识到这场降临在全世界范围内的灾难何其严重。文明人类突然失去了电这个顺从的奴隶，而电力的服务如今于人类而言已经不可或缺。

然而比这更严重的灾难尚待降临。来自北半球多个地方的观测者记起，他们已经好几周不曾在任何地方发现雷雨天气了。就连那些以往雷雨频发的地方也不例外。全球几乎都发生了最为严重的旱灾。一种初期表现为身体疲倦与精神萎靡的奇怪病症出现了，它困惑了全世界最好的医疗科学，并迅速蔓延成占比极大的传染病。

物理世界也发生了同样的问题，人们发现金属也患上了难以理解的疾病。用技术表达来说，所有机器都在不同程度上“生了病”。完全拒绝工作，各地的锻造与铸造厂都停了工，原因很简单，各类金属似乎都失去了它们的金属特性，起不到从前那样的作用了。火车事故与蒸汽机故障也成了日常事件，因为金属和驱动轮、活塞杆和传动轴忽然拥有了令人不解的脆度，直到发现钢铁所具有的电性能如今几乎完全消失，人们才知道这是怎么一回事。

至此为止，卡尔弗特的决心尚未有丝毫动摇，他仍想通过霸占一项大自然的基本功能，来牟取巨大利益。必须承认的一点是，他故意给这个世界带来的灾难，只是为了给他那惊人计划提供最终成功的论据。它们会向世人证明，或者至少即将向世人证明，卡尔弗特蓄电公司真正地控制了北半球所有的电力。而南半球至今没有听到什么相关消息——除了电缆停止了工作。

如此一来，只要他展现出令电力恢复正常状态的能力，全世界将显而易见地向他支付费用，若不如此，他们就须面对再次遭遇断电的惩罚。

时间来到了 5 月末。按照计划安排，马尔科维奇将在 6 月 1 日这天关闭他的机器，把贮存在蓄电机中的巨大电流送回它们原本所属的电路中。接着，垄断组织将发表说明，制定条款。公司将允许世界各国根据条款享受大自然的这份礼物，通过展示自己的垄断能力，他们已经将这份礼物的无价之处展示给了世人。

5 月 25 日晚上，卡尔弗特坐在他位于维多利亚大道上的奢华办公室中，在银质枝状大烛台上那 12 支蜡烛光芒的掩映下写信。他刚写好给妻子的信，叫她保持精神，不要害怕，几天之内实验就会结束，一切都将恢复正常，其后不久，她的丈夫将收购世上所有其他的百万富翁的资产。

当他把信件装入信封，敲门声响了起来，有人通报肯杨教授来了。卡尔弗特冷漠而僵硬地接待了他，因为对他此次前来的目的，卡尔弗特已猜中大半。最近他们之间发生过两三次争论，在教授开口之前卡尔弗特就知道，对方此次前来是要通知他即将践行几天前所做的威胁。教授也确实以一种干涩而安静的语气说了这话。

“没用的，教授，”他回答道，“你十分清楚我无能为力，跟你一样无能为力。我无法与马尔科维奇取得联系，这项计划在指定日期之前是没法停下来的。”

“但我警告过你了，先生！”教授热切地打断了他，“我警告过你，当你看到那些现象发生时，你本可以收手。我真希望我跟这桩地狱般的买卖毫无关系，因为它就是地狱。你以为你是什么人，你怎么能去篡取上帝的能力？这事就是这样，不是吗？这个罪恶的秘密，我已经为你保守了这么久，我不会再保守下去了。你把自己变成了社会公敌，而我们的社会依然有能力制裁你——”

“我亲爱的教授，这都是无稽之谈，你自己也清楚这点！”卡尔弗特用一种蔑视的姿势打断了他，“如果社会把我送进监狱，就将失去电力，直到我恢复自由。如果社会要把我绞死，除了马尔科维奇的新条款，大家什么好处也得不到，他只会比我要价更高。你那故事爱什么时候说就什么时候说吧。原谅我得提醒您，我现在很忙。”

就在教授将要离去时，门开了，一个男孩送了一个勾着深黑边线的信封进来。拆开信封时，卡尔弗特的嘴唇变得煞白，手也颤抖起来。那是他妻子的字迹，落款日期是五天以前，因为这封信的邮递大部分是经由马背完成的。他目不转睛地把信读完，接着一把捏皱，塞进口袋里，迅速冲向了电话边上。他暴躁地狂按电铃，随即想起自己把电话变成了无用之物，于是咒骂着退了回来。按铃的声音立刻召来了一名职员。

“马上给我准备马车！”他几乎是大吼，那职员退下去了。

“出了什么事？你要去哪儿？”教授问道。

“什么事？看看这信吧！”他说着把皱巴巴的信纸塞进教授手中。“我的小女儿死了——死于那个该死的传染病，就像你说的，这都是我给这个世界带来的，我妻子也病倒了，说不定这会儿也已经死了，那信已经是五天前的了。我的上帝啊，我做了什么？我能做什么？我愿意花上 5 000 英镑给马尔科维奇发一封电报，诅咒他和他这地狱般的计划！要是我妻子死了，我就去布西亚领土上杀了他！哈！那是什么？闪电——这完全是神圣的——还有雷霆！”

他说话时，一道前所未见的闪电划破了伦敦的天空，接着在天顶上形成了一团巨大的不规则火焰；一阵前所未闻的惊雷晃动了这座大都市，每座房子的地基都震颤起来。电闪雷鸣一波接一波，持续了整夜，直到第二天。后来人们才发现，这场空前绝后的雷电发生在了几乎整个北半球。

随之而来的还有飓风、气旋和暴雨；在咆哮近 20 小时之后，异常气象终于停止了对大气的侵扰，渐渐平息。这场徒留混乱和荒芜的灾难过后，人们发现的第一件事是：全世界的电力供应恢复了——此后，人们开始着手修复灾难造成的损失，并渐渐回归生活的正轨。

那场传染病很快就消失了，卡尔弗特夫人没有死。6 个月左右的时间过去后，一个满头白发、身体虚弱的人爬进她丈夫的办公室，气若游丝地说：

“您不认识我了吗，卡尔弗特先生？我是马尔科维奇，或者说是他残存的那部分躯体。”

“我的天，真的是你！”卡尔弗特说，“发生了什么事？快坐下来告诉我。”

“故事不长，”马尔科维奇坐了下来，开始用微弱而颤抖的声音说，“故事不长，但着实很坏。开始时一切正常，一切都如我所述地成功了，接着，我想大概是在我们计划停工的四天以前，那事发生了。”

“什么事？”

“我不知道。我们一定已经越雷池太远，或者是发生了什么意外的电流泄漏。整个工程忽然烧成了一团白色的焰火。所有金属制品都熔化了。工程内的所有人都瞬间死亡，化成了灰，你懂的。我当时离现场有四五英里远，正跟一些其他人射海豹玩。我们都不知不觉昏倒了。恢复意识后，我发现自己是唯一的幸存者。是的，卡尔弗特先生，我是唯一一个活着从布西亚回来的人。工程彻底消失了。它留下的唯一痕迹就是几堆熔化在冰川上的废铁。之后发生了什么我就不知道了。我一定是疯了。这一切足以使人发疯，你懂的。是一些曾同我们做生意的印第安人和因纽特人发现了我，他们说我当时饿着肚子，疯疯癫癫地在冰川上乱晃，他们把我带回了海岸边上。我在那里恢复了一些，接着被一艘捕鲸船捡到，带回了家。这就是事情的始末。真的很可怕，是不是？”

语毕，他把脸埋进了颤抖的双手之中，卡尔弗特看到泪水顺着他的指间滑落。他摇摇晃晃地躺倒在椅背上，接着，他的身体倏然轻轻滑落到地板上。卡尔弗特试图把他搀扶起来，但他已经死了。就这样，关于那场伟大实验的一切秘密，在这个世界范围内彻底湮灭，成了一个从未流传到西德尼·卡尔弗特先生那舒适餐厅之外的秘密。

（韶光　译）

发明明天的人

在本卷书目前为止出现的序言和小说评论里，常常提到 H. G. 威尔斯的名字，他的出现有着很充分的理由。威尔斯是 19 世纪与 20 世纪之交涌现出的一切科幻元素不可或缺的融合者，他利用这些元素创作了科学传奇故事，他的天才和洞见引领了一系列创作理念和主题，这些理念和主题在之后塑造了科幻小说这种文学体裁，并在美国的纸浆杂志中找到了归属。

1926 年，当雨果·根斯巴克试图定义何为“科幻小说”时，他举了凡尔纳、坡和威尔斯作为例子，将他们称为创作“交织了科学现实和宏伟远见的迷人小说”的作家，并打算把他们的小说发表在他新创办的《惊奇故事》杂志上。在杂志发行最初的一年零六个月里，他的确在每一期杂志上都刊登了三位作家中至少两位的作品。坡的作品启发了凡尔纳，凡尔纳式的传统冒险小说和“非凡航行系列”对科幻小说的影响至今尚存，但最终成为科幻小说的核心传统的，却是威尔斯的创意小说。杰克·威廉森认为，根斯巴克的《惊奇故事》最为伟大的贡献就是重印了威尔斯的小说。

基于上述原因和一些其他原因，许多评论家认为威尔斯是“科幻小说之父”。

H. G. 威尔斯生于 1866 年，父母都是低等仆人（母亲是女佣，父亲是园丁）。威尔斯出生时，阿尔伯特亲王刚刚去世五年，维多利亚女王也仅仅于两年前结束了自己的隐居生活，开始在公众面前露面。威尔斯 1946 年去世，生前目睹了现代高科技武器在第二次世界大战中大放异彩。在威尔斯出生的年代，英格兰正在摆脱 18 世纪的社会秩序和价值观，威尔斯的母亲将子女的幸福定义为安稳地从事某种体面的职业。出于上述目的，她试图让年轻的威尔斯去做学徒。

然而，威尔斯看到了世界的变化，他希望能以一种他的母亲无法理解的方式参与其中。他在 1934 年版的自传中写道：

> 在她的见识之外，难以预知的巨大力量正在持续不断地摧毁社会秩序，摧毁马、帆船运输、手工作坊、雇佣农业……她的理念就维系于这些，她的信心就基于这些。对她来说，在人类生活中出现的这些巨大变革就如同一系列无法理解的挫折、不该承受的不幸，而且还没办法很明确地找到一个东西或者一个人去责怪——除非是我的父亲……

1871 年教育法案[1]颁布后，当时英国流行的教育方式是让孩子在能找得到的地方随便学点什么。威尔斯在接受这种教育后，把自己成年后的大部分职业生涯都花在了处理他母亲无法理解的不该承受

1. 原文如此，但经过多方查证，英国在 1871 年并未颁布过重要的教育法案，这里疑为错漏，实际应该指的是影响重大的 1870 年初等教育法，法案规定英格兰和威尔士的 5 岁至 13 岁的儿童必须参加义务教育。

的社会变革之上，直到晚年，威尔斯都将其视为一个可以为人类生活带来更好前途的机会。在自传中，威尔斯写道：

> 自出生起，大部分独立的个体都一直处于“面对困境”的阶段，他们持续不断地被恐惧和饥饿所驱使，不得不对他们四周一刻不停的威胁做出回应……本质上讲，他们的生活仅仅是不断地适应外界。填满了他们生活的只有好运气和坏运气而已。他们饥饿，他们进食，他们渴求，他们相爱，他们觉得愉快，他们相互依赖，他们追求目标，他们逃避障碍，最后他们被他人超越，命归泉台。
>
> 但人类未来的曙光已经出现，人类生活中拥有的能量出现了极大的剩余，比如，在过去的大约一个世纪中，人类可以从日常遭遇的紧迫事件中抽出身来，解放自己的注意力。生活的内容在不断扩展，曾经占据生活全部的事情，现在也仅仅是生活的背景而已。人们现在可以问一些在五百年前的人看来不太正常的问题，他们可以问：“嗯，你在赚钱谋生，你在养育一个家庭，你爱着一些人，恨着一些人——但是你到底是在做什么呢？”

年轻的威尔斯在他早年创作的短篇和长篇小说中致力于探讨人类在进化意义上和社会意义上的未来，并以此来动摇那些紧紧抓住“生活就是这样”的传统价值观的读者的信心。1904 年后，他开始陈述那些之前描述过的问题可能的解决方案。“我们那些富有创造性的智慧劳动的成果，”他写道，“正在修复人类的生活。”

面对能源枯竭和两次世界大战带来的幻灭感，晚年的威尔斯和很多善良的人一样，试图组织大众并建立一个更好的世界，但他对改变人类的本性已经不抱希望，并创作了《走投无路的心灵》(*Mind at the End of Its Tether*, 1945)。但 1904 年时，威尔斯还年轻，还精力充沛，还对引导读者进行反思充满信心。他的《盲国》(*The Country of the Blind*, 1904)发表于《河岸街》杂志，很多评论家认为这篇作品是威尔斯最好的短篇小说，尽管这篇小说并没有讨论未来，而仅是描述了一处偏远的山谷。但无论如何，这篇小说实现了每一篇优秀的科幻小说试图达到的目的：动摇读者对“大众公认智慧”的信心，引导读者们通过自己的判断来思考问题。

但奇怪的是，1927 年，根斯巴克发行的《惊奇故事》的读者们开始抱怨杂志上有太多的重印文章，认为这是在文学上的怠惰行为，他们尤其抱怨威尔斯使用“太多的词汇来描述一个场景”。因此，当根斯巴克在 1927 年 12 月号的《惊奇故事》上重印《盲国》时，他第一次从杂志封面上去掉了威尔斯的名字。

（赵佳铭　译）

盲国

H. G. 威尔斯

在安第斯山脉厄瓜多尔段那最广袤荒芜的荒原上，距离钦博拉索山三百多英里、距离科托帕希雪原一百多英里的地方，有一道与世隔绝的神秘峡谷，那里就是盲国的所在。很久很久以前，那道山谷还不算完全与世隔绝，只需要穿过一些险要的山口，越过一道冰雪覆盖的隘口，就能进入峡谷宁静怡人的草场。而且也确实有人去到了那里，那是几家子混血秘鲁人，为了逃离西班牙统治者邪恶的贪欲和暴政。后来，明都巴巴火山猛烈爆发，整整 17 天的时间，基多市都暗无天日，整个亚瓜奇的河流都沸腾了，甚至远到瓜亚基尔都漂浮着垂死的鱼。太平洋沿岸到处都是崩塌的山崖，还有融化的积雪和泛滥的洪水。阿劳卡峰整整一面山壁都在雷鸣般的巨响中崩塌，永远阻断了人类探索盲国的道路。不过就在这个世界翻天覆地之际，其中一位早期定居者正好在峡谷的这一边。他不得不强迫自己忘掉遗留在另一边的妻子和子女，忘掉自己所有的朋友和财产，在外面的世界重新开始生活。他开始了新的生活，但没多久就病了，丧失了视力，最后一命呜呼。但他所讲的故事渐渐成为一个传说，至今还在安第斯山脉的科迪勒拉斯地区流传。

他讲述了自己离开那个隐秘之地冒险回到这边的原因。很小的时候，他和一大包装备一起被固定在骆马的背上，第一次进到峡谷里。据他说，峡谷里有人们向往的一切——甘甜的泉水、丰美的牧场、怡人的气候，山坡上满是肥沃的褐土，上面生长着一簇簇灌木，长满了美味的果实。峡谷一面是大片高耸入云的松林，能挡住高处积雪的雪崩。另外三面则矗立着巨大的灰绿色石崖，上面覆满冰雪。不过冰川融水并不会流向峡谷，而是会顺着另一侧的山坡流向远方，只有一些大冰块偶尔会落到峡谷这边。峡谷中既不下雨也不下雪，但丰沛的泉水灌溉了整个峡谷，让草场青碧丰饶。定居者们干得确实不错。他们的牲口养得壮实，大量繁殖。但有一件事破坏了他们的幸福，而且是严重的破坏。一种奇怪的疾病降临到了他们头上，那里所有新出生的孩子都瞎了——还有几个大一点的孩子也是。他历尽千辛万苦走下山口回来，就是为了寻找能够治疗这种疾病的符咒灵药。在那个年代，在那种情形下，人们不会想到细菌、传染，只会想到罪过。他认为，这种病的病因必定在于这些粗心大意的移民没有带祭司同来，而且在进入峡谷后没有立刻建造起一座圣坛。他想要在峡谷中建立一座圣坛——一座精美、经济而又有效的圣坛。他想要在圣坛内供奉遗物，供奉代表强有力信仰的物品，比如开光赐福之物、神秘的徽章和经文。他的钱包里有一块纯天然的银块，但他不愿意解释它的来历；他就像一个技艺并不高明的骗子，一直坚持说峡谷里的人都没有个人财产，一直坚持说峡谷里没有这种白银。他说他们都把金钱首饰凑在一起，因为在那里很少有需要使用这样的财富的时候，除了购买帮他们战胜病魔的圣物。我能想象得出那幅画面：在大灾发生前，这个快要失明的年轻山里人，晒得黝黑，一脸憔悴焦虑，紧握着帽檐，完全不适应低地的生活方式，将这个故事讲给某些聚精会神的牧师听。我能想象得出他有多急切地想要带着神圣而万无一失的解药回去；也能想象得出发现峡谷出口曾经所在的位置已经变得面目全非时那无尽的沮丧。不过我并不知道他那不幸遭遇的其余部分，只知道几年后他就悲惨地死去了。偏远之地而来的可怜漂泊者啊！那条曾经造就了那座山谷的溪流如今从一个岩洞的洞口喷涌而出，而他所讲的那个悲惨而又晦气的故事也渐渐演变成了一个今天的人们仍能听到的传说：在“某个”不为人知的地方，有一个盲眼的族群。

那个如今已经与世隔绝被人遗忘的峡谷里人口稀少，疾病仍在其中蔓延。老人的视力越来越差，只能在黑暗中摸索。年轻人还能看得见，但视线越来越模糊。而新出生的孩子就什么都看不见了。不过，在那个镶着冰雪银边的盆地，生活并不艰难。那里与世隔绝，既无荆棘也无毒虫，更没有什么野兽，只有温顺的驯养骆马，都是他们历尽千辛万苦沿着干涸的河谷从他们来时的那些山口外赶进来的。他们视力下降的速度非常缓慢，以至于几乎没有人意识到他们正在失去视力。他们引导全盲的年轻人走遍整个峡谷，直到他们熟悉全部地貌。等到他们当中最后一个还有视力的人死去后，整个族群也能继续生存了下去。他们甚至还有时间去适应盲眼生火，他们把火生在石炉里，小心翼翼地控制火势。起初，他们过着简单朴素的生活，没有文字，只对西班牙文明有略微的了解，但却保留了一些秘鲁古老的传统艺术和失落的哲学。随着世代的更替，他们忘却了很多东西，也发明创造出了很多东西。他们所来自的那个更大的世界所代表的传统渐渐变得虚无缥缈。他们在各个方面都强健能干，只有视力不行。而生育和遗传的概率又为他们带来了一位思想独到、言辞锐利、颇具说服力的领袖人物，之后又是另外一位。两人在过世后继续发挥着影响，使这个小社群在数量和质量上都得到了成长，并解决了随之产生的经济社会问题。人们一代一代地成长，又一代一代地死亡。此时距离那位带着一块银子离开峡谷去寻求上帝帮助却一去不返的祖先的离开，又过去了十五代人的时间。也就是在那前后，一个外部世界来的人碰巧闯入了这个社会。这就是那个人的故事。

他是个来自基多附近乡下的山里人，曾经出海见识过世界，读书有自己的见解，是一个锐意进取的人。他被一群来厄瓜多尔登山的英国人接纳，以取代三个瑞士向导中生病的那一个。爬过几座山后，他向有安第斯山的马特洪峰之称的帕拉斯科特佩托峰[1]发起了冲击，并就此与外界失去了联系。这次事故的情况被书写过几十次，其中向导讲述的版本最为翔实。他讲述了那群人如何在近乎垂直的陡峭山路上艰难攀登，最终到达那片最宏伟的山崖脚下；如何在雪中依靠一小块岩石的遮蔽建立起一个过夜的临时居所，以及接下来那戏剧性的一幕：他们如何发现努涅兹不见了。他们大声呼喊他的名字，但没有回应。他们呼喊、吹哨，所有人一夜无眠。

黎明破晓，他们看到了他跌落的痕迹。看来他确实不可能再做出任何回应了。他从东坡摔了下去，跌落到了山峰不为人知的一侧，一直跌下去很远才碰到一片陡峭的雪坡，并随着引发的雪崩一路犁出了一道沟壑。那道遗迹一直延续到那可怕的悬崖边，再向外就什么都看不到了。遥远的下方，迷蒙的远处，他们依稀看到一些树木从一道狭窄封闭的山谷中露出头——那里就是失落的盲国。但他们并不知道那里就是盲国，并且也没有觉得那里与其他任何一道狭长的高地山谷有什么不同。这场灾难让他们深感不安，并放弃了下午的登山计划。向导也在能够发起另一次冲击之前就被召到了战场。时至今日，帕拉斯科特佩托峰都没有被征服，向导的临时居所也因

1. 马特洪峰位于瑞士瓦莱州，海拔 4 478 米，由于地势极为陡峭险峻，在此地登山被许多登山家视为高难度的挑战。文中的帕拉斯科特佩托峰为作者虚构。

为久未有人到访而在雪中崩坏殆尽。

而那个掉下去的人还活着。

滑过陡坡之后他又下坠了 1 000 英尺，跌落在一道比上面那道山坡更陡峭的山坡上的一堆雪中。他从这道坡上一路翻滚了下去，头晕目眩、不省人事，但身上的骨头都没断。最后，他又落到了一道缓和了许多的山坡上，终于停止了翻滚，被埋在一堆柔软的白色积雪中，正是遇到的这堆积雪救了他。他渐渐苏醒了过来，迷糊中还以为自己正躺在病床上。随后，登山者的理智让他意识到了自己的处境。他开始挖松周围的积雪，挖一会儿休息一会儿，直到能够看到外面的星星。他躺下来休息了一会儿，让胸口有一定的活动空间，开始琢磨自己是在什么地方，究竟出了什么事。他检查了一下全身，发现衣服翻过了头顶，扣子少了几个，匕首不在口袋里，系在下巴下面的帽子也丢了。他记得当时自己是在找松动的石头，好垫高临时居所自己那一侧的墙。他的冰镐也不见了。

他觉得自己一定是摔下来了，于是就抬起头向上看。在升起的月亮那惨白的光芒下，他所飞过的巨大距离让他吓了一跳。一时间，他躺在那里，瞪着那升腾而起的山崖，一脸茫然。苍白的山崖巨大无比，时不时地从一片片逐渐暗淡的黑色中露出头。那种奇幻神秘的美感震慑住了他，最后，他终于抽噎着爆发出了一阵狂笑……

经过很长一段时间之后，他才意识到自己已经几乎是在积雪的底部边缘处了。下方，月光照耀下的斜坡很好通行。再往下的地方，他可以在黑暗中看到零星散落着岩石的草皮。他挣扎着站起身，浑身上下每一个关节都在痛。他痛苦地走下堆积在周围的松散雪堆，一直朝下走到草皮上，与其说是躺下，倒不如说是一头栽倒在一块巨石旁，取出内侧口袋里的水瓶，猛灌了几口，然后就立刻睡了过去。

下方远处树梢上的鸟鸣声吵醒了他。

他坐了起来，这才意识到自己正在一片大悬崖脚下的一座小山包上，中间有沟壑分割，他自己和那些积雪就是顺着沟壑滚下来的。在他的另一侧，一面石壁拔地而起直入云霄，峭壁间的山口是东西走向的，此刻正沐浴在满满的晨光下，那阳光也照亮了西侧倒塌的山石，正是那山石堵住了不断向下延伸的山口。他的下方似乎是一道同样陡峭的崖壁，不过在沟里的积雪后面，他发现了一个好似烟囱一样的狭缝，里面还流淌着融化的雪水，孤注一掷的话可以冒险一试。他发现从那里爬下去要比想象得容易得多，之后他又来到了一座荒凉的小山顶，爬过一块不是特别难爬的岩石，来到一片长满树木的陡坡。他打定了主意，转向山口的方向，因为他看到那峡谷的开口下方露出了一片青草地。他还能在草地上瞥见几簇石屋，十分明显，而且样式跟他熟悉的房屋都不一样。一开始，他的进展就像贴在墙上爬一样慢。过了一段时间，太阳渐渐升起，阳光不再能沿着山口的方向射入，鸟鸣声逐渐暗淡，周围的空气也阴冷了下来。不过，远处的峡谷和谷中的房子却显得更明亮了。他很快爬上一个石碓，他是一个善于观察的人，立刻注意到石缝中一丛陌生的蕨类植物像一双热情的绿手一样从缝隙中爬了出来。他摘了几片茎叶吃下去，发现这植物确实可以充饥。

接近中午时分，他终于爬出了山口的最险要处，来到了平原的阳光下。他全身僵硬，疲惫不堪，于是就坐在一块岩石的阴影下，把水瓶灌满泉水一饮而尽，然后又休息了一会儿，才起身向那些房子走去。

那些房子在他看来十分古怪，事实上，相比刚才，整个峡谷看起来都更加古怪陌生了。峡谷里是大片郁郁葱葱的草地，其间点缀着许多美丽的花朵，草地都经过了精心的灌溉，一块一块的，很明显是模式化种植的痕迹。一道围墙环绕在山谷上方，还有一条好像是环形水道的东西，涓涓细流从中流出，灌溉着草地上的植物。上方更高的山坡上，一群骆马正在啃食稀疏的枯牧草。一些棚子，显然是骆马的窝棚或者喂食场，三三两两地围建在界墙边。一条条灌溉用的细流在峡谷中部汇聚到主渠道，由齐胸高的围墙围住两岸。这给这个与世隔绝的地方赋予了一种独特的城市气质。谷里还有许多条黑白相间的石头铺就的道路，有条不紊地通向各个不同的地方。路的两边各有一条奇怪的小围栏，让这里看起来更像城市了。中央村镇中的房子与他所熟悉的山村里那种随意杂乱的布局完全不同，而是在主街两侧异常整齐地排成两排。房子色彩斑斓的外墙上时不时地会出现一扇门，平坦的墙面上没有一扇窗户。墙面上的色彩完全没有规则，上面涂的灰泥时而灰色，时而土褐，时而灰蓝，时而深棕。正是这狂野的涂抹第一次将"瞎"这个字引入了这位探险者的脑海。努涅兹暗自嘀咕道："干这活的家伙一定像蝙蝠一样瞎。"

他沿着斜坡下来，来到环绕峡谷的界墙和水渠旁，水渠把多出来的水喷到山谷深处，形成一条细细的、摇曳的瀑布线。现在，他可以看到一些男男女女正躺在草垛上，好像是在午睡。草地的远端，更靠近村子一些的地方，还躺着一些小孩子。近一些的地方，三个男人正用担子担着几个木桶走在一条从围墙通往房屋那边的小径上。他们穿着骆马皮的衣服和皮靴，系着骆马皮的皮带，戴着有后盖和耳罩的布帽。他们一个跟着一个，走得很慢，还打着哈欠，就好像一夜都没睡一样。他们有一种体面向上的气质，让人感觉很安心。纳涅兹犹豫了片刻，之后就尽可能显眼地站在岩石上，用尽全力大喊了一声，响彻整个山谷。

那三个人停下脚步，转着头，仿佛是在四下张望，把脸转到这边，又转到那边。努涅兹使劲打起了手势，但他们好像根本没有看到他的那些动作，过了一会儿，都转向右侧远山的方向，大叫了几声仿佛是在回答。努涅兹又大喊了几声，并再次徒劳地打起了手势，“瞎”这个字再次出现在他的脑海。“这帮蠢货肯定都是瞎子。”他说。

终于，经过几番徒劳，努涅兹恼火地跨上一座小桥越过溪流，穿过围墙上的一扇门，径直走向那几个人。他很确信他们就是盲人，也很确信这里就是传说中的盲国。他突然产生了一种信念，一种伟大而令人羡慕的冒险精神。那三个人就一个挨一个地站在那里，没有看向他，而是用耳朵对着他所在的方向，倾听着他那陌生的脚步。他们紧紧地挨在一起，好像有些害怕。他能看到他们都闭着眼睛，眼眶深陷，好像眼睑下的眼球都已经萎缩。他们的脸上都带着一种近乎敬畏的表情。

“有人。”其中一个用很难辨认的西班牙语说，“是一个人——一个人，或者一个魂灵——从岩石上下来了。”

而努涅兹迈着自信的步伐走了过来，就像个刚刚迈入新生活的年轻人。所有那些关于失落在峡谷中的盲国的传说都浮现在他的脑海中，那句古老的谚语也盘绕在他的心头挥之不去，就像一句朗朗上口的歌谣——

“盲国盲国，独眼称王。”

“盲国盲国，独眼称王。”

他彬彬有礼地向他们致以问候，同他们交谈，并用眼睛打量着他们。

“他从哪儿来的，佩德罗兄弟？”其中一人问。

“从那些岩石上。”

“我是从山那边过来的。”努涅兹说，“从外面的世界，人们可以看见东西的国度。距离波哥大不远，波哥大可是座大城市，住着十多万人，大到看不到边。”

“看？”佩德罗轻声说，“看？”

“他是从岩石上下来的。”另一个人说。努涅兹觉得他们的帽子风格都很奇怪，每一顶的缝法都不一样。

三个人不约而同地向他走来，每个人都伸着一只手，把他吓了一跳。他不由得后退了几步，好躲开那些伸过来的手。

“过来。”第三个盲人说着，就跟着他的动作轻巧地抓住了他。

他们抓住努涅兹，抚摸着他，一句话都不说，直到摸遍了他的全身。

“当心点儿！”他叫道，其中一个人的手指戳到了他的眼睛。他发现，这个带有可以翻动的前帘的器官让他们觉得很奇怪。他们又摸了一遍。

“奇怪的造物，科雷亚。”被称作佩德罗的那个人说，“摸摸他的头发，粗的就跟美洲鸵毛一样。”

“他皮肤粗糙得就像生他的岩石一样。”科雷亚用他那柔软而微湿的手抚摸着努涅兹没有刮过的下巴，说，“也许以后会好起来的。”他们的抚摸让努涅兹不由得挣扎了一下，但他们抓得很紧。

“当心点儿！”他又叫道。

“他会说话。”第三个人说，“显然是个人。”

“啊！”佩德罗从喉底发出一声轻呼。

“所以你来到了这个世界？”佩德罗问。

“是从外面的世界来的。跋山涉水，从那上头，距离太阳一半高的地方。我是从那个大世界来的，比这儿地势要低，距离海边 12 天的路程。”

他们似乎根本没有留心去听他在说什么。“我们的父辈曾经说过，人可能可以自然产生。”科雷亚说，“需要温度、水分，还有烂掉的东西——嗯，烂掉的东西。”

“我们带他去见长老们吧。”佩德罗说。

“先喊一下。”科雷亚说，“免得孩子们受到惊吓，这事可不平常。”

于是他们喊了起来，佩德罗走在最前面，拉着努涅兹的手，带他向房子的方向走去。

努涅兹抽回手。“我看得见。”他说。

“看得见？”科雷亚问。

“对，看得见。”努涅兹说。他转向科雷亚，结果被佩德罗的桶给绊了一下。

“他的神志还不太清醒。”第三个盲人说，“他会摔跤，会说胡话。抓住他的手给他带路吧。”

“随便吧。”努涅兹说。让盲人引路，他不由得笑了起来。

看来他们对视力一无所知。

好吧，到适当时候，会让他们好好了解了解的。

他听到有人在叫喊，看到不少人聚集在了村中央的道路上。

他发现，与盲国的居民第一次见面比他预料的更耗费勇气和耐心。那地方走近了看比之前以为的要大得多，墙上涂的灰泥看起来也要诡异得多。男女老幼都围了过来（女人中有妇女，也有女孩，他很高兴地注意到，其中有些长相还相当甜美，尽管都闭着眼睛，眼窝深陷），他们抓住他，用柔软而敏感的手抚摸他，闻他的味道，倾听他说的每一个字。不过，有些少女和孩童就躲得远远的，好像是在害怕。确实，与他们那更加柔和的语调相比，他的声音显得相当粗俗无礼。他们包围了他。他的三个向导紧挨在他的身旁，仿佛是在声明所有权，嘴里还一遍又一遍地说着：“从石头里来的野人。”

“昆波哥大。”他纠正道，“波哥人。在山那头。”

“一个野人——说着胡话。”佩德罗说，“你们听到了吗——波哥大？他的心智还没完全成型呢。才刚开始学说话。”

一个小男孩捏着他的手，取笑似的模仿道：“波哥大！”

“嘿！对你们的小村子来说那可是座大城市。我可是从外面的大世界来的——那里的人有眼睛，都能看得见。”

“他的名字叫波哥大。”他们说。

“他走路不稳。”科雷亚说，“同我们来这儿的路上摔了两回。”

“带他去见长老们。”

他们一把将他推进门，进入一间漆黑无比的房间，只有尽头有一丝微弱的火光在闪动。人群在他身后涌了进来，挡住了外面的天光，只留下最微弱的一点。他还没站稳脚跟，就被一个坐在地上的人的脚给绊了一下，一头栽倒在地，跌倒时张牙舞爪，还戳到了别人的脸。他感觉到戳到人时的那种柔软的冲击感，听到了那人愤怒的叫喊。一时间，七八只手把他给按了个瓷实。这是一场一边倒的对抗，他只稍微思考了一下局势就在地上不动了。

“我摔倒了。”他说，“这么黑的地方我看不见。”

周围瞬间都安静了下来，好像那些黑暗中的人都在想要弄明白他所说的话。不一会儿，科雷亚说：“他刚刚成型，走不稳路，说话时也会夹杂一些没有意义的词汇。”

其他人也都纷纷说起了他，只不过他听不清楚，也没办法完全听明白。

“我能坐起来了吗？”他问。停了一下之后，又说：“我不会再反抗了。”他们商量了一下，让他坐了起来。

一个苍老的声音开始问他问题。努涅兹试图向这些坐在黑暗中的盲国长老解释他所来自的那个大千世界，解释什么是天空，什么是山川，什么是视力，以及其他诸如此类的神迹。结果不论他告诉他们什么他们都既不相信，也不理解，这倒是完全出乎他的意料。甚至连他说的很多词汇他们都听不懂。这些人一直与有视觉的世界相隔绝，以盲人的身份生活了十四代人的时间，所有和视觉有关的东西的名称不是消失了就是发生了变化。外部世界的故事也渐渐消散，变成了讲给孩童听的故事。而他们也不再关心盘亘在环形围墙上方岩石斜坡之外的任何事物。他们当中诞生过一些天资过人的盲人，开始质疑他们从还有视觉的年代带来的信仰和传统的遗存，将那所有一切都贬作无聊的幻想，并用新的更合理的解释来替代。他们大部分的想象力都随着他们的眼球一起萎缩了，但他们用更加灵敏的耳朵和指尖为自己创造了新的想象。努涅兹慢慢意识到：他本以为他们会对他所来自的那个地方和他的天赋表现出惊奇与崇敬，但那一切都不可能发生。他那对视觉毫无说服力的讲解被他们撇在一边，被当作一个感官不健全的新生者描述眼前的万千世界时所表现出的词不达意。他退却了，带着一丝自暴自弃，转而聆听他们的教诲。盲人中的最年长者向他阐释了他们的生命观、哲学观和宗教观：这个世界（也就是他们的峡谷）最初时就是岩石中的一个空穴，后来，首先出现了没有触觉的不会动的东西，然后是骆马和其他一些没有什么知觉的生物，再然后是人类，最后是天使——人们能够听到他们的歌声，听到他们扇动翅膀的声音，但却没有人能够触碰到他们。这个描述让努涅兹迷惑了半天，最后才想到是鸟儿。

长老继续向努涅兹讲解时间是如何被划分为冷和暖的，对盲人来说这就相当于夜晚与白天，以及为什么暖时适合睡眠，冷时适合工作。也就是说，此刻，要不是因为他的到来，整个镇子上的盲人应该都在睡觉。他还说，努涅兹一定是专门为学习和侍奉他们所获得的智慧而被创造出来的。由于他心智不全，还总会摔倒，因此必须要鼓足勇气，尽全力去学习。说到这儿，屋里的所有人都小声表示赞同。长老说夜晚早已降临（这些盲人管他们这里的白天叫夜晚），大家都应该回去睡觉。他问努涅兹知不知道怎么睡觉。努涅兹说知道，但在睡觉前他想先吃点东西。

他们给他拿来了吃的——一碗美洲鸵奶，还有粗盐面包，然后把他领到一个没人的地方，好让他吃东西的声音不要吵到别人。之后他们就都去睡觉了，直到山间傍晚的寒意唤醒他们，又开始新的一天。不过努涅兹一点儿都没睡。

相反，他就一直坐在他们带他来的地方，放松四肢，在脑海里一遍又一遍地回想他到来时的意外状况。

他时不时地还会笑出声来，有时候是觉得好气，有时候是觉得好笑。

“心智不全！”他说，“神志不清！他们根本不知道他们一直在侮辱上天赐予他们的国王和主人。看来我必须得让他们明白事理才行。让我好好想想，好好想想。”

直到太阳落山，他都还在想。

努涅兹有一双善于发现美的眼睛，在他看来，斜阳照耀在峡谷两侧雪原冰川上的光芒是他所见过的最美的景象。他的视线顺着那不可企及的荣光一路移向正在迅速沉入暮色中的村庄和农田，忽然间，一种情绪淹没了他，让他打心底里感激上帝赐予了他视觉。

他听见村外有人在喊他。

“嘿，哟，波哥大！来这儿！”

他笑着站了起来。他要一劳永逸地让那些人知道视力对一个人有多大的用处。他要让他们找他，但却找不到他。

“你还没动啊，波哥大。”那个声音说。

他微微一笑，没有发出一丝声音，然后蹑手蹑脚地走到了道路外面。

“别踩草坪，波哥大。那是不容许的。”

努涅兹惊讶地停下了脚步，刚才走下路面时他自己都几乎听不到自己发出的声音。

说话的人已经沿着黑白相间的道路向他跑了过来。

他回到路面上。“我在这儿呢。”他说。

“我叫你的时候你怎么不过来？”那个盲人说，“你就非得像个孩子似的被领着走吗？你走的时候就听不见路吗？”

努涅兹笑了起来。“我看得见路。”他说。

“‘看’可不是个词。”那个盲人说。过了一会儿，那人又开口道：“别犯傻了，跟着我的脚步声走。”

努涅兹跟了上去，心里还有点恼火。

“风水轮流转，总会轮到我的。”他说。

“你会学会的。”盲人回答，“在这个世界上，要学的东西可多着呢。”

“你有没有听过‘盲国盲国，独眼称王’这句话？”

“盲是什么？”那个盲人漫不经心地回头问。

四天过去了，这位盲国君王在第五天里仍旧寂寂无名，还被他的臣民当作一个笨手笨脚毫无用处的怪人。

他发现，证明自己比他预想的要难得多，他只能一边谋划着他的政变[1]，一边按照要求乖乖地学习盲国的风俗习惯。

最让他觉得难以忍受的就是要在夜间工作活动。他决定，等他当权后，第一件事就是把这一点给改掉。

这些人都过着艰苦朴素的生活，但却拥有美德与幸福，因为这些都是人所共通的元素。他们勤劳工作，但不过度操劳；他们丰衣

1. 原文为法语。

足食，有专门用来休息的日子和季节，他们重视音乐歌舞，生活中充满着爱，还有不少小孩子。

他们充满自信，行事精确；他们的世界秩序井然，令人叹为观止。所有的一切都被安排得符合他们的需求。峡谷里每条径向发散的道路都与其他道路保持着相同的夹角，每条路的路缘石上都有不同的刻痕以示区别。道路或草地上的所有障碍物都早已被清除。他们所有的方法和程序都是由他们的特殊需求自然产生的。他们的感官出奇地灵敏，相隔几步之外就能判断得出别人细微的动作，听到对方的每一下心跳。他们早已用语调和触摸手势取代了表情，他们用锄头、铁锹、叉子干起农活来得心应手。他们的嗅觉尤其灵敏，可以像狗一样轻松分辨个体差异。他们照看起骆马来毫不费力，那些家伙可是生活在峡谷的岩石上的，只有吃食休憩时才会到围墙上的窝棚里去。最后，努涅兹也不得不承认，他们行动起来非常自如。

努涅兹决定先礼后兵。

一开始，他试图在一些不同的场合跟他们说明什么是视力。“你们看呐，伙计们。”他会说，“我要告诉你们一些你们不明白的事。”

时不时地，会有那么一两个人搭理他，他们会坐下来，垂着头，用耳朵对着他，用心地听。而他则会使尽浑身解数，跟他们讲“看见”是怎么一回事。在他的听众中有一位姑娘，眼睑不像其他人那么红肿，眼窝也没有那么深陷，你甚至可能会幻想她的眼睑下还藏着一双眼睛。努涅兹最希望说服的就是这位姑娘。他会讲述视觉之美，讲述目之所见的青山绿水、蓝天旭日。他们听他讲述时一副戏谑怀疑的表情，没过多久戏谑就变成了责难。他们跟他说，这世界上根本就没有什么山，放牧骆马的那些岩石的尽头是世界的尽头。巨穴状的宇宙穹顶就从那里升起，雨露雪崩就从那里落下。他坚决反驳，说世界根本没有什么尽头，也没有他们所说的什么顶子。他们则说他满脑子异端邪说。尽管他费尽心思地跟他们讲天空云朵，讲日月星辰，但那一切对他们来说都只是令人厌恶的虚言，是对他们所相信的光滑穹顶的亵渎——在他们的信条中，穹顶的触感应该是光洁无瑕的。他发觉在某种程度上，他吓到了他们，于是就放弃了这种尝试，转而向他们推销视觉的实用价值。一天早上，他看到佩德罗正从一条被叫作十七号路的道路上向中央的房屋区走来，不过还没到可以听到或闻到的距离，于是他就这么对他们说，“再过一会儿——”他预言道，“佩德罗就会过来。”一个老人反驳说，佩德罗没有什么要在十七号路上办的事。紧接着，仿佛要证实老人的话一般，佩德罗向前走了几步就横拐向了十号路，迈着敏捷的步伐朝外墙走去。努涅兹因此倍受奚落。之后，当他为了澄清自己并非妄言而去质问佩德罗时又碰了一鼻子灰。佩德罗还因此对他产生了敌意。

之后，他又说服他们容许他一个人自行沿草地斜坡朝墙的方向走很长一段，而他则保证，能向他们描述房屋区那边发生的一切。他确实准确说出了谁来了谁走了，但对那些人来说真正要紧的是发生在那些没有窗户的屋子里面或者后面的事——他们觉得只有这样才能考验他——而这恰恰是他看不到说不出的。经过这次失败，他们对他的嘲弄便一发不可收，使他决心诉诸武力。他打算抓一把铁锹，先突然把他们中的一两个打翻在地，再通过公平的战斗这种实在的决斗来显示眼睛的优势。不过这个方案只执行到去拿铁锹，随即他便发现自己需要面对一个新的困难：他没办法那么冷血地将一个盲人打翻在地。

就在犹豫时，他发觉他们所有人都注意到他拿起了铁锹。他们警觉地站了起来，脑袋侧向一边，耳朵对着他的方向，时刻注意着他的下一步动向。

“把锹放下。”其中一个人说。恐惧无助之下，他顺从地走了过来。

接着，他忽然将一个人一把推到屋墙上，飞身跃起朝村外逃去。

他横穿过他们的一块草坪，在身后留下一串践踏出的足迹，随后一屁股坐在他们的一条道路旁。他感到些许兴奋，就像任何一个人在一场战斗开始时都会感到的那样，但更多的还是困惑。他开始意识到，面对跟你拥有不同心理基础的造物，你甚至都无法愉快地战斗。他看到远处有不少人手持铁锹棍棒，从房屋区的街道上走了出来，分散成一条长线，沿几条道路朝他走来。他们走得很慢，时不时地还彼此交谈。整条警戒线走走停停，人们不时地嗅着空气，侧耳倾听。

第一次看到他们这么做时努涅兹笑出了声，不过随即就笑不出来了。

一个人碰到他在草地上的足迹时俯下身闻了闻，立刻就感知到了他逃跑的方向。

他看着警戒线慢慢延伸，足足看了五分钟的时间，想要做点什么的模糊情绪让他不由得焦躁了起来。他站起身，向围墙走了几步，又转过身，往回走了一小段。众人已经站成了新月形，一动不动，静静地倾听着。

他也一动不动地站着，双手紧握铁锹。该攻击他们吗？

耳中的脉搏声逐渐化作“盲国盲国，独眼称王”的声音，一遍一遍喋喋不休。

该攻击他们吗？

他回望身后那光滑而又难以攀爬的围墙——难以攀爬，是因为墙上的灰泥抹得非常平整，虽然墙上开了很多小门，但都在越来越近的警戒线的那一侧。警戒线后，更多的人正在源源不断地从室内跑到街上。

该攻击他们吗？

“波哥大！”有人喊道，“波哥大，你在哪里？”

他握着铁锹的手攥得更紧了，双脚也沿草地朝居住区迈出了一两步。刚一有动作，他们就朝他的方向聚拢了过来。“他们要是敢碰我我就打死他们。”他赌咒道，“我对天发誓，我会的。打死你们。”说完他大叫一声：“看啊，我要在这个峡谷里为所欲为。听到了吗？我想做什么就做什么，想去哪儿就去哪儿！”

众人迅速朝他移动过来，尽管是在摸索，但动作异常迅速，那感觉就像是在玩盲人捉贼，除了贼外所有人都蒙着眼睛。“抓住他！”其中一个人喊道。他忽然发觉自己已经陷入了一条松散的包围曲线，再不采取积极果断的行动就晚了。

“你们都不明白。”他本想用响亮坚定的声音喊出这些话，结果却破了音，“你们都是瞎子，只有我能看见，别惹我！”

“波哥大！放下铁锹，从草地上下来！”

这最后一道命令有一种城市里常见的熟悉感，而这种怪诞的感觉更激起了他的愤怒。

“我会杀了你们的。”他泣不成声道，“对天发誓，我会杀了你们的，别惹我！”

他跑了起来，但并不清楚该跑到哪儿去。他躲开距离最近的盲人，因为要是打到那人就太可怕了。他停下脚步，然后猛地冲刺，想要冲出包围圈。他朝一个大缺口跑去，缺口两侧的人迅速预计到了他的意图，聚拢到了一起。他继续冲刺，眼见就要被抓，呼的一声，铁锹挥了出去。手掌手臂传来一阵柔软的酥麻，那人痛叫一声摔倒在地，他冲了过去。

冲过去了！他再度接近街道旁的房屋区，那些盲人挥舞着铁锹木棍，从各个方向跑了过来，动作十分敏捷。

听到身后的脚步声他急忙转身，只见一个大汉向他冲来，正要挥拳打向他发出声音的地方。他顿时吓破了胆，一把将铁锹朝对手扔了过去，还扔偏了，同时惊叫着躲过另一个人的攻击。

他惊慌失措，像没头的苍蝇一样慌不择路，如惊弓之鸟一般不用躲的动作也躲。他焦急地环顾四周，想要看清所有一切，结果却摔了一跤。一时间，他摔倒在地，所有人都听到了他摔倒的声音。远处围墙上，一道开着的小门廊看起来就像是天堂一般，他发了疯似的冲了过去，完全不顾及会吸引多少追击者的注意力。他跌跌撞撞地奔过小桥，又从岩石上爬过一小段，把一头小骆马给吓得一会儿就跑得没了踪影。之后，他便躺了下来，哭得上气不接下气。

他的政变就此告终。

他在盲国村子的围墙外待了两天两夜，没有食物也无处躲藏。他思考着自己这意料之外的处境，与此同时，不断地用一种浓浓的嘲讽语气反复重复着那句歌谣："盲国盲国，独眼称王。"他大致设想了几种打败并征服那些盲人的办法，但越想越清楚，没有一种办法实际可行。他没有武器，事到如今要搞到一件就更难了。

即使早在波哥大，文明的溃疡就已经侵袭了他，他根本找不到勇气去刺杀一个盲人。当然，如果他做到了，那接下来，他可能就会考虑如何威胁杀掉他们所有人了。不过——迟早他都必须得睡觉！……

他也试着在松树林中找吃的，想于起霜的夜晚在松枝下睡得舒舒服服，还试着用计抓住一只美洲鸵，然后杀掉，好最后能吃上点——可能是用石头砸，不过把握也不大。可惜美洲鸵并不相信他，一直用棕色的眼睛狐疑地打量着他，并在他靠近时吐了他一身口水。第二天，恐惧降临，让他抖成了一团。最后，他终于爬下盲国的围墙，想要和他们去谈条件。他沿着溪流爬行，一边爬一边大声叫嚷着，直到有两个人出来到门口这边跟他说话。

“我之前是疯了。”他说，“可我只是个新降世的人。”

那两人说这才像点样。

他告诉他们他已经清醒多了，对之前所做的一切懊悔不已。

接着他就真的哭了起来，因为他已经病弱不堪。而他们觉得，这是一个好兆头。

他们问他是否仍认为自己能“看见”。

“不。”他说，“那都是些蠢话。那两个字毫无意义——比毫无意义还没有意义！”

他们又问他头顶上有什么。

“在百人高的地方，有个顶棚，盖在……盖在这个岩石世界上——非常，非常光滑……”他歇斯底里地哭了起来，“先给我点吃的再问吧，我快死了。”

他本以为自己会遭受到严厉的惩罚，但这些盲人很宽宏大量。他们只是把他的叛乱行为当成又一个证明他愚昧无知的证据。给了他一顿鞭子之后，他们给他指派了一些最简单也最繁重，人人都能干的活儿。而他呢，在认识到别无其他谋生之法后，就乖乖地接受了一切安排。

他病了好几天，他们好心地照料了他，这也让他变得更加顺从。不过他们还是坚持反对他晚上睡觉，这让他很是难受。他们还派了好几个哲人来跟他谈论他脑子里那些轻浮邪恶的念头，并且深深地责备他对盖住他们那个宇宙砂锅的岩石穹顶的怀疑，以至于他都怀疑自己是否真的是被幻觉所害，所以才看不到头顶上的石顶。

就这样，努涅兹也成为盲国的一员。群山之外的世界对他来说变得日渐遥远模糊，而这里的人却不再是泛指的概念，而是渐渐成为一个个他所熟悉的个体。这其中就有雅各布，他的主人，没被惹恼时是个很和善的人；有佩德罗，雅各布的侄子；还有梅迪纳·萨罗特，雅各布最小的女儿。她在盲人的世界中不受人尊重，因为她面部线条棱角分明，缺乏盲人男性理想中的那种柔和光滑令人满意的女性美。不过努涅兹刚一见到她就觉得她很美，而且是这个世界上最美的造物。她那闭合的眼睑并不像峡谷里的人通常那样深陷红肿，仿佛随时都有可能睁开。还有她那长长的睫毛，在这里被认为是严重的缺陷。还有她的嗓音也很洪亮，不适合峡谷青年那敏感的听觉。所以她还没有爱人。

这使得努涅兹开始考虑，如果有朝一日能赢得她的芳心，那就算余生都要在这峡谷中度过那他也愿意。

他关注她，寻找机会向她献殷勤，并且没过多久就发现她注意到了自己。一天，在一个休息日聚会上，他们俩并排坐在朦胧的星光中，伴着甜美的音乐，他的手碰到了她的手，他鼓起勇气握住，她也报以轻轻的回握。又一天，他们在黑暗中共进晚餐，他感觉到她的手轻轻抚上了他的手。伴随着跳动的火光，他有幸看见了她脸上的温存。

他想方设法与她攀谈。

一天，他走向坐在夏夜月光中的她，月光如纱一般，给她披上一身银色，带上了一丝神秘的气息。他坐在她的脚边，告诉她他爱她，告诉她她对他来说有多美。他的声音中充满爱意，那温柔的敬意近乎崇拜，而她从未接触过此等爱慕之情。她没有给他明确的答复，但很显然，他的话语打动了她。

在那之后，他只要一有机会就去与她攀谈。这峡谷成了他的世界，而群山之外那个灿烂光明的世界则不过是个有朝一日他会与她讲述的神话故事而已。他试探性地、怯生生地跟她说起了关于视觉的事。

对她来说，视觉是最富诗意的幻想，她听他描述星空，描述山川，描述她那光洁白皙的美，仿佛那是一种放纵的罪。她不相信，也不能完全理解，但却莫名地感到欢喜。而在他看来，她完全就是他的知己。

他的爱中不再有敬畏，于是他鼓足勇气。他即刻向雅各布和诸位长老提出要娶她，但她却因为害怕而犹豫了起来。最后还是她的一个姐姐最先告诉雅各布，梅迪纳·萨罗特和努涅兹恋爱了。

努涅兹与梅迪纳·萨罗特的这桩婚事一开始就遭到了极大的反对，与其说是因为他们重视她，倒不如说是因为他们认为他是一个心智不全的人，一个白痴，一个低于平均水准的无能的人。她的姐妹们强烈反对，认为这会给她们带来耻辱。而老雅各布虽然对自己这个笨拙、听话的农奴有点好感，但也还是摇摇头，说这种事不可能。不少年轻人一想到他要败坏他们的种族血统就气不打一处来，其中一个甚至辱骂殴打了努涅兹。不过努涅兹也进行了反击。这也是他头一回尝到视力的甜头，即使当时光线微弱，但那一仗之后就再没人敢向他挥拳头了。然而他们还是觉得这桩婚事完全没有可能。

老雅各布十分疼爱这个最小的女儿，看到她伏在自己肩头痛哭，也忍不住伤心了起来。

“你知道的，乖女儿，他就是个白痴。他有妄想症，还什么事都做不好。”“我知道。”梅迪纳·萨罗特哭泣道，“可他的潜力不止如此。他正在变得越来越好，而且他也很强壮。亲爱的爸爸，他还很善良，比这世上所有的男人都强壮、善良。而且他爱我——况且，爸爸，我也爱他。”

悲痛欲绝的女儿让老雅各布伤心不已，再加上就很多方面而言，他也喜欢努涅兹，这就让他更痛心了。于是，他来到密不透光的会堂，与诸位长老商谈，探大家的口风。找了一个适当的时机后他说：

“他很有潜力。很有可能，有朝一日，他会和我们一样心智健全。”

后来，一位心思缜密的长老有了主意。他是他们当中的杰出医师，也是他们的药剂师，富于哲学思维和创造力。治愈努涅兹的怪癖，这个念头对他而言很有吸引力。一天，雅各布也在时，他把话题转到了努涅兹身上。

“我检查过波哥大。”他说，“在我看来情况很清楚。我认为他极有可能被治愈。”

“那正合我的心意。”老雅各布说。

“他的脑子受到了不良影响。”盲人医师说。

长老们窃窃私语，纷纷表示同意。

“那，是什么影响了他呢？”

“啊！”老雅各布说。

“是这个。”医师自问自答，“是那个叫作眼睛的怪东西，它的存在会在脸上留下一块柔软的凹陷区域，是病变的体现，而波哥大的病变尤其严重，以至于影响了大脑。他的眼球严重肿大，还有睫毛，眼睑还会动，这都让他的大脑处于一种持续的不稳定状态，容易发生错乱。”“是吗？”老雅各布说，“然后呢？”

“我认为，而且我也有相当的理由敢断定，要想完全治愈他，我们只需要做一个非常简单易行的外科手术——也就是说，移除病变的部分。”

“那样他就会正常了？”

“那样他就会完全正常了，成为一个可敬的公民。”

“感谢科学！”说完，老雅各布立刻就去找努涅兹，好告诉他这个好消息。

可努涅兹对这个好消息的反应却给他浇了一盆冷水，让他失望不已。

“从你的反应，别人可能会以为——”他说，“你一点都不在乎我的女儿。”

最后，还是梅迪纳·萨罗特说服了努涅兹去面对那些盲人医师。

“你不会是想让我失去我的视觉天赋吧？”

她只是摇头。

“视觉就是我的世界。”

她的头垂得更低了。

“那么多美好的事物，美好的点滴——鲜花，缀着地衣的岩石，轻盈柔软的毛皮，远空的浮云，星空日落。还有你。哪怕只是为了能看见你，看见你那甜美安详的面颊，温软的双唇，看见你那可爱的绞在一起的美丽的双手，视力就是个好东西……是你赢得了我的双眼，是这双眼睛让我找到了你，而那些白痴却想把它拿走。没了它，我就只能抚摸你，听你的声音，就再也看不到你了。我也要进入那无尽的黑暗，进入到那岩石穹顶下，像你们一样让想象力屈从于那可怕的顶盖……不！你真希望那样吗？”

一丝疑惧在他的心头升起，他停了下来，提出了问题。

“我希望——”她说，“你——”她顿了顿。

“什么？”他问，声音中带着一丝焦虑。

“我希望你不要老是那样说话。”

“哪样？”

“我知道那很美——你的想象。我很喜欢，可如今——”

他感到一阵寒意。“如今？”他轻声问。

她静静地坐着，一言不发。

“你是说——你觉得——我应该变得更好，更——”

他一下子明白了过来，怒火中烧，是的，是命运既定的轨道让他感到愤怒，还有对她的同情，因为她不能理解——那同情已近乎怜悯。

“亲爱的。”他说，从她那苍白的脸上他看得出来，那些说不出口的话让她承受了巨大的精神压力。他搂住她，轻吻她的耳际，两个人就这么坐着，相对无言。

“要是我同意了呢？”他终于开口道，语气极尽温柔。

她一把抱住他，痛哭起来，“哦，如果你愿意……”她抽噎道，“只要你愿意！”

距离手术还有一个星期，马上就能从一个低下的农奴升级成盲国公民，努涅兹辗转难眠。温暖而阳光明媚的白天，其他人都沉浸在甜蜜的梦乡，只有他，不是呆坐沉思，就是漫无目的地游荡，想要让自己的心能够承受得住这困境。他是给出了他的回答，他是同意了做手术，但他其实并没有下定决心。工作时间终于结束，太阳从金灿灿的山峰上升起，他拥有视力的最后一天终于来临。在梅迪纳·萨罗特去睡觉前，他又与她相处了几分钟。

“明天。”他说，“明天我就再也看不到了。”

“我的宝贝！”她回应道，全心全意地握住他的手。

“只会有一点点疼。”她说，“你会挺过去的——你会的，我亲爱的爱人，为了我……亲爱的，只要是一个女人的身心可以做到的，我都会拿来回报你。我最最亲爱的，我最温柔的爱人，我会回报于你。”

他对自己、对她都充满了同情。

他抱住她，吻上了她的嘴唇，最后一次欣赏她那甜美的脸。“别了！”他对眼前的景象轻声说，“别了！”

一片寂静中，他转身离开了。

她听着他渐渐远去的脚步声，那节奏中有种东西让她陷入了某种情绪，不由得哭泣了起来。

他本打算去一个偏僻的地方，一片长满美丽白水仙的草原，直到他的献祭时刻到来。但到那里时，他抬眼就看到了清晨，清晨就像一个穿着金色盔甲的天使，沿着陡峭的山坡行进……

他忽然觉得，在这荣光面前，他和这峡谷里的盲眼世界，还有他的爱人，所有的一切，都只不过是个罪恶的坑穴而已。

他并没有像他预想的那样转身回去，而是继续前进，穿过围墙，爬过岩石，双眼始终没有离开那闪耀着阳光的冰层白雪。

他看着那无限的美景，不禁思绪飞扬，飞越了眼前的所有，也飞越了他正打算永远放弃的一切。

他想起了那个他所远离了的大千世界，那个曾属于他自己的世界。他的视线仿佛穿过了远处的山坡，越来越远，直到波哥大，那个美丽无比的地方，白天荣耀无比，夜晚光芒璀璨，到处都是宫殿、喷泉、雕像和白色的房子，美得无与伦比。他想象着，如何花费一天左右的时间，穿过一道道隘口，一步步走近繁忙的街市。他想象着沿河而行，一天又一天，从伟大的波哥大到外面更加广阔的世界，穿过一座座城镇村庄，穿过森林沙漠。河流奔腾不息，日复一日，直到两侧河岸退去，大汽船飞溅着水花驶过，终于到达海上——广袤无垠的大海，海上千岛纵横，船只在遥远的地方依稀可见，不停地在那个更加广阔的世界上航行。在那里，没有山的阻挡，人们能看到天空——天空，不像在这里只能看到的那样，是一个圆盘，而是一片无限的蓝色穹顶，一个深邃的深渊，群星环绕，飘浮其中……

他仔细审视着大山的帷幕，热切地研究着。

比方说，如果走到那条沟壑，走到那条狭缝，那么或许就可以从上方那些矮松树中绕出来，那些松树仿佛层层架子一般在山谷上盘绕，越绕越高。然后呢？那道坡应该也能搞定。从那里也许可以找到一个可供攀登的地方，带他到那堆着雪的悬崖；如果那条狭缝走不成，那往东再走远一点也许能更好地达到他的目的。然后呢？然后，他就能站在笼罩在琥珀色光芒中的雪地上，来到那山峰半山腰上的美丽荒原。

他回头看了一眼村子，然后从右侧转过身，坚定地注视着村子的方向。

他想到了梅迪纳·萨罗特，而她在他心里已经变得那么渺小，那么遥远。

他再次转向群山的方向，是时候出发了。

他小心谨慎地攀爬了起来。

太阳落山时他停了下来，不过他已经爬得很高，离村子很远了。他曾到过更高更远的地方，不过这也已经很高了。他的衣服划破了，四肢也血迹斑斑，身上青一块紫一块的，不过他躺在那儿，却十分轻松惬意，脸上还挂着微笑。

从他歇息的地方望去，峡谷就仿佛是一个在下方差不多一英里处的小坑穴，已经在阴影与云雾的笼罩下变得迷蒙了起来，尽管他四周的山峰都还闪烁着火焰般的光芒。近处岩石的细微处都被微妙的美感给浸透了——一条绿色的矿脉穿透灰色，四处不时闪现出剔透的晶面，美丽的橙色地衣不时地会从脸旁滑过。峡谷里的阴影深邃神秘，蓝色渐深变成紫色，紫色又变成一片夜光的黑，头顶上是无限浩瀚的天空。但他已不再留恋这些，他只是一动不动地躺着，微笑着，好像只要能逃出盲国他就已经满足，虽然他曾想在那里称王。

夕阳余晖散尽，夜幕降临，他仍躺在冰冷的星空下，心满意足。

（王小亮　译）

主流文学中的科幻思潮

迄今为止，科幻小说作家并未得过诺贝尔奖，但有一小部分诺贝尔奖得主写过和科幻小说别无二致的作品。人们可能会容忍作家偏离主流文学而去创作副文学[1]，但世人——至少是诺贝尔奖评委——还没有准备好去认同科幻小说这种文学类型。这种情况可能首先在欧洲有所改变，在欧洲，斯坦尼斯瓦夫·莱姆（Stanislaw Lem）是一位常被人提起的诺贝尔奖候选人。这种改变也可能首先发生在英国。在那里，科幻小说从未被严格地排除在主流文学之外。

鲁德亚德·吉卜林[2]（Rudyard Kipling）是一个最好的例证。

他创作了两篇短篇小说，它们不仅仅是毫无争议的科幻小说，而且还在主题和写作技法方面远远领先于时代。他首先在1904年创作了短篇小说《夜间邮船》（“With the Night Mail”），其中充满

---

1. 指通常不被认为是传统意义上的“文学”的作品，如通俗小说、神秘小说、幻想小说等。科幻小说也被认为是副文学的一种。

2. 生于印度的英国文学家，其作品涉及散文、诗歌、儿童文学、科幻小说等多个领域，曾获1907年诺贝尔文学奖，是迄今为止最年轻的诺贝尔文学奖得主，其科幻作品对后世科幻作家影响深远。海因莱因、波尔·安德森等科幻小说作家都曾对吉卜林的科幻小说给予高度评价。

了精心构筑的细节。文中描绘了航空技术的未来及其对生活和政治的影响。随后在 1912 年创作了续作《易如 A.B.C.》（“As Easy As A.B.C.”）。在此期间——1907 年——他获得了诺贝尔文学奖。

一位研究威尔斯的学者英瓦尔德·拉克内姆曾评论道，在 1893 年，“吉卜林已经成为了威尔斯最喜欢的作家之一”。威尔斯在吉卜林的文学生涯中找到了许多他羡慕并去模仿的东西。但威尔斯成为转向创作主流小说的科幻作家，而吉卜林是写过一些科幻小说的主流文学作家。这两者是很不同的，特别是在英国的文学环境之中，科幻小说从未如美国那样和主流文学严格分开。美国科幻杂志将科幻小说这种文学类型的成功固化，可能把科幻小说和它的主流文学源头割裂开了。

H. 布鲁斯·富兰克林（H. Bruce Franklin）著有一部关于 19 世纪美国科幻小说的研究著作《将来完成时》（*Future Perfect*）。他在书中指出，“19 世纪主要的美国作家都没有写过科幻小说，甚至连一部乌托邦小说都没写过。实际上，二流作家中也很少有写过的。”对于英国作家来说，就难以下这样的结论了。乌托邦小说已经有了很好的代表：爱德华·布尔沃-李顿的《即临之族》（*The Coming Race*）、塞缪尔·巴特勒的《邦托乌》（*Erewhon*）、W. H. 赫德逊的《水晶时代》（*A Crystal Age*）、威廉·莫里斯的《乌有乡消息》（*News from Nowhere*）等等。

不过，英国科幻小说的传统之一就是如此：诸如阿道斯·赫胥黎（Aldous Huxley）、乔治·奥威尔（George Orwell）、金斯利·艾米斯（Kingsley Amis）和安东尼·伯吉斯（Anthony Burgess）等主流文学作家敢于投入科幻小说的潮流之中，而不会受到批评，认为他们随波逐流。因此，在英国出版的科幻小说常常并不那么类型化——也就是说，并不像其他科幻小说那样有着共同的特点——而更像是主流文学界所创作出的个性化作品。

这种传统可能始于吉卜林。小说家的本能让他在找到灵感之时就可以把故事娓娓道来。有时候，这些灵感将他引入到奇异梦幻的故事上，比如《无线》（“Wireless”）、《野兽的印记》（“The Mark of the Beast”）和《世界上最好的故事》（“The Finest Story in the World”）。这些灵感偶尔也会把他引入到那些可以发表在黄金时代的科幻杂志的小说中。

出生于孟买的吉卜林回到英国接受教育，又作为记者返回印度，之后在 1889 年再一次回到英国，并收获了显赫的声名和不菲的财富。

《夜间游船》描述了“邮包”的一段充满变故的旅程，“邮包”是一艘通过“弗勒里射线”所推进的飞艇状航空器。尽管在叙事中很少有人物描写，和人物相关的情节甚至更少——这是吉卜林在作为记者的身份下写出的——他仍然将氛围渲染得绝妙而令人信服。这篇小说在《伦敦杂志》初次发表时，当时的飞机、飞艇、适配件、服装、书籍和招聘的广告都强化了这种氛围。这种氛围的一部分正是一个在字里行间所表露出的设定：飞行技术意味着国界的消失以及一个新型国际政治实体的诞生，这个实体叫作“航空控制委员会”，或者叫“A.B.C.”[1]。

《易如 A.B.C.》是一则明显不同的故事。尽管这篇小说也沿用了航空控制委员会的概念，而且也围绕着它的影响构建了故事。但除了偶尔提及，它并没有关注技术问题，反而开始关注社会问题。书中的确写到了类似于激光的武器，可用于控制人群，也写到了人们对于声音的情绪反应。但在这篇中篇小说中，吉卜林在表现小说本身戏剧性的感染力的同时，还探讨了对于人口过多问题的过激反应

1.“航空控制委员会”（Aerial Board of Control）英文原文的首字母缩写为“A.B.C.”。

以及人们对于人群过度聚集的心理反应。

这篇小说细致入微地运用了许多反转写作技巧，它们在 20 世纪 50 年代成为科幻小说的标准手法。吉卜林的写作技巧可以削弱读者对理解故事情节发展的自信，从而也可以削弱他们对老旧写作手法的依恋，那些老旧手法中有许多并不合适的传统。他非常擅长这种技巧，如果他在这个新兴文学类型中的作品和威尔斯一样多，他也许可以和这位比他小一岁的作家竞争“科幻之父”的称号。

但是，他还有诺贝尔奖要得。

（赵佳铭　译）

易如 A.B.C.

鲁德亚德·吉卜林

A.B.C. 控制着这颗星球。这个政治实体由半是选举产生、半是直接任命的几十人组成。“运输即文明”是我们的座右铭。理论上，只要不干扰交通及其包含的一切，我们可以为所欲为。实际上，是 A.B.C. 在批准或者撤销所有的国际事务。而且根据其最近一次的报告，我们发现这颗忍耐性强、有幽默感又懒惰的小星球已经做好了把公共管理的重担完全移交给委员会的准备。

——《夜间邮船》

我们这颗星球应该对航空控制委员会的行动产生些兴趣了，难道现在不正是时候吗？人们都知道，如今通信便利，过去隐私缺乏，这已经彻底抹杀了人类的好奇心，但是作为委员会的官方记者，我一定得讲一下我的故事。

公元 2065 年 8 月 26 日上午 9 时 30 分，位于伦敦的委员会收到了德·弗瑞斯特的消息。消息称，北伊利诺伊州已经粗暴地切断了它们和所有系统的联系，而且将会保持分离，直至委员会接管此地并进行直接管理为止。

他报告称，北伊利诺伊州的所有货运和客运塔均已不再运转；该地区所有的主灯光、地方性灯光和指示灯光均已熄灭；所有的普通通信方式均已失灵；过境交通均已改道。该地区并未给出原因，但他通过非官方途径从芝加哥市长那里获悉，该地区的人们在抱怨“人群聚集以及侵犯隐私”。

从事实的角度来说，北伊利诺伊州是不是留在这个行星级别的通信环路上根本不重要。但是从政策的角度来说，任何关于侵犯隐私的抱怨都需要立刻展开调查，以免事情变得更糟。

上午 9 时 45 分，德·弗瑞斯特、德拉哥米洛夫（俄罗斯籍）、高平（日本籍）和皮里洛（意大利籍）被授权前往伊利诺伊，并被授权“采取可能的必要措施以恢复交通及其包含的一切”。上午 10 点，大厅空无一人，我和这四名成员登上那艘皮里洛坚持称作“我的小小教子”的飞船——这指的是全新的维克多·皮里洛号。我们这颗星球都更愿意把维克多·皮里洛看作一位温和儒雅、头发灰白的热心人，他在福贾附近生活，将时间花费在发明或者创造新品种的西班牙-意大利橄榄树上。但是在他的天性中还有着另外一面——做出稀奇古怪的发明。在这些发明中，维克多·皮里洛号飞行器可能还称得上让人略感惊异。它和其他几十艘同样型号的姐妹飞行器体现了皮里洛最新的创意。但是乘坐起来并不舒服。A. B. C. 的飞船并不是借助船式飞行器[1]的水平龙骨来利用空气的力量升空的，而是和我们祖先所用的那种飞机一样，像火箭那样射向天空，这使得它一开始就全速飞到想达到的高度。正是因此，我突然发现自己坐在了尤斯塔斯·阿诺特巨大的膝盖上，他指挥着 A. B. C. 舰队。人们模

1. 作者虚构的未来航空器类型，后半句中“祖先所用的那种飞机”指的是我们自莱特兄弟发明飞机以来到现在一直使用的固定翼飞机。

模糊糊地知道在这个星球上的某个地方有个叫舰队的东西，这个东西理论上是为了曾经被称为“战争”的目的而存在的。就在一周之前，当我参观一座位于哥特哈文[1]后面的冰川疗养院时，我看到了一些飞行队在很远的北方围绕着北极飞行，制造人工极光。但我当然从未想过这些东西能用在严肃的目的上。

我摇摇晃晃地坐在地图室的长沙发上，阿诺特对德·弗瑞斯特说：“我们非常感谢那些伊利诺伊人。我们从来没有机会可以让整个舰队一起练习，我已经做了全体调动，希望今晚天上至少能有 200 艘飞船。”

“在很高的天上？”德·弗瑞斯特问。

“当然了，先生。它们在你的视线之外，直到你呼叫他们时才会出现。”

阿诺特大笑着，懒洋洋地倚在透明的地图桌上，上面的地图显示出如夏日晴空一样蓝的大西洋。地图一度又一度地划过桌面，精确地显示出我们行进的位置。仪表盘显示，我们的时速有 320 英里，而且位于最高的交通航线之上 2 000 英尺。

“哎，你说的这个伊利诺伊地区在哪儿？”德拉哥米洛夫说，“我去了那么多地方，却几乎啥都没记住。噢，我想起来了！在北美洲！”

德·弗瑞斯特的工作正是去了解外界。他和我们说，伊利诺伊就坐落在密歇根湖湖畔，在一条并不通往某个特定的目的地的路上，从一头到另一头大概要跑半个小时。而且除了一角之外，整个地区都和大海一样平坦。为了防止侵犯隐私，该地区就像现在大部分的平坦地区一样，被人工林层层守护——人工林里种植着 50 英尺高的云杉和落叶松，都在五年内就能长出来。那里的人口接近 200 万，

1. 地名，位于格陵兰岛。

大部分都是佛罗里达和加利福尼亚的移民，靠着小农场支撑生计（在伊利诺伊，他们把 1 000 英亩称为一个农场）。那些小农场的主人在冬天去芝加哥娱乐交际。德·弗瑞斯特说，他们都是些十分善良和平的居民，只是和所有平原地区的居民一样，在隐私观念上有点严格。比如说，在伊利诺伊州已经有 27 年没有印刷报纸了。芝加哥争论说，那些印刷报纸的机器迟早会发展成侵犯隐私的武器，反过来就会把人群聚集和敲诈勒索这些古老的恐怖之物带回我们这个星球。所以，不许印报纸。

“嗯，伊利诺伊就是这样的。”德·弗瑞斯特总结道，“你们要知道，在旧时代，这里曾经是所谓‘进步’的前沿阵地，而芝加哥——”

“芝加哥？”高平说，“就是那个有萨拉提的雕塑的小地方，那座‘烈焰中的黑鬼’？那倒是一件精雕细琢的老艺术品了。”

“你什么时候看过它？”德·弗瑞斯特马上问道，“他们每年只展出一次。”

“我知道，在感恩节的时候展出，就是那个时候看的，”高平说着，哆嗦了一下，“而且他们还唱了麦克唐纳的歌。”

“嘘！”德·弗瑞斯特吹了一声口哨，“我还真不知道这个！我真希望你之前和我讲过。麦克唐纳的歌在被创作出来时也许有它的用途，但它最后只能沦为堕落之人可憎的遗产。”

“这是自我保护的本能，我亲爱的伙计们，”皮里洛边说边卷着手里的烟，“这颗星球有过太多所谓受人民欢迎的政府，她已经受够了遗留下来的人群恐惧症，她再也不——啊——再也不需要人群聚集了。”

德拉哥米洛夫向前靠过来，帮他把烟点着。“无疑，”这位留着白胡须的俄罗斯人说，“在过去的一百年中，这颗星球都在防范人群聚集。现在的全球总人口是多少？我们希望有6亿人，我们认为有5亿人，但是——但是如果明年的人口普查显示多于4.5亿人的话，我自己就会吃掉所有多出来的婴儿。我们已经控制住了出生率——控制得恰到好处！很久以来，我们一直对全能的上帝说：'谢谢你，先生，但是我们并不太喜欢你制定的那种生命的规则，所以我们不按照你的规则玩了。'"

"不管怎么说，"阿诺特针锋相对地说，"现在人们的平均寿命有一个世纪了。"

"噢，那真是太好了！我有钱——你也有钱——我们都又有钱又开心，因为我们现在人口这么少，还活得这么久。不过我觉得，全能的上帝他老人家要是还记得这颗星球过去人群聚集、瘟疫横行的时候是什么样的，他没准也会给我们勇气去完成这次任务的。你说呢，皮里洛？"

意大利人正望着天空眨巴着眼睛，"也许吧，"他说，"上帝已经给了那些人勇气。不管怎么说，你不可能和整个星球去争论。她没有忘记旧时代的话——你又能做什么呢？"

"我们肯定不可能重新创造世界。"德·弗瑞斯特看了一眼在桌面上从东到西平滑划过的地图。"我们应该在今晚九点钟到达目的地，之后就没什么时间睡觉了。"

听到这句提醒，我们就散了。我一直睡到高平叫我起来吃晚饭时。我们的祖先认为，对于他们那短暂的生命来说，9个小时的睡眠就足够了。而比他们能多活30年的我们觉得，每天24个小时，要是睡眠时间少于11个小时就吃亏了。我们在10点钟抵达密歇根湖上空。湖的西岸一片漆黑，只有芝加哥的地面附近有着昏暗的光芒，还有就是在沃基根上空有一盏孤独的交通指示灯——它发出的指示光线指向北方——这是我们飞船船首右舷的灯光。湖畔的村庄没有任何人类活动的迹象。在我们的视线范围内，连绵不断的黑暗笼罩着西边的内陆地区的地平线。我们俯冲而下，在黑暗中低空掠过，一个县一个县地发出呼叫信号。我们不时发现房屋中昏暗微弱的灯光，或者听到耕种机在田地间工作时刺耳尖锐的轰鸣。但总的来说，北伊利诺伊还是一块漆黑如墨的荒地，看起来根本没人居住，只有着参天的人工树木。那张发着光的地图上面的小指针随着我们的辗转挪腾，从一个县转到另一个县。只有这张地图能让我们了解到我们的位置。我们的那些呼叫信号，急迫式的、恳求式的、哄骗式的或者命令式的，都通过总通讯器发了出去，但是没得到任何回复。伊利诺伊州严格地将自己的隐私保持在人工林之中，那些人工林正是为了这个目的而种下的。

“噢，这太荒谬了！”德·弗瑞斯特说，“我们就像一只猫头鹰，在试图耕种小麦！那是布雷若溪吗？我们降落吧，阿诺特，然后找个人问问。”

我们轻轻擦过一片人造林——都是些 15 年树龄的枫树，有 60 英尺高——然后降落在一座私人草地船坞上。船坞不太大，我们用锚把船泊在那里，然后急急忙忙地穿过温暖的深夜，朝着一个有灯光的阳台前进。当走近花园大门时，我发誓我们踏进了齐膝深的流沙之中，因为我们的双脚被电流拽住了，阵阵刺痛，几乎没办法抬脚。我们走了几步之后就停下了，擦去额头上的汗水，绝望地卡在干燥平坦的草皮上，如同许多头陷入泥潭的牛。

“这群害人精！”皮里洛愤怒地大喊，“我们被地表电网抓住了，而且正是我用的那种地表电网！我了解这种被拽住的感觉。”

“晚上好。”一个女孩的声音从阳台传来，“噢，对不起！我们锁住了地面。等一下。”

我们听到了开关的咔嗒声，缠着双膝的电流被撤掉，我们几乎要朝前面倒下去。

女孩大笑着，把她正在织着的衣服放到一旁。一架老式的控制机立在她身旁，她不时地来回调着这台机器，我们能听到那台耕种机在半英里之外的防护林后忠实地执行指令，它喷出蒸汽，叮当作响。

“进来吧，请坐，”她说，“我只是在犁地，爸爸去芝加哥了——啊！我刚才听到的就是你们的呼叫信号！”

她看到了阿诺特的委员会制服，迅速跑向地表电网的开关，把它开到全开档。

我们站在距离阳台三码远的地方，喘着粗气、无法动弹，这次电流已经缠到腰部了。

“我们只是想知道，伊利诺伊到底怎么了？”德·弗瑞斯特平静地说。

“那去芝加哥弄清楚这事儿不是更好吗？”她回答，“这里一切正常，我们自得其所。”

“要是你不把我们放开，我们怎么可能去别的地方呢？”德·弗瑞斯特继续说，而阿诺特面带怒容。当尊严被触犯时，舰队司令看起来还有点人味。

“等一下——你们不知道自己现在看起来多可笑吧！”她把手撑在臀部，毫无同情心地大笑起来。

“这用不着你操心。”阿诺特说，然后吹了一声口哨。接着传来了停在草地上的维克多·皮里洛号的应答声。

“不过是个地表电网，只有一根保险丝！”阿诺特命令道，“请你温柔地解决了它吧。”

我们听到“砰”的一声，就像灯泡碎了一样。阳台屋顶上某个地方有一根保险丝爆了，吓飞了 窝鸟。地表电网断开了。我们弯下腰，按摩着麻木刺痛的脚踝。

“你们太无礼了——实在是太无礼了！”女孩大喊。

“抱歉，但我们没时间去表现幽默了，”阿诺特说，“我们现在要去芝加哥。如果我是你的话，年轻的女士，我会在接下来的两个小时躲到地下室里，而且还会带着妈妈一起躲起来。”

他大步走开，愤怒地骂骂咧咧，我们紧跟在他后面。直到走到舷梯下时，这件好玩的事情终于让他忍不住笑了出来，而且笑弯了腰。

“委员会可没给我们看过那个东西——在这种情况下可以称作大胖火花的东西，”德·弗瑞斯特擦着笑出来的眼泪说，“我希望我看上去不像你那样傻得厉害。阿诺特！嘿！那到底是什么？她爸从芝加哥回家了？”

某个东西在咯咯作响地冲过来，是一台有着五张犁的耕种机。暴露在空气中的犁板如同许多尖牙，绕着树林边缘滚动着向我们冲来，猛烈地冒着烟尘、闪着火花。

“跳上去！”阿诺特说，我们正拥挤着把自己塞进那扇不怎么大的舱门。“别管门关没关，起飞！”

维克多·皮里洛号像一个气泡一样飞起来，那台凶恶的机器恰好冲到我们的正下方，经过时还把机械臂挥舞得高高的去抓我们。

“那儿有只娇小可爱的凶巴巴的小猫等着你们！”阿诺特一边掸去膝盖上的尘土，一边说，“我们就问了个普普通通的问题。结果她先是电我们，然后开耕种机对付我们！”

“之后我们就飞走了，”德拉哥米洛夫说，“要是我再年轻40岁，我就回去，然后吻她，嘿嘿！”

“我的话，”皮里洛说，“会打她！我的宝贝飞船被那个东西追着，那个肮脏的犁——啊，怎么称呼它？——一台农用设备。”

“哦，伊利诺伊就是这样的，整个州都是，”德·弗瑞斯特说，“他们并不满足于讨论隐私权，他们会真的做些事情去争取隐私权。那么现在，阿诺特，你说的舰队在哪儿呢？我们得维护我们自己，对付这个乡下妞。”

阿诺特指向漆黑的天空。

“他们就在上面——随时等候命令，”他说，“我应该让他们全部就位吗，先生？”

“噢，我不觉得一个年轻小姐值得这么兴师动众。”德·弗瑞斯特说，“去芝加哥吧，也许在那里我们能有所收获。”

几分钟后，我们来到了这座小镇的中心，高悬于一块长方形的白热区域上方 2 000 英尺。

“那儿看起来像是旧市政厅。对，他前面那儿就是萨拉提的雕像，”高平说，“但是他们究竟要对这块地做什么？我还以为现如今他们把这里当成一个集市呢！请下降一点。”

我们能听到那些机器发出噼噼啪啪的声音——便宜的西部产的机器，可以把石头和垃圾熔化成岩浆一样的条状玻璃体，去铺那些粗糙不平的乡村公路。在那个方形的废墟边上，每一侧都有三四台路面修整机在工作。砖块和石头的残片被碾碎，向前传送，之后马上铺开到白热的黏糊糊的熔渣池中，一根压杆再把它们压得差不多平整。这个大街区的三分之一已经弄完了，正在我们惊异的目光中冷却成暗淡的红色。

“这里就是旧集市，”德·弗瑞斯特说，“嗯，没什么理由能阻止伊利诺伊人修条路穿过旧集市。这不会干扰公共交通，我能看出这一点。”

“嘘，”阿诺特说，抓住了我的肩膀，“听！他们在唱歌，他们到底在唱什么？”

我们又降低了一点，直到我们能看到那些灼热发光的方块边缘处由人群组成的黑色边框。

最开始，他们的叫喊只是为了盖过路面修整机和路面压平机的轰鸣。之后歌词开始清晰地浮现——那是禁曲的词，所有人都知道这些词，但是没人被允许唱出来——可怜的帕特·麦克唐纳的歌，作于人群聚集和大瘟疫的年代——歌曲中的每一个愚蠢的单词都承载着能引发回忆的关键要素，这颗星球继承下来的，对于惊骇、恐慌、畏惧和残酷的回忆。而芝加哥——那天真的、自满的小小城市芝加哥——正在大声高唱着这恶魔般的调子，这调子携带着几代人之前发生在我们这颗星球上的暴乱、瘟疫和疯狂！

曾有一群公民，他们居于此地，
心怀忧惧恐慌，因而生育不息；
曾有一群公民，他们居于此地，
他们残害地球，世界如同炼狱！

（之后是一阵跺脚声和短暂的停顿）

地球奋起报复，将其碾为尘泥，
听那杀戮之声，他们尸横遍地！
曾有一群公民，他们居于此地，
此辈永需防范，此训永需铭记！

路面压平机残暴地推着废墟，歌声也在一遍又一遍地重复，比融化的墙倒塌下来的声音还要大。

德·弗瑞斯特皱起眉头。

“我不喜欢这样，”他说，“他们打算打破现状，退回旧时代！他们很快就会开始杀人的，我想我们最好转移一下他们的注意力，阿诺特。”

“哎，哎，先生。”阿诺特用手扶着帽子，随后我们听到维克多·皮里洛号的船体响起铃声，回应着那些指令：“开灯！两侧警戒哨准备！开灯！开灯！开灯！”

“站好别动！”高平低声对我说，“请给我眼罩，军需官。”

“没事的——没事的！”皮里洛在我身后说。让我惊恐的是，有个橡胶头盔之类的东西从我的头上套下来，然后咔嗒一声扣上了。我能感觉到我眼前罩着厚厚的胶质突起物，但我现在身处绝对的黑暗之中。

“这是为了保护你的视力，”他解释道，然后把我推到地图室的长沙发上，“你一会儿就能重新看东西了。”

他说话时，我开始察觉到一束细细的、几乎无法忍受的光线从天空的遥远之处射下来——垂直而下，细如发丝，如同凝固了的闪电。

“那是我们的侧翼飞船，”阿诺特在我身边说，“那一艘在加利纳上空。往南看——另外一艘在凯斯伯格上空。文森斯在我们身后，北边是文斯洛普森林。舰队各就各位，先生——”接下来这句话是对德·弗瑞斯特说的，“只等你下命令了。”

“啊，不！不！”德拉哥米洛夫在我身边喊道。我可以感觉到老人的颤抖。“我不知道你们能做出什么来，但是请仁慈一点！我请求你们对下面的人稍微仁慈一点！这太可怕了——太可怕了！”

当女人对鸡鸭举起屠刀，

时代和王朝已不可救药。

高平引用了这句诗，说道："现在开始彬彬有礼已经太晚了。"

"那就把我的头盔脱掉！把我的头盔脱掉！"德拉哥米洛夫开始歇斯底里。

皮里洛一定是用手臂搂住了他。

"嘘，"他说，"我在这呢，一切都好，伊万，我亲爱的朋友。"

"我只是给布雷若县的那个小姑娘一点儿警告，"阿诺特说，"她不该得到这样的警告，但是我们会给她一两分钟让她带着她妈妈去地下室的。"

在阿诺特用通信器联系了视野之外的舰队后，咆哮的闪光随之出现。彻底的寂静在咆哮的闪光后紧随而来。在这片寂静之中，我们上升到指定的位置，下方的城市传来的麦克唐纳的歌声渐渐弱下去了。随后我用我的双手轻轻敲着面罩上的透镜，因为天堂的地板仿佛已经被打得千疮百孔，所有正在创生之中的星辰所发出的难以想象的炫光随着那些孔洞倾泻而下。

"你不用数。"阿诺特说。我从来没想过去数。"上面有 250 艘船，每两艘之间相隔五英里。请开最大功率，再来个 12 秒。"

我们目力所及的苍穹似乎立足于白色烈焰组成的支柱之上。其中的一根落在芝加哥那灼热发光的方形之中，并让它变黑了。

"噢！噢！噢！做这种事儿也能被允许？"德拉哥米洛夫大喊，跌撞在我们的膝盖上。

"请拿杯水来，"高平对一个戴着头盔、急速走来的人说，"他有点迷糊了。"

灯光熄灭了。黑暗如同雪崩一样突然到来，令人眩晕。我们能听到德拉哥米洛夫的牙齿磕在玻璃杯的边缘上。

皮里洛正在安慰他。

"一切都好，一切——都好，"他重复道，"过来躺一会儿吧，到下面来，脱下面罩。我向你保证，老朋友，一切都好。它们不过是船边上的几盏小灯，只是小维克多·皮里洛号的一点点灯光罢了。你了解我！我不会伤害别人的。”

“真的对不起！”德拉哥米洛夫悲叹道，“我从来没见过死亡，从来没见过委员会采取行动。我们现在是不是应该飞下去，然后把他们活活烧死，还是说我们已经把他们烧死了？”

“噢，小点声。”皮里洛说，我想他正在用他的胳膊轻轻地摇晃着德拉哥米洛夫。

“我们再来一次吗，先生？”阿诺特问德·弗瑞斯特。

“给他们一分钟的休息时间，”德·弗瑞斯特回答，“他们可能需要休息一下。”

我们等了一分钟，随后麦克唐纳的歌声从仍未被击败的芝加哥传来，虽然断断续续，但充满了挑衅的意味。

“看来他们很喜欢那个调子啊，”德·弗瑞斯特说，“我应该让他们享受一下调子，阿诺特。”

“很好，先生。”阿诺特说，摸索着找到了通讯器的按键。

没有光线射出，但是空旷的天空变成了吟唱调子的巨口，这调子触动着大脑中最深层的神经。人们只会在精神狂乱之时听到这种声音。它就像一股浪潮，来自远在宇宙中规律之岸外面的天边，正不断前进。

“这是我们的定调管，”阿诺特说，“我们的调子可能有点参差不齐，我之前从来没指挥过250个演奏者。”他抽出了连接器，在通讯器上敲打出了一套完整的和弦。

光线又一次倾泻而下，而且还舞动着，庄严又可怕地舞动着，如同一种高跷舞，踩着僵硬的舞步，每一步都朝左或者朝右跨出三四十英里。而黑暗成为他们用来衡量时间的节拍，因为没有任何其他度量单位能在这种声与光的表达之下衡量时间。这个调子——人们学会了带着恐惧等着它——刺穿了人的精神，但是就在三分钟后，难以言说的痛苦之感就进入了思绪之中。

这一切我们都看到了，都听到了，但我想我们处在了某种迷乱的状态。那250束光束移动、重组、叉开又分裂，变细、变粗，泛起丝带一样的波纹，又破裂成千条白热的平行光线，融合着、回旋着，形成相互交织的光环，就好像老式的引擎在旋转。光线冲向天顶，看起来似乎要降下来，开始新一轮的折磨，但却在最后一刻停住了，在地平线附近疯狂地旋转着，随后消失，第一百次将黑暗带回世界，这黑暗比他们之前在整个伊利诺伊闪耀了一轮又一轮的光线还要令人痛苦。之后曲调和光照一起终止了，我们听到了一阵单独的、极具破坏力的哀号，震动了整个地平线，如同一根沾湿了的手指摩擦并振动着碗的边缘。

“啊，那是我的新汽笛，”皮里洛说，“你要是找到适当的音调，就能把一座冰山劈成两半。现在是飞行队在吹口哨，这声音是风穿过船首的孔板发出来的。”

我瘫倒在德拉哥米洛夫身边，情绪崩溃，轻声啜泣，因为我已经在我大限将至之前就被送到了审判日的全部恐惧之中。掌管复活的大天使正欢迎着赤身露体的我穿过整个宇宙，来到宇宙之音[1]的声响之中。

之后我看到德·弗瑞斯特用巴掌拍着阿诺特的头盔。那声哀号在一阵长长的尖啸中逐渐消失，就好像一片黑影在我们身旁猛冲而过，而后又飞回它在低矮云层之上的家。

1. 此处的“宇宙之音”指的是毕达哥拉斯学派宇宙观中的一个概念。毕达哥拉斯学派认为，太阳系由十个围绕着一团火球运行的球体所构成，每个球体都会发出音调不同的声音，较近的球体发出的音调较高，较远的球体发出的音调较低，这些音调会融合形成和声。

"我不想在一位专家自得其乐的时候打断他，"德·弗瑞斯特说，"但是实际上，整个伊利诺伊州都在求我们把最后的15秒钟给停了。"

"真可惜，"阿诺特摘下他的面罩，"我真想让你们听一下我们真正的低音调子，我们的低音C能把街上的铺路石都给掀开。"

"这是地狱——地狱！"德拉哥米洛夫喊道，大声呜咽着。

阿诺特转过脸去，回复道：

"这比过去那个叫'击沉他们'的游戏还要高出几千伏特，但我应该不会这么称呼它。我应该和舰队怎么说呢，先生？"

"告诉他们我们非常满意，而且对此印象深刻。我不认为他们需要再等下去。下面一点儿火星都没留下。"德·弗瑞斯特指着下面说，"他们会又聋又瞎。"

"噢，我也这么认为，先生。这次演习只持续了不到10分钟。"

"太了不起了！"高平感叹道，"我还以为有半个晚上呢。现在我们要下去收拾残局吗？"

"还是先来一点饮料吧，"皮里洛说，"委员会不应该在为了自己的劳动成果哭泣时抵达目的地。"

"我是个老傻瓜——老傻瓜！"德拉哥米洛夫可怜巴巴地说，"之前我不知道会发生什么，这事儿对我来说太陌生了。等回到了小俄罗斯[1]我们就要去和他们说理。"

芝加哥的北降落塔没有点上灯光，阿诺特靠着飞船的灯光将飞船停靠进起落夹[2]。它们一发出声音，我们就听到了下面的人们发出恐怖的呻吟声和恳求声。

---

1. 此处的"小俄罗斯"是一个历史上曾经使用过、现已废弃的地理和政治术语，大概位于现今的乌克兰。
2. 此处的"起落夹"为吉卜林虚构的未来设备，用于飞船的起落。

“好了，”阿诺特对着黑暗喊道，“我们并不是要再次展开行动！”我们沿着舷梯走下飞船，发现我们身处人群之中。人们匍匐在地，只到我们膝盖的高度。有些人哭喊着说他们瞎了，还有一群人哀求我们不要再制造任何噪声了，但是更多的人只是在地上痛苦地打滚，面部朝下，用手或者帽子遮住眼睛。

是皮里洛给我们解了围。他爬上路面修整机的一侧，在那里打着手势，好像人们真的能看到他一样。他对着这些被折磨的伊利诺伊人发表了演说。

“你们这群蠢货！”他开始说道，“没什么可大惊小怪的。是，你们的眼睛明天会又红又疼。你们看起来就好像你们和你们的老婆都喝多了一样，但是过一小会儿你们看东西就会和之前一样清楚了。我和你们说，我——我是皮里洛，维克多·皮里洛！”

人们不约而同地颤抖起来。很多传说都提到了福贾的维克多·皮里洛的大名，这个名字如同被埋藏在神之奥秘的深处。

“皮里洛？”一个颤抖的声音提问，“那告诉我们一下，在你们刚才发出的那些光线之中，除了光之外还有什么别的东西吗？”人们在黑暗之中的角角落落重复着这个问题。

皮里洛大笑。

“没有！”他吼叫道，（为什么这么小个头的人有这么大的嗓门？）“我向你们保证，委员会向你们保证，除了光之外什么都没有——只有光！你们这些蠢货！实际上，你们的出生率已经太低了，某一天我一定得发明个什么东西来把它提高上去，但是要降低——绝不可能！”

“是真的吗？我们以为——有人说——”

人们能感觉出周围的紧张气氛放松了下来。

“你们这群超级蠢货，”皮里洛高喊，“你们可以直接给我们发个信号，我们早就会告诉你们了。”

“给你们发信号！”一个低沉的声音喊道，“我真希望你们在电线那头听着。”

“很高兴我没有，”德·弗瑞斯特说，“在灯光的后面就已经很糟糕了。别管这事了！现在事情已经结束了。这儿有没有谁能和我谈谈公事的？我是德·弗瑞斯特——来自委员会。”

“比如，你可以先和我开始谈——我是市长。”那个低沉的男声回答道。

一个大块头的男人摇摇晃晃地从街上站起来，步履蹒跚地走向我们。我们坐在一块宽阔草地的边缘，在花园栅栏的前面。

“我应该是第一个站起来的，是吗？”他说。

“是。”德·弗瑞斯特说，还在市长即将朝着我们跌倒时扶住了他。

“你好，安迪，是你吗？”一个声音喊道。

“抱歉，”市长说，“这听起来是我的警察局长的声音，布鲁特诺！”

“我正是布鲁特诺，还有穆里根和基夫——他们也站起来了。”

“请把他们都带过来吧，布鲁特[1]。我们就是负责这个小村的四个人了。我们说什么，村里人就得做什么。嗯，德·弗瑞斯特，你有什么要说的？”

“现在——还没有，”德·弗瑞斯特回答，他正给那些摇摇晃晃、步履蹒跚的人腾出地方，“你们把系统切断了，是吧？”

“请让乘务员送点饮料下来。”阿诺特对站在身边的勤务兵说。

“太好了！”市长说，咂了咂他干燥的嘴唇，“现在，我想我们可以把系统接回去了。德·弗瑞斯特，从今往后，委员会直接管理我们吗？”

1. 布鲁特诺的简称。

“委员会要是能不管的话，还真不想管，”德·弗瑞斯特大笑，“A.B.C. 只对行星交通负责。”

“及其所包含的一切。”掌管着芝加哥的四位大佬就像学校里的孩子那样吟诵着他们的大宪章。

“好吧，我们继续谈谈，”德·弗瑞斯特厌烦地说，“你们到底遇到了什么蠢问题啊？”

“太多该死的民主了！”市长说，把手扶在德·弗瑞斯特的膝盖上。

“那又怎么样？我感觉伊利诺伊之前就有许多这玩意了。”

“确实如此，这正是原因所在。布鲁特，你昨天晚上怎么处置那些罪犯的？”

“把他们锁在了水塔里面，以防那些女人杀了他们。”警察局长回复，“我现在还看不清楚，没办法走动，但是——”

“阿诺特，请你派些人来，顺便把那些罪犯也带来。”德·弗瑞斯特说。

“他们都上了三层电路锁，”市长说，“你们得爆开三个保险丝。”他转向德·弗瑞斯特，高大的身形在隔开一切的黑暗之中依稀可见。“我不想把更多的工作推给委员会，我自己就是管理者，但是我们的卑奴[1]确实让我们有点困扰。你说什么是卑奴？在大城市里总会有一小群男的女的，不放纵自己就活不下去，他们喜欢毫无限制地喝酒，整年都住在公寓或者旅店，他们说这省去了很多麻烦事。总之，这让他们有了更多时间给他们的邻居制造麻烦事。我们本地人把这些人叫卑奴，他们和结核病一样，有把他们的习惯到处传染的倾向。”

---

1. 原文为 Serviles，可能是来源于英语单词 servile（意为奴性的、卑屈的）所虚构的专有名词。此处吉卜林反其道而行之，用这个词来形容在文中的世界观之下，当地人对于生活方式自由化的人的称呼。

“正是如此！”叫穆里根的那个人说，“运输即文明，民主即疾病。我已经用血液检验证明了这一点，每次检验都能证明。”

“穆里根是我们的健康官员，是个思想单一的人，”市长大笑着说，“但是确实，大部分的卑奴没什么自控能力，他们只会演讲，而当人们把演讲当成正事的时候，任何事情都可能发生了——不是吗，德·弗瑞斯特？”

“任何事情——除了本次事件的事实。”德·弗瑞斯特大笑着说。

“我马上就把这些事实告诉你，”市长说，“我们这些卑奴就这样开始他们的演讲——先是在家里，之后在街上，告诉人们怎么去管理自己的事情。（你没办法教育一个卑奴不去染指邻居的灵魂。）当然，这是对个人隐私的侵犯，但是在芝加哥，我们除了制造人群聚集之外什么都能忍。没人太在意这件事情，所以我就对他们放任自流了。我的错！我收到过警告，说他们会酿成大祸，但是伊利诺伊已经 19 年没有过人群聚集或者谋杀案件了。”

“22 年。”警察局长说。

“差不多吧，总之，我们忘了去处理那些事。所以，我们那些卑奴从在自己家和街道上演讲开始，逐步发展到要在旧集市召开集会了。”他朝着广场另外一边的建筑残骸点了点头，那些高耸入云的建筑残骸坐落在方形框架围着的“烈焰中的黑人”雕塑后面，在晨曦的微光之中呈现出灰色。“除了要违背人类天性站在聚集的人群之中，以及对身体健康不好，倒是没什么其他原因可以阻止任何人举办集会。有些麻烦事儿正在酝酿，我其实早就该从我们这群人第一次参加这些集会的方式中看出来的。在市场那儿得有 1 000 人，互相有身体接触，身体接触！然后卑奴敞开嗓子演讲，然后我们——”

“他们都说了些什么？”高平说。

“首先，他们说了市政管理有多么差劲。这些其实还让我们四人组挺开心的——我们当时在演讲台上——因为我们希望找到那么一两个可以参与城市工作的人才。你应该了解，有市政管理能力的人有多罕见。即便找不到人才，能发现还有人对我们这份闹心的工作有足够的兴趣，这也挺让人为之一振的。你不了解工作意味着什么，年复一年，和还活着的鬼魂没有一点区别。”

“噢，我们不也是嘛！”德·弗瑞斯特说，“在委员会，要是有个什么人能把我们踢出去，然后自己接管那些事情的话，有好几次我们都想把位置让出去了。”

“但那些卑奴不会这么做，”市长可怜巴巴地说，“我跟你保证，先生，我们四人组一直在芝加哥做实事，为的是能够唤醒人民，能让尼禄那样的暴君名誉扫地。但是人民说什么？‘很好，安迪。你就按着你自己的方式去做吧，什么事情都比人群聚集要好，我要回自己的地盘去了。’对那些愿意去哪就去哪的人民，你什么都做不了的。除了按照他们自己的方式生活，他们在上帝所创造的土地上什么都不想做。在这个星球上，没留下任何牢骚或者发牢骚的人。”

“那我猜，那边的那个小棚子是自己倒下来的？”德·弗瑞斯特说。我们能看到那个无遮无挡、仍然冒着烟的废墟，还听到了那个熔渣池在变硬凝固时发出的噼啪声。

“噢，那只是消遣而已，之后和你说。我刚才说了，我们的那些卑奴举办了集会，很快我们就不得不动用地表电网把平台给封锁，这是为了挽救他们，别让他们被杀了。而这并没有让民众变得平和一点儿。”

“你这是什么意思？”我壮起胆子问了一句。

“如果你被地表电网困住过，”市长说，“你就明白了。被看不到的东西所困住，这不会对心中已经点燃的怒火有什么帮助。不会的，先生！八九百人在那张牙舞爪、叽叽喳喳了两个小时，就好像糖蜜上的苍蝇一样。与此同时，一群绝对安全的卑奴在侵犯他们精神和心灵上的隐私。这场面可能看起来会有点好笑，但是处理起来就不好笑了。”

皮里洛咯咯地笑了。

“我们的人民能管好自己的事情。他们的意思是，事情走得太远了，太过火了。我警告过那些卑奴，但是他们生来就是些活在自己小世界里的人，除非事实给他们当头一棒，他们甚至都看不到客观事实。你信不信，他们开始大谈他们称之为‘受人民欢迎的政府’的东西了？他们真谈了！他们想回到之前的时代去，搞一些和老巫毒教仪式一样的投票选举，有什么传单啊，木箱子啊，说着醉话的人和打印出来的表格什么的啊，还有小报！他们说，他们在公寓和旅馆里面决定吃什么的时候就练过这一套了。是的，先生！他们站在布鲁特诺布下的双重地表电网后面，然后他们就说了，在这个蒙恩的年代说了，对着能管好自己的事情的人们说了，就说了这些玩意！然后他们就结束了演讲，”他慎重地降低了嗓音，“用谈到‘公民’来结束演讲。之后布鲁特诺不得不在这儿坐了一个晚上去看管那些地表电网，因为他不相信他的人会让电网一直开着。”

“这太难为他们了，”警察局长插嘴道，“但是我们不可能永远把民众用地表电网锁着。我把所有对这次人群聚集事件有责任的卑奴给集中到一起，然后把他们关到了水塔里面，之后我把电网打开了，我不得不打开啊！整个地区瞬间爆发了，就好像火星点燃了煤气罐一样。”

“这个新闻马上就传遍了国内 7 度[1] 的地方，”市长继续说，“而一旦涉及侵犯隐私的问题，伊利诺伊就完全没什么权利和理智了！

1. 此处的“度”指的是经度。

周四，他们开始关掉交通灯，锁闭降落塔。周五，他们停了所有的交通，然后请求委员会接管。之后他们想要把芝加哥从湖的这边完全给抹除，在另外的什么地方重新造一个——仅仅是那些卑奴们谈过‘公民’这个词产生的后果。我建议他们把举办这次集会的旧集市给熔成渣，与此同时，我给你们这些委员会成员发了个信号。这让他们安静了下来，直到你们来了。然后——然后你们现在可以接管了。”

“有可能让他们安静下来吗？”德·弗瑞斯特问。

“你可以试试。”市长说。

德·弗瑞斯特升高了音调，面对着正在苏醒过来并向我们缓缓靠近的人群。这一天终于来了。

“你们难道不觉得我们能把这件事安排好吗？”他开始说。但人们大声咆哮道：“我们之前已经摆脱了人群聚集了！我们不要回到旧时代去！接管我们吧！把那些卑奴带走！直接管理我们，要不我们就杀了他们！打倒所谓的公民！”

有人试着唱麦克唐纳的歌。但是第一句都没唱完，因为维克多·皮里洛号上的一只闭锁式[1]喇叭向下面发出了一声警告性的低吼。一堵旧集市侧墙的废墟晃了晃，向前倒在了熔渣池中。直到最后一片尘土已然落定，把萨拉提雕塑的钢制框架都染上了尘土的灰色，也没人说话，没人动弹。

“你看，你实在得接管我们啊。”市长低声说。

德·弗瑞斯特耸了耸肩。

“你说得好像政治管理要花的力气可以和马力一样直接从空气中抓出来似的。你们无论如何都没办法自己管理了吗？”他说。

1. 音乐名词，指的是一端封口的管乐器，一般用来发出低音。

“如果你这么说的话，我们可以。也就是要付上几条生命的代价来开始管理吧。”

市长指向广场那边，阿诺特的人在那里引着10到12个步履蹒跚的人走向湖滨区，让他们停在雕像下面。

“现在，我想，”高平压低声音说，“要有麻烦了。”

我们面前的那群人像野兽一样咆哮起来。

这时太阳已经升起，天空一片晴朗。耀眼的阳光照亮了人群，人们看清了自己所处的环境，意识到自己正身处人群之中。我们看到人群中迅速蔓延起恐惧的颤抖和推搡，正如凌厉的狂风吹过外面的湖面。没人说话，而且因为还处在半瞎状态，他们移动得很慢。但在不到15分钟内，这一大群人——往少了算也有3 000人——中的大部分就消失不见了，就像南边屋檐上结的霜融化了一样。剩下的人在草地上躺开，这一大群人看起来不那么像一大群人了。

“这些麻烦的家伙，”市长对高平轻声说，“其中还有相当多的女人生了小孩。我不喜欢这种事。”

湖面上吹来的晨风吹动了围着我们的树林，预示着这是一个大热天；阳光在盖住萨拉提雕塑的大桶上耀眼地反射着；公鸡在花园中打鸣，我们还能听到远处大门的门闩咔嗒作响，人们正在摇摇晃晃地找回自己的家。

“恐怕今天没有晨间送货了，”德·弗瑞斯特说，“我们昨天晚上把这个村子搅得真够乱的。”

“这也没什么大不了的，”市长回答，“我们所有人都有六个月的储备补给。我们绝不冒任何风险。”

如果你仔细想想的话，其他人也一样不会冒风险的。家中或城市里面临过食物短缺的问题后，整整一代人中的四分之三都会这样做。这颗星球上还有哪个人家里或者哪个城市没存着半年的储备补给吗？我们就像古籍中记载的遇到海难的水手，在经历过差点儿饿死的遭遇后，会把一小点儿食物或者饼干都给藏起来。没错，我们不相信任何群众，也不相信任何基于群众的系统！

德·弗瑞斯特等到最后一点脚步声消失不见。在此期间，在雕像基座那里的罪犯们拖着脚步、装模作样、动来动去，和小孩子一样不知羞耻。他们中没人高过六英尺，很多人都和老照片上那些饱经沧桑、疲惫不堪的头像一样，有着灰色的头发。他们挤成一团，有着真正意义上的身体接触，而伊利诺伊的那群人相互之间隔得很远，用充血的双眼看着罪犯们。

突然，罪犯中的一位开始说话了。市长一点儿都没夸大其词。听他说的话，似乎我们这个星球已经在航空控制委员会的脚下陷入奴隶制中了。演说者督促我们爆发出自己的力量，掀开囚禁我们的牢门，砸掉我们身上的镣铐（顺便说一下，他用的所有比喻都是相当中世纪式的）。之后他又要求，日常生活中的一切事物，包括身体功能中的大部分，都应该在每天、每月或者每年的某个时候——我总结一下他的说法——提交给碰巧路过或者定居在一定半径之内的所有人做决定，而这些人应该立即放弃他手头上的事情来解决这件事。首先制造人群聚集，之后向聚集起来的人群演说，然后在小纸片上画叉，这些垃圾小纸片之后还要通过特定的神秘仪式和宣誓来计数。他向我们保证，通过这种令人诧异的把戏，一个更为强大、更为高尚并且更为友爱的社会就会自动出现，这是基于——他阐述了这一点，条理清晰得可怕，如同疯子一样——群众的神圣以及个体的邪恶。最后，他大声呼唤上帝来为他个人的优异品质和正直人格做证。当他的夸夸其谈终于停下时，我困惑地转向高平，他正在严肃地点着头。

“相当正确，”他说，“他说的那些都记载在了古籍里面。他什么都没落下，即便是那些鼓动战争的演说。”

“但我看这些东西甚至都不能激怒一个小孩子，更别说一个地区的人了。”我回复道。

“啊，你太年轻了，”德拉哥米洛夫说，“而且从另一方面说，你也不是个妈妈，看看那些当妈妈的人吧。”

10到15个留下来的女人从那些沉默的男人中走了出来，正朝着那些罪犯挪去。这让人联想起伏击包围圈，北方的狼群围攻麝香牛时，在冲进牛群之前就围成这种包围圈。那些罪犯看到了她们，聚拢得更紧密了。市长立即用双手捂住了脸。德·弗瑞斯特赤手空拳地走上前，站在罪犯们和那条缓慢而坚定地挪动着的队伍中间。

“你说得都很有趣，”他对那个嘴唇干裂的演讲者说道，“但是问题似乎在于你们一直在制造人群聚集，并且侵犯个人隐私。”

一个女人走上前，应该想要说点什么，但在那些男人之中传来一阵短暂的、表示赞同的低语声，他们意识到了德·弗瑞斯特正试图把情势缓和下来。

“对！对！”他们叫喊道，“我们切断了通信，这是因为他们在制造人群聚集，并且侵犯个人隐私！咬住这一点！你们坚持下去接班！把那些卑奴给带走！委员会现在接管了！嘘！”

“是的，委员会现在接管了，”德·弗瑞斯特说，“如果你们愿意的话，我现在要开始采集制造人群聚集的正式证据，但是只有委员会的成员才能为这些证据做证。这可以吗？”

女人们又走近了一步，她们的手在身边，一会握紧，一会展开。

“好！非常好！”男人们喊道，“我们很满意，只是赶紧把他们给带走！”

“那就一起到飞船上来吧！”德·弗瑞斯特对着那些俘虏说，“早餐早就准备好了。”

然而，看起来他们不太想走。他们想要留在芝加哥并制造人群聚集。他们指出，德·弗瑞斯特的提议是在严重地侵犯个人隐私。

“我亲爱的朋友们，”皮里洛对那个最能说的领袖说，“你们赶紧的吧，要不那群绝对没犯错误的人群会杀了你们的。”

“但那就是谋杀了。”这位群众的虔信者回答道。轰鸣一样的大笑从各个方向传来，似乎显示出危机已然爆发了。

一个女人从女人的队伍之中走了出来，我敢断定，她和队伍里的其他女人笑得一样开心。当然，她用一只手遮住双眼，另外一只手放在她的喉咙上。

“噢，他们可用不着担心被杀掉！”她喊道。

“一点儿也不用担心，”德·弗瑞斯特说，“但是现在委员会已经接管了，你不觉得你大概应该回家去吗？而与此同时，我们把这些人带走。”

“我早就该回家了！今天——今天还真是难熬的一天啊。”

她站直身子，即便是德·弗瑞斯特 6 英尺 8 英寸的身高都显得矮了。她微笑起来，在耀眼的强光之下闭着双眼。

“是的，挺难熬的，”德·弗瑞斯特说，“恐怕你会感觉那些光太耀眼了一点，我们会让飞船降低一些。”

他示意皮里洛号降低一些，挡在我们和太阳中间，同时用地表电网锁住了那些开始骚动的罪犯。我们看到他们站在那里，被电网锁得动弹不得。那个女人用甜美、深沉而坚决的声音继续说：

“我不指望你们男人意识到——这种事情，对女人来说是多么过分。我生了三个孩子。我们女人不想让孩子习惯于人群聚集，这一定是一种遗传性的本能。人群聚集会带来麻烦。他们把旧时代给带回来了。憎恨、恐惧、敲诈勒索、公共宣传和‘公民’——就是那个！那个！那个！”她指向雕塑，人们又一次咆哮起来。

“是的，如果我们允许那些卑奴继续活动的话，是这样。”德·弗瑞斯特说，“但是这种小事——”

“这种——这种小事不应该再发生了，这对我们女人意义重大。当然，‘永远’这个词太大了，但是人们对此的感觉太激烈了，把人群聚集这种事情消灭在苗头之中很重要。那些家伙，”她用左手指向那些罪犯，他们在电网的拉拽下像浪潮中的海草一样摇摆着，“那些人在城里或者其他地方有朋友、有老婆、有孩子。人们不想对那些人做什么，你明白的，强迫人离开已经过了五六十年的好日子，这太可怕了。我自己才 40 岁，我明白这一点。但与此同时，人们还觉得应该严惩他们，以示警告。因为，如果——如果能不让这些人到处活动、到处演说的话，付出任何代价都算不上沉重。你能不能理解我的愿望，或者你是不是足够好心，能让你的人把雕像的外罩给拿下来？它还挺值得看看的。”

“我完全明白。但是我不觉得这儿有任何人想空着肚子看雕像。抱歉，请给我一点儿时间。”德·弗瑞斯特向着上方的飞船发送信号，“请在左舷准备好一个飞行环路电流，”之后他转向那个女人，用清脆的声音说，“在这件事情上，你或许应该给我们一点自由裁量权。”

“噢，当然了。谢谢你这么耐心。我知道我说的话很蠢，但是——”她半转过身子，改变了声调，继续说，“没准这可以帮你们做决定。”

她猛地伸出右臂，手中握着一把刀。在刀锋落回她的喉咙或者胸口之前，刀就从她手中弹飞了。那把刀闪烁着飞出空中的飞船的阴影，落在 50 码之外的雕像脚下，在阳光下闪耀着。女人伸出的手臂被锁住了，如同木棒一样僵住了一阵子，直到电流逐渐变弱，她才能把手臂慢慢收到身侧。其他的女人们默默地缩回到男人之中。

皮里洛搓着双手，高平点着头。

“你真聪明，德·弗瑞斯特。”他说。

“这姿势可真漂亮！”德拉哥米洛夫喃喃地说，因为那个受惊的女人已经快要哭出来了。

“为什么要阻止我？我本来能成功的！”她大喊道。

“我毫不怀疑你能，”德·弗瑞斯特说，“但是我们不能因为这些人而浪费任何一条生命，比如说你的生命。我希望锁你手的这一下没扭到你的手腕，操控飞行环路电流太难了。但是我认为，在关于那些人的女人和孩子这一点上，你说得很对。如果你保证不对自己干傻事的话，我们就把他们都一起带走。”

“我保证——我保证。”她努力地控制住自己，“但是这对我们女人太重要了，我们知道这意味着什么，而我想如果你看出我是认真的——”

“我看出来了，你是认真的，你说得很对。我会把所有的卑奴立刻带走。市长会列一张单子，写出他们在这座城市和这片区域的朋友和家人，然后市长会在今天下午把这些人都送上飞船，就跟在我们后面。”

“没问题，”市长站起来说道，“基夫，如果你能看见东西的话，你是不是最好把旧集市完全推平？它看上去太碍眼了，我们必须确保再也没人能利用它搞集会了。”

“我想你最好也把那个雕像给拆了吧，市长先生，”德·弗瑞斯特说，“它作为艺术品是很优秀的，这一点我毫不怀疑。但我认为它现在是一种病态的阴影。”

“当然可以，先生。噢，基夫！在你烧熔集市之前，先把那个黑鬼给熔成渣。我要去通讯器那儿告诉全区的人委员会要接管了。你还有什么特别的任命吗，先生？”

“没有。我们没有人力可以浪费在这片荒郊野外。就和之前一样办事吧，只是在委员会的管理之下。阿诺特，请把你的卑奴送上飞船。让船着陆，然后让他们用舱底的门上去。我们会在处理完这个艺术品之后再离开。”

罪犯们被拖着走过他，他们正在流利地讲话，但是在电流的阻碍之下没法做手势。路面修整机驶过来，雕像的每一侧都来了两台。围观的人不约而同地把目光转向别的地方，但其实根本没有这么做的必要。基夫开足了路面压平机的马力，那个东西就简简单单地在它的框架中熔化了。我所能看到的只是一股白亮的液态金属浇在基座上，基座破裂开，并碎成了粉末，如同极细的石灰粉。我还在它破碎之前瞥见了萨拉提刻下的铭文：“以此永远纪念民众的公正。”人群欢呼起来。

“谢谢，”德·弗瑞斯特说，“但是我们想去吃早餐了，而且我想你们也该吃早餐了。再见了，市长先生！任何时候我都很高兴见到你，但是我希望在30年之内，我不要因为什么公务原因不得不再来见你了。再见，女士。是的，现如今我们都习惯于神经紧张了。我自己也忍受着这样的痛苦。再见，先生们！你们此时起就在委员会的残酷铁蹄之下了，但是如果你们想要打破你们身上的枷锁，只需要让我们知道就行。这一切对我们来说也不是什么美事。祝你们好运！”

我们在欢呼声中登上飞船，直到那些欢呼减弱到耳语的程度时飞船才停止上升。随后，德·弗瑞斯特一下子瘫倒在地图室的长沙发上，擦拭着额头。

“我不介意那些男人，”他气喘吁吁，“但是女人是魔鬼！”

“她们一直就是魔鬼，”皮里洛愉快地说，“那个女人都要自杀了。”

“我知道，这就是我为什么发信号用飞行环路电流打了她一下。

阿诺特，这事我欠你一个道歉。我当时没时间让你知情，你当时正忙着对付那些胆小鬼。顺便，是谁应答了我的信号？这活干得真漂亮。”

“伊洛伊。”阿诺特说，“但是他把信号波调得太强了，把刀从女人的手里震出去，这事做得是挺棒的，但是你没注意到她一直在擦着她的手吗？他把她的手指都给烧焦了。要我说，这叫办事马虎。”

“我不是要干涉舰队的纪律，但是别对那个年轻人太严厉了。如果那个女人自杀了，当地人就会在入夜之前把这里的每个卑奴以及与卑奴相关的所有人都给杀了。”

“她玩自杀就是为了这个，”高平说，“而如果我们的舰队走了的话，我们就没有任何手段控制他们了。”

“陷进地表电网里面或许已经很蠢了，”阿诺特说，“但除非有足够的理由能让我相信麻烦已经彻底结束了，否则我不会让舰队离开的。它们仍然就位待命，我打算在卑奴们被运送出这一地区之前一直让舰队待在那里。最后留在那儿的一小群人想要搞谋杀，我的朋友们。”

“神经病！一群神经病！”皮里洛说，“你没办法和人群恐惧症患者争论的。”

“而且看起来他们都没怎么见过死亡——或者他们见过？”高平说。

“我活了九十多年了，从没见过死亡。”德拉哥米洛夫说，像是在为自己找借口，“没准这就是为什么——昨天晚上——”

坐在一起吃早餐的时候，我们才发现，除了阿诺特和皮里洛，我们当中没人见过尸体，也没人知道生命消逝时是什么样的。

“我们真是一伙好人啊，飞来飞去地管理这颗星球，”德·弗瑞斯特大笑道，“现在事情已经了结了，但我承认，我曾经相当担心我可能没办法在不死人的情况下圆满解决这件事。”

“我也这么想过，”阿诺特说，“但是没有死亡报告，每个地区我都调查过了。我们该怎么处理这群乘客啊？我已经给他们吃过东西了。”

“我们有两种选择，”德·弗瑞斯特慢吞吞地说，“如果我们把他们扔到任何不在委员会控制之下的地方，当地人就会把他们的出现当作切断通信网络的借口，就像伊利诺伊人做的一样，然后强迫委员会接管。如果我们把他们扔到任何委员会控制的地方，他们就会在我们转身离开的那一刻被杀掉。”

“如果你这么说的话，”皮里洛若有所思地说道，“我可以保证他们会随着时间的推移逐渐灭绝的，真令人开心。他们现在的出生率是多少？”

“到下面去问他们。”德·弗瑞斯特说。

“我想他们可能会发疯，然后把我给撕成碎片。”这位来自福贾的哲学家回应道。

“不见得吧？嗯？”

“打开舱底的门。”高平说，拇指向下比画了一下。

“几乎不可能——为了把他们救出来，我们都费了那么大力气了。”德·弗瑞斯特说。

“试试去伦敦吧，”阿诺特建议，“你甚至可以让撒旦在那里大摇大摆，而人们也只会请他去吃饭的。”

“好家伙。你给了我一个好主意。文森特！噢，文森特！”他开了总通讯器的免提，这样我们所有人都能听到了。几分钟之后利奥波德·文森特那浑厚圆润的嗓音就响彻了地图室。他在过去的三十年给伦敦提供了最好的娱乐活动。我们用满怀期盼的露齿微笑应答他，就好像我们真的在——比如说吧——在联合剧院的前排座位上参加某次晚间首映一样。

“我们捡了一点对你胃口的东西。”德·弗瑞斯特开始说。

“很好，亲爱的朋友。如果那东西够旧的话。在商业上，没有什么东西能打败旧物。你看过在伯爵宫上演的《伦敦、查塔姆与多佛》[1]吗？没有？我还以为是我没看到你呢。棒极了！我有真品蒸汽机车发动机，按老式设计造出来的，还有特制的手工铸造铁轨。车厢里的布质坐垫也是！棒极了！还有纸质车票。还请到了波莉·米尔顿。”

“波莉·米尔顿又回来了！”阿诺特欢天喜地地说，“给我订两张明晚的前排座位。她这次要唱什么？祝她好运。”

“老歌，没什么能比得上那些古老的感动了。听听这个，我亲爱的朋友们。”文森特浮夸地欢唱道：

> 噢，伦敦那冷酷的灯光，
> 如果泪水能将你们的光芒淹没，
> 你们会用受害者的眼泪将它们打湿，
> 噢，小城伦敦的灯光！[2]

“然后他们都哭了。”

“你们看到了吧？”皮里洛对着我们挥着手，“在过去，当人们看到人群聚集的时候总是会哭起来。他们也不知道为什么哭，但是就是会哭。我们知道为什么，但是我们不会哭，除非我们付钱给又胖

1. 伦敦、查塔姆与多佛是一家成立于 1859 年的英国铁路公司的名称，此处疑为作者基于此虚构的音乐剧或演唱会名称。
2. 出自英国诗人、记者、剧作家乔治·罗伯特·西姆斯所著的剧本《伦敦的灯光》。

又坏的老文森特，让他把我们弄哭。”

“老！说你自己吧！”文森特大笑，“我是个公益捐助者。我让这个世界变得更温柔、更团结。”

“而我是委员会的德·弗瑞斯特，”德·弗瑞斯特尖刻地说，“试着先干点正事吧，如我所说，我们在芝加哥抓了一些人。”

“我打断一下。芝加哥是——”

“好好听着！他们非常独特。”

“在你等着他们的时候，他们用烧过的泥巴块盖房子吗——啊？这是一种古老的交际活动。”

“他们是一群没有和外界接触过的古老社群，他们脑子里都是那些古老的想法。”

“他们有缝纫机和五朔节花柱[1]吗？他们用煤气灶来做饭吗？用火柴来点烟斗、骑马吗？格罗斯坦去年试过，搞出了一场事故！”

德·弗瑞斯特愤怒地堵住了他的话头，用最大嗓门一股脑儿地讲出我们在过去24小时所做的一切。

“而且他们都是当众做这些事情的，”他总结道，“你没法阻止他们，观众越多他们就越开心。他们讲了几个小时——就像你一样！现在你可以继续说话了。”

“你当真指的是他们知道怎么选举？”文森特说，“他们能表演选举吗？”

“表演？这对他们来说和命一样！而且你从没看过长成那样的脸！就像火山一样可怕，在众目睽睽之下表露出嫉妒、憎恶和怨恨。他们的声音惊人地柔软，他们也会哭。”

“大声地哭？在公众场合？”

---

1. 五朔节是一个古老的西方节日，起源于基督教诞生前的夏至庆祝仪式，英国、德国、美国等西方国家现在一般在5月1日庆祝五朔节。

“我保证。他们在整个过程中没有任何一丁点儿的羞耻，也没有一丁点儿沉默。这是你建功立业的一个机会。”

“你是说你把他们投票的道具也给带来了——那些选票和投票箱什么的？”

“没有，你这个糊涂鬼！我又不是行李搬运工。直接和芝加哥市长申请吧，他会把所有的东西都给你寄过去。好吧？”

“等一下。芝加哥想杀了他们吗？在通讯器上能看清楚的。”

“正是如此！我们从一大群号叫的暴民中费了好大的劲儿才把他们救出来——如果你知道什么叫作暴民的话。”

“但是我不知道。”我们伟大的文森特简要地回答。

“那好吧，他们会亲自告诉你的。他们能做好几个小时的演讲。”

“有多少人？”

“等我们把他们都送过去的时候，大概能有 100 人吧，包括小孩。简直是个旧世界的缩影。你明白吧？”

“嗯，明白。但是如果出现什么事故的话，我得为此付出代价，亲爱的朋友。”

“他们可能会在街道上唱过去的战争歌曲。他们可能陶醉于言辞之中，搞人群聚集，还可能用真正的老式手法来侵犯隐私，你一问他们问题，他们就会搞那种投票的把戏。”

“好过头了！”文森特说。

“你还不信？我船上现在就有 12 个人，我现在就把你的通话线路接过去，你自己体会一下吧。”

他拉起开关，于是我们听到了那些人的声音。我们下层船舱中的客人立刻开始向文森特介绍自己，但一直有不少于五个人同时说话。他们被人从亲密的家人中带走，他们的财产被剥夺，给他们食物的时候不给洗手指的碗，还被扔到臭气熏天的牢房里面关了起来。

“但听我说，”阿诺特惊骇地说，“他们说的不是事实，我的底层船舱一点都不臭，而且我自己都看见了洗手指的碗。”

“在小俄罗斯，我们那边的人有时候也这样讲话，”德拉哥米洛夫说，“我们会和他们讲理，我们从来不杀人，从不！”

“但是那不是事实，”阿诺特坚持，“你对那些不说实话的人能做什么呢？他们疯了！”

“嘘！”皮里洛说，他的手放在耳朵上，“整个星球的人都在说谎的时代也没过去多久。”

我们听到文森特优雅的同情之语。文森特问道，他们会在公众面前重复他们的主张吗——在一大群公众面前？他们发誓说，只要文森特给他们一个机会，整个星球都会回响着他们那些可恶的话语。两个女人和一个男人同时解释道，他们的人生目标就是要改革这个世界。说来也怪，这正好也是文森特的人生理想。文森特给他们提供一个舞台，他们可以在那里用活生生的例子去做阐述，把整颗星球都抬升到更为崇高的层次上去。他雄辩地谈着简单的、旧世界的生活所带来的道德上的提升，这种旧世界的生活完完全全地展示在了一个堕落的文明前。

他们能不能——会不会——在指定的三个月内，作为传道者，在他的保护之下，在一个叫伯爵宫的地方致力于人类的进步？他说，伯爵宫是这颗星球上知识分子的活动中心之一，这在某种意义上来说是事实。

他们对文森特表示感谢，然后要求（我们能听到文森特高兴的窃笑声）给他们时间来讨论并且表决此事。这个表决由计票官——每个投票都有个头儿——举办并且获得通过。因此，文森特的建议被接受了。他们深受感动并通过两场演说向他致以谢意——一场演说是他们称为“提案人”的人所做的，另外一场是“附议人”所做的。

文森特转向我们，他的声音因感激而颤动着。

“我搞定他们了！你们听到那些演讲了吗？那是天生的，亲爱的朋友们，技巧没办法教给人这些。而且他们投起票来就和说谎一样轻而易举！我之前从未拥有过这么一个剧团的天生说谎者。祝你们好运，亲爱的朋友！记得，你们永远在我的免费名单上，任何地方——你们所有人。噢，格罗斯坦会闹心的——会闹心的！”

“那你觉得他们能行？”德·弗瑞斯特说。

“岂止能行？整个小村庄[1]都会疯狂的！我要为他们赶紧制作一系列关于旧世界的剧本。他们的声音会让你大笑或者哭泣。上帝啊，亲爱的朋友们，你说他们是从哪儿获得的痛苦之情呢，从这个美丽的地球吗？我今晚会办一场关于世界诞生的露天表演，莫森塔尔来负责音乐，我将——”

“在今晚之前赶造一个小村子给他们住，我们会在西十五号降落塔见你，”德·弗瑞斯特说，“记得，剩下的人会在明天到来。”

“让他们都来吧！”文森特说，“你不清楚，这年头想要找到那些触动人们内心的东西有多难，人们的内心都藏在该死的、如同镀了一层铱的外表下。即便是我，想找到也很难。但是我最后还是找到了。再见！”

“嗯，”德·弗瑞斯特在我们大笑过后说道，“如果有人了解伦敦的贪污腐败的话，我可能就会让文森特和格罗斯坦相互争斗，然后把这些俘虏卖一个大价钱。实际上，今天晚上签合同的时候，我还会不得不成为他们的法律顾问，而且他们不会给我任何手续费。”

“同时，”高平说，“我们当然不能关着利奥波德·文森特刚刚签下的团队了。安诺特，请给女士们拿些椅子吧。”

1. 代指伦敦。

“那我去睡觉了，”德·弗瑞斯特说，“我没法再见更多的女人了！”而后他就离开了。

当我们的乘客被释放并得到了另外一餐（这次先端上来了洗手指的碗）时，他们告诉我们他们对我们以及委员会的想法。和文森特一样，我们都惊讶于他们是怎么设法把那些苦痛的有毒情感发掘出来藏在心中，并且不安于上帝赐予我们的美好生活的。他们发狂、咆哮、颤抖、涨红了脸、耗尽了他们那贫乏而破败的精神，气喘吁吁地安静下来，而后又重新开始愚蠢又无耻的攻击。

“但是你们不明白吗？”皮里洛悲哀地对一个尖叫的女人说，“如果我们把你们留在芝加哥，你们会被杀掉的。”

“不，我们不会的。你们一定会把我们救出来，不让我们被杀的。”

“那我们就不得不杀掉很多其他人了。”

“那不要紧。我们正在宣讲真理。你不能阻止我们，我们会继续在伦敦宣讲的，你们之后会看到的！”

“你们现在就能看到了。”皮里洛说，打开了一扇下方的遮板。

我们已经接近了小村庄。300 万居民自由自在地分布在围成一圈的主交通灯之内——主交通灯指的是那八盏固定的光束，分别位于查塔姆、汤桥、红山、杜金、沃金、圣奥尔本斯、奇平昂加和绍森德[1]。

利奥波德·文森特的新团队看着这些，小脸惨白。他们看着下面寂静而宽广的地域和星罗棋布的房子。

之后有些人开始大声哭泣起来，毫无羞耻——他们一直毫无羞耻。

（赵佳铭　译）

1. 均为伦敦附近的地名。

第一次世界大战及其影响

随着流行杂志草创阶段的结束，原本朝着未来世界大举开拓，看似前途无量的科学传奇，在 1905 年之后就走向了下坡路；第一次世界大战带来的破坏与失望，让这状况雪上加霜。威尔斯转而写作社会问题小说和编纂世界历史百科全书；他笔下的未来小说充满说教意味。道尔年事已高，信奉唯灵论，这让他的叙事缺乏生机活力。乔治·格里菲斯在 1906 年去世，罗伯特·巴尔也逝于 1912 年。吉卜林没有写过很多科学传奇小说，还不足以影响此类文学的发展方向。“未来小说”的创作在 1913 年进入衰退期，直到 1923 年才有回暖苗头。

其他作家也感受到了时代的影响。20 世纪之交，M. P. 希尔写了很多未来战争主题的故事。他也创作了《海上霸主》（1901），讲述了一个英国人通过移动堡垒控制了海上航线，因此成为世界霸主（并将犹太人放逐到他们在巴勒斯坦的家园）。还有一本末日灾难小说（关于最后一个幸存的人）：《紫云》（*The Purple Cloud*, 1901）。希尔于 1923 年再次开始创作小说，一直持续到 1930 年代。

威廉·霍普·霍奇森是牧师之子，后来当了水手。他的故事创作背景，从海上故事，如《格伦·卡里格之船》（*The Boats of the Glen Carrig*, 1907），转向了带有梦幻色彩的科学传奇，如《边界之屋》（*The House on the Borderland*, 1908）和《永夜之地》[1]（*The Night Land*, 1912）。其他作家偶尔写些和科学传奇有关的故事，其中有两个代表作家。威廉·勒·奎是一位写过众多惊险间谍小说和侦探小说的作家，也写过关于未来战争的小说，比如《英格兰 1897：伟大战争》（*The Great War in England in 1897*, 1894）和《1910 入侵英伦》（*The Invasion of 1910*, 1906）。萨克斯·罗默（阿瑟·萨斯菲尔德·沃德的笔名），他在 1912 年至 1915 年间出版了傅满洲博士系列犯罪小说[2]。

J. D. 贝雷斯福德是继威尔斯、吉卜林、道尔的非凡成就之后，当时最重要的作家之一。（事实上，正如布赖恩·斯塔伯福德所指出）和其他科学传奇作家一样，他也是牧师的儿子，但是因为一名粗心的护士使他在婴儿时致残，影响到了他的人生观。他也像威尔斯和吉卜林一样，既写主流小说又创作科幻，只是他从来没有取得前辈们那般的成就，也没能得到批评家的认可。

贝雷斯福德的第一本科幻小说是关于超能力主题的《汉普顿神童》[3]（*The Hampdenshire Wonder*, 1911），美国版本名为《神童》（*The Wonder*），这个经典的超人故事后来启发奥拉夫·斯台普顿（William Olaf Stapledon）创作了更为人所知的小说《怪人约翰》（*Odd John*, 1935）。《雏鹅》（*The Goslings*, 1913），美国版本名为《女人的世界》

1.《边界之屋》讲述了宿营者在一处偏僻的小屋中，发现了一本破损的笔记，上面记录了奇怪生物的袭击，太阳系的毁灭与重生等壮观景象。《永夜之地》讲述了在遥远的未来，太阳已死亡，人类居住的地球陷入永夜；依靠一种名为“大地电流”的地球内部能源支撑，剩下的人类聚集在一座巨型的金字塔中生活。

2. 傅满洲是作家萨克斯·罗默虚构的反派人物，他博学多才，但为人奸诈，试图以一己之力破坏整个西方世界；该角色出现在西方文学和影视作品中长达 90 年。

3. 汉普顿神童是一个大头，迟钝的男孩，出生在著名板球运动员之家，从不哭或者开口说话；起初，他被认定为是一个傻子，但是他长大后显露出超群的智力，他能轻松掌握任意语言，记忆整座图书馆——甚至能控制他人的想法。然而，随着关于他拥有强大异能的消息传播开来，人们有些害怕他展现出来的天赋。受《汉普顿神童》启发，奥拉夫·斯台普顿的《怪人约翰》讲述的是拥有超能力的人和平凡人之间的对抗与冲突。

（*A World of Women*）讲述了一个由女人掌控社会的故事。后来，他还出版了《美梦醒来》（*What Dreams May Come...*, 1941），一个由战争触发的乌托邦小说；《共同的敌人》（*A Common Enemy*, 1942），他幻想通过自然灾难毁灭世界，以创造出一个乌托邦；《高塔之谜》（*The Riddle of the Tower*, 1944，与埃斯梅·韦恩-泰森合著）展现了未来人类丧失乌托邦希望后，进化成了一个蜂群式的自动化社会。

贝雷斯福德一共创作了 50 本小说，其中有 8 本科幻小说，5 部戏剧（大部分是与他人合作完成），1 本与他哥哥合作的诗集，7 本非虚构书籍，包括他对威尔斯早期小说的研究著作（1915），5 本短篇小说合集。在其中一本名为《预兆与神迹》（*Signs and Wonders*, 1921）的短篇合集中，收录了《一场微不足道的实验》（"A Negligible Experiment"）。从这个故事中，我们可以看出威尔斯对他的影响，以及他们之间的不同。他用该篇小说向威尔斯的《星》（"The Star", 1897）致敬；然而威尔斯的讽刺，是与宇宙亿万年的变迁历程相比较，衬出人类抱负雄心的无关紧要。贝雷斯福德虽然采用了同样的故事背景，但他是在哲学和宗教的背景下考量人性。威尔斯也经历了同样的思想变化过程，当他再次看过贝拉米[1]的《回顾》（*Looking Backward*, 1888）中描绘的工业乌托邦之后，写出了《当沉睡者醒来时》[2]（*When the Sleeper Wakes*, 1899）。和威尔斯、吉卜林、道尔一样，贝雷斯福德的作品也为后世作家做出了榜样，并为科幻杂志发展出一套标准化工作流程的讨论提供了参考。

（维亚　译）

1. 美国作家、记者，最为出名的是其乌托邦小说《回顾》，讲述美国一青年在 19 世纪末陷入冬眠，113 年后醒来，惊奇地发现美国已成为一个社会主义国家的故事。
2. 讲述一个青年在 19 世纪末陷入沉睡，两百年后，他醒来时发现自己身处 22 世纪，并成为了世界上最富有的人，可是，他发现人们的生活并没有因为科技的发展而变得更好。

一场微不足道的实验

J. D. 贝雷斯福德

“我怎么就总是搞不好它呢。”年轻的雕塑家抱怨道，眼神却柔和地看着自己刚用橡皮泥塑好的小型男子人像。看来，尽管它有很明显的缺陷，他还是认为自己的创作有值得欣赏的地方。

“它是不是需要硬朗一些？”我给出建议，“要不，你在它的腿部和背部加上一根金属丝，或其他的支撑物？”

“嗯，你知道吗，”我年轻的朋友解释道，“要是我事先想清楚，我能完成好它。只是我没有。我喜欢一边思考一边创作。我不擅长提前规划。我做不到事前完成全部构思，然后坐下来直接完成作品；我需要不断尝试，看看结果如何，你明白的。你说，它的头是不是太大了？”

我觉得那头是相当地大。

这位年轻的雕塑家打量着自己的作品，脸上洋溢着喜爱的表情。

“也许，如果……”他喃喃自语，声音渐低几不可闻，他继续上手调整着他的小型人像。

我伫立在一旁观看他工作，脑海中浮现出一个场景。我的思绪离开了这个小伙子和他的工作室。我进入了一个自己幻想出来的世界，我放任自己的想象力，体验着比现实更令我感到满意的生活。

清晨，我在早报上读到一条关于人马星座[1]新星的消息，我立马想起了 H. G. 威尔斯的小说《星》，默默会心一笑。接着，我又读了罗威尔教授一篇名为《天体评估》的文章，里面讲述了从外太空深处袭来一位“黑色异客”的可能性；看完之后，我不禁打了一个寒战。报纸上关于此次行星撞击的细节报道，与罗威尔所想象的场景有相似之处，那些报道散见于各家报纸热门新闻之间。这颗新星和许多其他于不同时间被记录在案的新星不一样。好多行星碰撞的消息都是早已发生过的；它们突然爆发形成一片短暂壮丽的灿烂景象，瞬间又变得暗淡，随后消失不见。而这位陌生来客，天文学家们一致认为，它自身不发光，是因反射了太阳光才发亮。那么，它一定离太阳相当地近。罗威尔的计算结果是，在那位入侵者抵达太阳系进行破坏之前，我们大约有 30 年的时间做好防护准备。但是，他的计算显然是基于多个假设推测，现实未必支持他的那些假设。这位陌生来客也许比他推测的要小得多——罗威尔以巨大的太阳质量[2]为基本衡量标准——它的反射率可能低一些，速度可能再快点。罗威尔的黑色异客，据说会以与黄道平面[3]成 90 度角的方向到达地球；而早报新闻报道中的新星，将会掠过那个形似碟形游泳池的黄道平面的边缘。难道不会有任何外太空行星挡在我们和这位可怕的来访者中间吗？海王星、天王星、土星、木星、火星，它们中的任何一个都可以为我们提供缓冲，这样我们不就能摆脱一场毁灭性的灾难了吗？也许我们还可以仰望天空，欣赏它们相撞之后留下的壮观

1. 夏季夜空中最大的星座之一，银河系的中心所在。
2. 符号为 $M_{\odot}$，天文学上用于表示恒星、星团或星系等大型天体质量的质量单位，定义为太阳的质量，约为 2×10^{30} 千克；1 个太阳质量是地球质量的 33.3 万倍。
3. 太阳视运动轨迹所在平面，它和地球绕太阳的公转轨道共面。

景象。

每个人都把行星撞击地球一事当作消遣。到处都有大惊小怪的报道，它们只是传播故意夸大的事实，制造耸人听闻的离奇效果。没有人严肃地对待此事。不过天文学家们就一定真的知道吗？他们迄今只有一周时间来进行计算。

随后，不祥的压抑感突然临近，一时竟说不出来，我们是如何肯定灾难会降临的。大家就是都知道了。天文学家们之间已相互确认过，他们毫无异议。那颗行星将直冲地球，我们没有避免的办法。可怕的是，外太空的行星一致为这位闯入者让出了畅通的道路，而愚钝的地球竟不慌不忙，正径直地走在毁灭道路上。说来奇怪，地球的密度[1]比太阳系的其他行星都要大，到底隐藏了什么只有内行人才懂的深奥意义？

每个人都知道灾难即将来临，但很少有人做出改变。我们仍忙于打理各种日常事务；但是毫无疑问，人们缺乏干劲——我们绝没有办法能忘记这日益加深的压抑感。可除了继续生活外，我们还能做什么呢？我们无法马上改变我们自己，或者我们的生活方式。宗教成为逃离可怕现实的救命稻草，在世间的男男女女中掀起一阵阵狂热。出于同样的原因，涉及贪婪欲望的犯罪案件增多。但是大多数人，纯粹出于惰性，还是照着老样子生活。尽管我们在夜晚的天空中已经可以看到一个新近出现的小一点的月亮，它正缓慢地渐满变圆，一夜比一夜大。那时我们才知道，这位天外来客和木星[2]一样大，密度比地球小一点。

我们的月亮挨近那新来的月亮时，灾难到来的第一个迹象出现

1. 为地球质量与地球体积之比，约为 5 514 g/cm^3。地球是太阳系密度最高的星球，其次为水星，约为 5.427 g/cm^3。
2. 太阳系八大行星中体积最大的行星，约为 1.431 3×1 015 km^3。

了。因为陌生来客的行星质量干扰，引发了地球潮汐的变化，我们被要求撤离所有低洼、靠海、近河口的地方。这里顺便提一下伦敦的水位。在满潮即将到来的前四天，泰晤士河淹没了法灵顿街、威斯敏斯特和泰晤士河南岸的大部分地区，河水退却后留下裸露的河床，一直延伸到了格林尼治。

大洪水来临之前，伦敦人已经逃到了北方和南方的高地；像埃塞克斯、肯特、萨里和米德尔塞克斯这样的低地，都已被洪水摧毁。随着人们极度渴求安全，而大灾难的迹象急速增多，人类社会文明的秩序必然受到破坏。身处群氓之中，我们逐渐被剥夺了经历过千锤百炼才习得的善恶观念，唯一留下来的是自我保护的本能。然而，这只是人群惊慌失措地逃亡造成的影响；对个人来说……

然而，我只能代表我个人和另外一个男子发言。我们一起坐在德比郡的一座山头，通宵观看这末日之夜。

我先是感受到了某种平静，接着，奇怪的兴奋感和期待心情混杂进来。死亡在即，我仍然享受着这场惊奇的太空历险。那颗直冲向我们的行星，已经把我们扯离了原先稳定的绕日公转轨道，我们原先熟悉的月亮缩到了只有六便士[1]大小；它在灾难开始后的几个小时内，缩小变化得非常明显。因为月球已经背弃了它原本对地球的忠贞，像一个多情而不忠的情人，转身投向了那位陌生的大客人怀抱里。

但是，当这颗新行星壮丽地从东方地平线升起时，一切比它小的景物都为之失色。那晚，它通体浑圆，散发着黄色光辉；在它广阔的表面上，移动着一个深黑色的圆斑，跟我们的月亮原本的大小差不多，它还正在缓缓增大，那是我们地球的影子。当这颗行星下

1. 曾在英国流通过的小面额硬币，直径大小约为 19.41 毫米。

方边缘离开地平线，它的上方边缘高耸入云，至整个天空最高点的一半高度，这才展现出它超乎寻常的巨大。它的表面几乎没什么斑纹，但从那个正清晰地朝向我们旋转着的一极，呈辐射状散发出一些不规则的黑线——那也许是相连的山脉——当前的阴影在尚不可辨的情况下，已确实地呈现出一个球体的形态。这颗行星的其他部分，显露出一片浩瀚无垠、平滑无间的样子，也许那里曾是一片消失了很久的海洋的底部。

有一个多小时，或者更久，我的同伴和我都沉默地坐着，看着眼前雄伟美丽的奇观；然后，他轻声说道："我们见证了一场微不足道的实验的失败。"

我没有马上回应。我还没有领会他所说的话。我正在努力挣脱让我傻傻入神的脑洞，爱做白日梦几乎是我一辈子的习惯。我在脑海中搜寻词句，想来形容我所见到的景象。我想把我的体验写下来；是的，没错，即使在这个时候，不止我一个人被宣判死亡，而是在整个人类命运岌岌可危的时候，我还在与自己微不足道的记录欲望作挣扎，哪怕是一份没有人能读到的记录。

我迫使自己从这疯狂的脑洞中清醒过来。"微不足道？"我抓住他话语中最重要的词，反问。

"事实证明如此，"他再次强调，"你是个理性的人吧？你没有努力去抓救命稻草吗？你毫不怀疑这就是地球末日吧？那么，很好，你知道我们都将要被毁灭了吗？这也许是一场意外？或者，它是一支故意射向我们的箭；放箭的人有着明确的目的。"

"以前应该也不是没有发生过同样的事情，"停顿了一会儿，他继续说道，"我们亲眼看到过——至少见到过结果。当有流星从天空中划过，我们可以推测，发生了和这次相似的碰撞。如果从另外一个星系的某颗行星上看过来，他们也许会看到我们星球发出的微小火花——并为之赞叹。这应该只是一件相对小规模的事件。我们看到过的一些，其场面肯定比这要大数千倍。”

“但我想表达的重点是，在地球上造人的实验，现在被证明是毫无价值的。再过几个小时，它就结束了，彻底失败了。无论这场毁灭性的灾难是一场意外或者是人为，结果都没有区别。这就是我们所有哲学和宗教问题的答案。人类，要么是生物进化过程中的偶然结果，要么是一场失败实验的试验品。”

我凝视着他，心中一动，想起一段难以辨别的回忆，我注意到他的头实在太大了。

“你确定，我们等会儿将不复存在，就像一颗爆炸了的炸弹？”我问道。

“我无法想象我们中能有人活着看到那一切，”他回复道，“我们大部分人会被下一场潮水淹死。来的大概会是一面高达数千英尺的水墙。你感受到你的身体轻了一些吗？这位陌生来客的引力开始拖拽我们。而在地球另一边的人们，则会感到一种无法忍受的沉重。地球的运转速度也在加快，我们已经被拽出了公转运行轨道。我们现在正在冲向那位陌生来客，与它亲密接触。我们不会再围绕着太阳旋转了。我们和那位陌生来客，就像在一个杯子里飞快旋转着的两个泡泡。”

等我再次开口说话时，时间已过去数个小时。与此同时，我感受到了即将发生某事的紧迫感。我意识到守卫正准备抓我去执行死刑。

“毕竟，”我哭了出来，“世间还有如灵魂一般不朽的事物存在。尽管所有的外在形态都会在这一次爆炸中被粉碎，但是那并不能证明……”

“没有可能去证明它，”我的同伴打断了我，“你扪心自问，难道你不知道那没有用吗？”

“没用，确实没有用。”我清醒了过来，嘴里一直重复嘟囔着。

我年轻的雕塑家朋友团起一个大泥球，扔了出去，精准地击中了他之前在塑的人像，我没来得及阻止他。

“他怎么修也修不好了。”他跟我解释道，然后拿起那堆不成形状的泥团，满不在乎地扔在工作室的一角。

“噢，你不应该那样做。”我忍不住像个啰唆的老师般对他说教道。

（维亚　译）

天地之间许多事[1]

英国作家的特点之一是多才多艺。即便他们主要是写作科幻小说，在其他领域也经常如鱼得水。那些主要在其他领域写作的人写起科幻小说来似乎也同样轻松。威尔斯是第一类作者的好例子，阿瑟·柯南·道尔爵士则是第二类的。

无可避免地，道尔以他最著名的创作“夏洛克·福尔摩斯”而闻名，虽然他最引以为豪的是他的历史小说，比如《米迦·克拉克》（1889）和《白色佣兵团》（1891）；但他也是一个经常写幻想故事，甚至科幻小说的作家，这些故事和他同时代的威尔斯与吉卜林一样，想象缜密，细节精致。

柯南·道尔比吉卜林早生六年，也早去世六年。尽管他们的经历在许多方面不同，但他们都兴趣广泛，也同样多产。道尔出生于爱丁堡，在英格兰和奥地利接受教育，1881年获得爱丁堡大学医学学位，1882年至1890年在朴茨茅斯附近执业。但是他需要用写作来

1. 原文出自莎士比亚的《哈姆雷特》第一幕第五场：“天地之间有许多事情，是你们的哲学里所没有梦见到的。”

填补他的医疗收入，他在1879年还是医科学生时就开始出售自己的作品（第一篇是《赛沙沙山谷之谜》）。

第一篇夏洛克·福尔摩斯的小说《血字的研究》发表于1887年，第二部《四签名》出现于1890年，但直到《海滨杂志》于1891年委托他创作了一系列福尔摩斯短篇小说，这位伟大的侦探才开始吸引全球的观众。从这一系列的首篇《波希米亚丑闻》开始，道尔将全部注意力都转向了写作。在接下来的40年里，他创作了超过125本书，包括22部小说、37部短篇小说集、14部戏剧、4部诗集和50卷的非小说文集。最后一部分中相当多是关于唯灵论[1]的：在第一次世界大战中他的许多亲人和朋友去世了，包括他第二任妻子的兄弟在内，那之后他转向了唯灵论。此类著作中包括著名的《仙女光临》（1922），该书为一批照片背书，它们是一位年轻女性[2]在1917年伪造的。

到1912年，道尔已经发表了多篇小说和短篇小说，涉及许多幻想题材，例如身体交换［《伟大的凯因普拉茨[3]实验》（"The Great Keinplatz Experiment"），1885］、北极的迷人景象［《"北极星"号船长》（"The Captain of the 'Pole Star'"），1894[4]］、会心灵感应的吸血鬼［《寄生者》（*The Parasite*），1895[5]］和超自然的复仇［《克罗姆博之谜》（*The Mystery of Cloomber*），1895[6]］等。他还写了一些更接近科幻小说的故事和小说，如《莱佛士·霍事件簿》［（*The Doings of Raffles Haw*），1891，炼金术］、《洛斯·阿米哥斯的失败》［（"The Los Amigos Fiasco"），1892，电椅赋予人生命力］和《萤石口的恐怖》［（"The Terror of Blue John Gap"），1910，来自幽深洞穴的巨大生物］。

---

1. 一种唯心主义哲学观点，认为存在超物质的灵魂、精灵等，人死后的灵魂可以通过降灵术等手段和活人交流。
2. 她和表妹伪造了这些著名的"科廷利照片"，直到1983年才承认自己造假。
3. "凯因普拉茨"为故事里的大学名，德语，意思大致相当于"无此地"。
4. 按阿瑟·柯南·道尔大百科提供的旧刊照片，该短篇小说最初发表于1883年1月。
5. 阿瑟·柯南·道尔大百科显示该故事发表于1894年。
6. 阿瑟·柯南·道尔大百科显示该故事发表于1888年。

1912 年是特殊的一年，这年出现了《失落的世界》（*The Lost World*），柯南·道尔创造了故事的主人公查林杰[1]教授，一位古怪而暴躁的天才。他带领一群人抵达了南美洲的一片高原，在那里恐龙依然存活。查林杰在 1913 年的第二部小说《有毒地带》（*The Poison Belt*）中归来，这部小说和威尔斯的《彗星到来的日子》（*In the Days of the Comet*, 1906）一样，灵感来源于 1910 年哈雷彗星回归，它讲述的是人类因来自外太空的有毒大气而面临灭绝的威胁。在《迷雾之国》（*The Land of Mist*）中，查林杰（跟道尔一样）皈依了唯灵论。他还出现在两部短篇小说《解体玄机》（“The Disintegration Machine”，1928）和《地球痛叫一声》（“When the World Screamed”，1929）中。在查林杰系列之外的一部短篇小说《马拉科特深渊》（1929）中，亚特兰蒂斯被人们重新发现。

许多威尔斯早期的故事和小说在谈及世界上某些地方时都试图暗示一些危险的，甚至可能威胁到人类生存的秘密，潜伏在尚未探索的时空角落；《高天中的恐怖》（“The Horror of the Heights”，1913）将这种地方安排在了平流层。威尔斯在南美洲、大洋深处和外星球上发现了他笔下的威胁，而道尔使用新流行起来的飞机——就在它初次被用作战争之前不久——探索了存在于高天之上的生命的可能。几年后，查尔斯·福特将会开始出版他那些新闻剪报合辑，先是《被绝罚者之书》（1919），然后是《瞧！》（1931）和《野性天才》（1932）。奇怪的是，这些书中提出了一种类似的可能。像威尔斯的故事一样，道尔的故事和小说确立了一些主题，它们在后世将会成为科幻小说的样板。

（何锐　译）

1. 这个名字意为“挑战者”。

高天中的恐怖

阿瑟·柯南·道尔

有种看法认为，这份被称为“乔伊斯–阿姆斯特朗残篇”的非同寻常的叙述是个精心制作的恶作剧，是不知哪个被扭曲而邪恶的幽默感缠身的家伙折腾出来的；这种想法现在已经被所有研究过这个问题的人抛弃了。支持这一论断的是无可置疑的悲惨事实，哪怕最残忍、最富有想象力的阴谋家，在把他病态的幻想和这些事实联系起来之前也会犹豫不决。尽管手稿中所说的那些话是惊人的，甚至是骇人的，但它仍然让智力正常的人不得不相信那些话是真实的，不得不重新调整我们的想法，以适应新的情势。我们的这个世界和一个最奇异、最出乎意料的威胁之间，似乎只隔着一层纤薄而不稳定的安全界限。我将努力在下面的叙述中重现原始文件，保留它不可避免的有些零散的形式，向读者展现目前所知的全部事实；在展开叙述之前，我要说，即便有人怀疑乔伊斯–阿姆斯特朗的叙述，其中有关海康纳先生以及皇家海军上尉默特尔的事实也是无可置疑的。他们毫无疑问是以手稿中所说的方式走到了人生的终点。

乔伊斯–阿姆斯特朗残篇是在肯特郡和萨塞克斯郡交界处的怀伊汉姆村以西 1 英里处的下海考克发现的。去年 9 月 15 日，一位名叫詹姆斯·弗林，受雇于怀伊汉姆村昌特立农场场主马修·多德的农场雇工，看见有只石楠木烟斗躺在下海考克树篱旁的小径旁。他从那再往前走了几步，捡到一副破损的双筒望远镜。最后，在沟渠中的荨麻丛里，他看到了一本瘪了的帆布封皮"书"，后来证明那是一本有可拆卸书页的笔记簿，其中一些书页松了，散落在树篱底部。他把这些书页收集了起来，但有些，包括第一页，一直没能找回。这让这份至关重要的记录留下了令人遗憾的空白。这位雇工把笔记拿给了他的雇主，后者把它拿给了哈特菲尔德的 J. H. 阿瑟顿博士过目。这位绅士立刻意识到需要专家进行检查，于是手稿被送到了它现在的所在地，伦敦的航空俱乐部。

手稿的前两页不见了。在故事的结尾还有一页被撕掉了，不过这都不影响叙事的整体连贯性。据推测，丢失的开头与乔伊斯-阿姆斯特朗先生作为一名飞行员的资质记录有关，这些资料可以从其他来源收集到，能证明他在英国飞行员中实属出类拔萃之辈。多年来，他一直被视为飞行员群体中最勇敢和最有智慧的人，这种结合让他得以发明和亲自测试几种新设备，包括一种以他的名字命名的常见的回转仪附件。手稿的主体是用墨水写的，笔迹工整，但最后几行是用铅笔写的，而且潦草得几乎难以辨认——事实上，如果是在一架移动的飞机上匆忙草就，那笔迹正该如此。可以补充的是，在最后一页和封面上都有几处污渍，内政部的专家们宣称这些污渍是血迹——可能是人类的，肯定是哺乳动物的。事实上，在这种血液中发现了与导致疟疾的微生物非常相似的东西，而据说乔伊斯-阿姆斯特朗亦曾苦于间歇性发烧。现代科学把一些新武器交到了我们的侦探手中，这也是个引人注目的例子。

现在谈谈这篇意义重大的记录的作者的个性。乔伊斯-阿姆斯特朗此人，据少数真正了解他的朋友说，是一个诗人和梦想家，也是一个机械师和发明家。他是一个相当富有的人，把大部分钱都用在了追求他的航空爱好上。他在迪韦齐斯附近的机库里有四架私人飞机，据说在去年一年中，他进行了至少 170 次飞行。他是一个不爱与人交往的男人，时常情绪阴暗，在这种情况当中他会避开和同伴的交往。最了解他的丹格菲尔德上校说，有几次他的怪癖似乎在向着更严重的方向发展。他在飞机上随身携带一把霰弹枪的习惯就是个例子。

另一个例子是默特尔中尉的坠机给他的思维带来的病态影响。试图打破飞行高度纪录的默特尔，从 3 000 多英尺的高空坠地。说来可怕的是，他的头部完全消失了，尽管他的身体和四肢大致还在。丹格菲尔德说，在每次飞行员聚会上，乔伊斯–阿姆斯特朗都会带着神秘的微笑问道："请问，默特尔的头哪去了？"

还有一次，在索尔兹伯里平原飞行学校的餐厅里，他在晚餐后挑起了一场关于飞行员将会遇到的最永恒的危险是什么的辩论。连续听到了那是空中气阱[1]、结构缺陷和过度倾斜的观点之后，他耸耸肩，拒绝提出自己的观点。不过他给人的印象是他的观点不同于他的同伴提出的任何一个。

值得注意的是，在他自己完全失踪后，人们发现他把私人事务安排得很精确，这可能表明他对灾难有强烈的预感。解释完这些基本情况后，我将如实地讲述这个故事，从那浸着鲜血的笔记簿的第三页开始：

然而，当我跟科塞利和古斯塔夫·雷蒙德在兰斯吃饭时，我发现他们都没有意识到大气层高层会有任何特别的危险。实际上，我没有说出我的想法，但是也很接近了。如果他们有任何相似的想法，他们不可能不表达出来。但

1. 由于湍流等原因引起的空中气压局部异常分布现象。

结果他们只是两个空虚、自命不凡的家伙，满脑子只想着要让他们那愚蠢的名字出现在报纸上。值得注意的是，他们都不曾越过两万英尺的高度。当然，人类早就越过了这个高度，或乘坐气球，或攀登高山。飞机进入危险区的高度肯定远远超过那个点——当然，前提是我的预感没错。

飞行已经伴随我们20多年了，人们很可能会问：为什么这种危险只在我们这个时代才显露出来？答案显而易见。在发动机推力微弱的旧时代，当100匹马力的格诺姆[1]或者格林[2]被认为足以满足所有的需求时，飞行受到很大限制。如今300匹马力已是常规而非例外，拜访大气高层就变得更加容易和普遍。我们中的一些人还记得，在我们年轻的时候，加洛斯[3]是如何通过达到1.9万英尺高度而享誉世界的，那时飞越阿尔卑斯山被认为是一项非凡的成就。我们现在的标准已经大大提高了。过去几年中每年都有20来次高空飞行，其中许多次结果都安然无恙。3万英尺的高度已经一次又一次达到，除了寒冷和哮喘之外没有任何不适。这又能证明什么？一个天外来客可能会降临这个星球1 000次，却一直看不到老虎。然而老虎是存在的，如果他碰巧降落到了一片丛林中，他就可能会被吃掉。高空也有丛林，其中栖息着比老虎更凶险的东西。我相信，最终人们会了解这些丛林的信息的。即便现在我也能说出其中的两个。其中一个位于法国的波城到比亚里茨之间；当我在威尔特郡的房子里写作时，另一个就在我头顶上。我有感觉，汉

1. 格诺姆·艾·朗龙，20世纪早期法国飞机发动机制造商，一战中产品被军队大量采用。
2. 英国飞机发动机公司，活跃于20世纪前20年，格诺姆公司的对手。
3. 全名尤恩·阿德里安·罗兰·乔治·加洛斯，法国飞行英雄。

堡和威斯巴登那边有第三个。

让我开始有这些想法的是那些飞行员们的失踪。当然，每个人都说他们掉进了海里，但这说法让我完全不能满意。起先是法国的韦里耶，他的飞机在巴约纳附近被发现，但人们从未找到他的尸体。还有巴克斯特的情况也是如此，他消失了，尽管他的发动机和一些铁制紧固件在莱彻斯特郡的一片树林里被发现。在这次事件中，埃姆斯伯里的米德尔顿博士正好在用望远镜观察飞行；他宣称，就在云层遮住视线之前，他看到了那架飞机。它在非常高的高度上，突然以一种他觉得不可思议的方式连续几次竖直向上猛冲。那是最后一次有人看到巴克斯特。报纸上就此刊登了一篇报道，但之后没有任何发现。还有其他几起类似的事件，之后就是海·康纳之死。空中悬而未决的谜团一时沸沸扬扬，在半便士报纸上还开设了专栏。然而为弄清事情的真相所做的实事却少得可怜，这多么可笑啊！他从一个未知的高度做了一次长距离滑翔[1]降落地面。他再也没能离开他的飞机，就死在了飞行员的座椅上。死于什么？“心脏病。”医生说。放屁。海·康纳的心脏和我的一样健康。维纳布尔斯怎么说的？维纳布尔斯是他死时唯一在他身边的人。他说海·康纳在发抖，看起来像个被吓坏了的人。“死于恐惧。”维纳布尔斯说，但想不出他所恐惧的是什么。他只对维纳布尔斯说了一个词，听起来像是“怪”什么。他们在勘验的时候对此完全摸不着头脑。但我倒有些想法。“怪兽！”可怜的哈里·海·康纳最后说的是这个。正如维

1. 原义为法语。早期航空术语许多为法语。

纳布尔斯所想，他的确是因恐惧而死的。

然后是默特尔的脑袋。你真的相信——有人真的相信——一个人的头会被摔下来的力道完全压进他的身体中吗？嗯，也许这是可能的，但至少我个人从来不相信默特尔的事情是这样。还有那些油脂，在他衣服上，勘验中有人说，‘都沾满了油’。奇怪的是那之后没人琢磨下这事！我想过——但我已经想了太久的时间了。我曾冲击过三次高空——丹格菲尔德总拿我带霰弹枪狠狠取笑我——但我从来没有升得足够高。现在，有了这台新的轻型保罗·维罗纳[1]飞机和它175匹的罗比尔[2]发动机，我明天应该很容易摸到3万英尺。我要试着冲冲这个纪录。也许我还该试试能不能撞上些别的东西。当然，这很危险。如果一个人想避免危险，他最好不要坐飞机，该坚决地回去穿上法兰绒拖鞋和晨衣。但我明天要去空中丛林——然后，如果那里有什么，我会知道的。如果我回来，我会小有名气的。如果我没能回来，这本笔记簿可能会解释我在尝试什么，以及我是如何为此失去生命的。但，拜托了，别说那是事故或者神秘事件之类的蠢话。

我为这项任务专门选择了这架保罗·维罗纳单翼飞机。要做真正艰难的活计的时候，没什么比单翼飞机更好的了。博蒙特[3]很早就发现了这一点。首先，它不介意潮湿，而这天气看起来好像我和飞机会一直在云里。设计漂亮而小巧，

1. 作者虚构的飞机品牌。
2. 20世纪德国发动机和汽车制造公司。名字来自拉丁文的“力量”。第二次世界大战后位于东德，1990年两德合并后倒闭。
3. 法国飞行员让·路易·科诺于1911年参加飞行大赛时，因其现役军人身份无法使用真名，故用化名“安德烈·博蒙特”报名参赛，并驾驶单翼机取得多次胜利。

对我手部动作的响应犹如一匹衔惯嚼子的温顺良驹。引擎是十缸旋转罗比尔发动机，最大输出175匹马力。它拥有全部的现代化改进——封闭机身、高曲度起落滑橇、刹车、陀螺稳定器，还有三档变速，通过转动百叶窗帘的方式改变机翼倾角来实现。我随身带着一把霰弹枪，一打装满霰弹的弹匣。我指示我手下的老机械师帕金斯把它们放进飞机里时，他那个表情可真够瞧的！我穿得跟极地冒险家似的，在工作服下罩了两层运动衫，穿着厚袜子，靴子里还加了衬垫，戴着有护耳的防风帽，还有我的白云母护目镜。在机库外头这一身闷得要命，但我要去的是喜马拉雅山顶峰的高度，为此必须穿上它们。帕金斯知道有事发生，恳求我带他一起去。如果我用的双翼飞机，大概我就带上他了，但开单翼飞机是场单人秀——如果你想让它在最后能多升高那么一英尺的话。当然，我带了一个氧气袋；不带氧气去创造高度纪录的人不是被冻死就是被窒息——又或两者兼有。

我出发前仔细检视了机翼、方向舵杆和升降杆。就我所见，一切都井井有条。然后我拧开发动机，发现它运行得顺顺当当。一被松开，还在最低速度下，它几乎就开始要上升了。我绕着我家里的场地转了一两圈，好让它热热身，然后我朝帕金斯和其他人挥了挥手，把我的机翼放平，让它全速前进。它像只燕子般顺风轻飏，8英里、10英里，最后我稍稍抬起她的机鼻，于是她开始向我头顶的云堤盘旋而上。慢慢升高，让你在升高的过程中适应压力，这一点非常重要。

对于英国的9月而言，今天是个暖和的日子，有些闷热，即将袭来的大雨让空气寂静而沉重。不时从西南方吹来一阵大风——其中一股风来得如此凶猛，如此出乎意料，以至于一时间把我给卷入其中，转了大半圈。我记得当年，阵风、旋风和气穴一度是危险的东西——在我们学会给发动机提供超量的动力之前。就在我到达云底，高度计显示为 3 000 英尺的时候，下雨了。哎呀，真是瓢泼大雨啊！雨水拍打着我的翅膀，抽打着我的脸，模糊了我的眼镜，让我几乎什么都看不见。我把速度降低了一档，因为顶着大雨驾驶很痛苦。我爬得更高了些，雨水变成了冰雹，我不得不用机尾抵挡一二。我的一个汽缸不工作了——应该是被污物给塞住了，我本该料想到的。但我仍然有充足的动力，稳步上升。过了一会儿，不管那问题到底是什么，总之它过去了，我听到了一些低沉的咕噜声——十个汽缸的歌唱合而为一。这就是我们的现代消音器的魅力所在。我们终于可以靠耳朵控制发动机了。当它们遇到麻烦时，它们会发出那么明显的尖啸、厉叫和啜泣！在过去，所有这些呼救声都是徒然的，那时，所有的声音都被机器可怕的噪声淹没了。要是早期的飞行员们能回来看看这个以他们的生命为代价获得的机械装置，一睹它的美丽和完善，那该有多好啊！

大约九点半，我正挨近云层。在我下面铺开的是广阔的索尔兹伯里平原，上头的一切都被雨水模糊和遮蔽。有半打飞机在 1 000 英尺的高度做着一些无聊的事情，在绿色的背景下看起来像一些黑色的小燕子。我敢说，他们正好奇我在这云中国度做些什么。突然，我下面拉开了一块灰色的窗帘，潮湿的水汽在我脸上打转。空气又潮又冷，真是难受。但我身处冰雹之上了，只凭这一样就比之前好了。这团云又黑又厚，像伦敦的雾一样。在急于获得清晰视野的焦虑中，我翘起了机鼻，直到自动警铃响起；实际上我都开始倒滑了。湿淋淋的机翼让我比想象得要笨重，但不久我就飞入了轻云，又一会儿就飞出了第一层云。在我头顶上，还要高不少的地方是第二层——蛋白石色，状若羊绒，像一层白色的天花板连绵不断，下面则是像一片黑色的地板连绵不断，单翼机就在它们之间奋力向上，画出一个巨大的螺旋。云层间的这种空间里孤独得可怕。有一次，一大群小型水鸟从我身边飞过，飞快地向西飞去。它们的翅膀快速扇动的嗡嗡声和音乐般的叫声在我听来甚为悦耳。我认为它们是水鸭，但我作为动物学家可糟糕得很。既然我们人类已经成了飞鸟，我们必须真正学会通过外表来辨认我们这些同道啊。

我脚下的风在旋转着，摇撼着那片宽广的云海。有一阵子形成了一个巨大的旋涡，一个蒸汽的旋涡，我透过它，好像透过一条隧道那样，看到了下面遥远的世界。一架白色的大型双翼飞机从我下方很深的位置飞过。我觉得这是布里斯托尔和伦敦之间的早间邮件航班。然后，气流再次向内旋转，我又被合拢在巨大的孤独中。

刚过 10 点，我就摸到了上面云层的下缘。它由稀薄的透明蒸汽组成，往东面快速漂动。风势一直在逐渐增大，现在正吹来一阵刺骨的微风——按照我的仪表，风速是每小时 28 英里。空气已经很冷了，尽管我的高度计上的显示才到 9 000 英尺。引擎运转得很顺畅，我们伴着嗡嗡声稳步上升。这层云堤比我预料的要厚，但最后它在我面前渐渐变成了金色的薄雾，然后，我在一瞬间从云层中冲了出来，头顶上是一片晴朗的天空和灿烂的阳光——上面满眼是蓝色和金色，下面目力所及之处尽是明亮的银色，一片广阔的闪光的平原一直向远处延伸。现在是 10 点 15 分，气压高度表指针指向 1.28 万英尺。我一直向上，再向上，我的耳朵全神贯注于马达低沉的呢哝，我的眼睛一直忙于观察手表、转速计、油门和油泵。难怪飞行员被说成是一种无所畏惧的人。有这么多事情要考虑，哪有时间为自己烦恼呢。差不多也在这个时候，我注意到罗盘在离地表一定高度以上后有多么不可靠。在 1.5 万英尺处，我的指北针指向的是东偏南一小格的方位。太阳和风给我指出了真正的方向。

我曾料想在这么高海拔的区域会进入一片永恒的寂静，但我每上升 1 000 英尺，吹来的大风就变得更强。当我的飞机迎面向风时，它的每一个连接处和铆钉都在呻吟和颤抖；当我让它倾斜转弯时，它好像成了一张被风卷走的纸片，飘飞的速度也许胜过任何凡人的步伐。然而，我总是不得不一再转弯，正对着风头，因为我追求的不仅仅是一个高度纪录。我的全部计算都表明，我的空中丛林就在这小小的威尔特郡的上空，如果我在远些的地方冲进了更外面的大气层里，我的一切努力可能就都化为徒劳。

大约中午时分，当我到达 1.9 万英尺的高度时，风大得让我有些担心地看着机翼，一时间觉得自己即将看到它们突然折断或松塌。我甚至解开了身后的降落伞，把它的钩子系在我腰间的皮带环上，为最坏的情况做好准备。现在这种时候，机械师在工作中只要有一点点偷奸耍滑，就会要飞行家付出生命的代价。但它漂亮地撑住了没散架。每一根绳索和支柱都像琴弦一样在嗡嗡作响，振动不休；但看着它尽管遭受了这一切的打击和蹂躏，仍然是自然的征服者和天空的主宰，这是多么的欣悦。人类自身中肯定有某种神圣的东西，令他需得提升自我，大大超越似乎由造物强加的限制——像这场对天空的征服所显示的无私、英勇的奉献也正是这样的提升。说什么人类的堕落！这样的故事何曾被写进我们种族的史册?

我脑子里想着这些，驾着严重倾斜的飞机继续向上爬，风时而打在我的脸上，时而在我的耳朵后面呼哨，下面的云层离我已经很远了，以至于那些银色的皱褶和丘陵全都看不到了，化为一整片平坦而明亮的平原。突然间，我碰上了可怕的前所未有的遭遇。我以前就知道我们的邻居称为“tourbillon”[1]的东西，但从不知道有这么大的。我刚才提到过的[2]那条巨大的、横扫一切的风河，看起来，里面有着和它本身一样可怕的旋涡。我几乎毫无先兆地被突然拽进了一个旋涡的中心。我以飞快的速度旋转了一两分钟，快得让我几乎失去了知觉，然后我猛然跌落，左翼朝前栽进了中间的真空漏斗里。我像石头一样往下掉，下降了近1 000英尺。我被甩到了侧面机身上挂着，全靠了安全带才留在座位上，震动和呼吸困难让我几乎失去意识。但我总能做出最大的努力——这是我身为飞行员的一大美德。我意识到下降的速度变慢了。这旋涡不像是个漏斗，更像是个圆锥体，而我已经到达了圆锥的顶点。我猛地一个拧身，将我的重量全部抛向一边，把飞机拉平，让机头偏离风向。一瞬间我就冲出了涡流，在天空中翱翔。有些后怕，但毕竟取得了胜利，于是我抬起机鼻，再度开始稳定地沿着螺

1. 法语，“旋风”。
2. 原文如此。虽然前文并没有使用这个形容。

旋向上的大业。为了避开危险的旋涡所在，我绕了个大圈子，很快就安全地越过了旋涡。一点钟过后不久，我就抵达了海拔 2.1 万英尺的高度。令我非常高兴的是，我已经飞到了大风之上，现在我每上升 100 英尺，大气就变得愈加宁静。另一方面，周围很冷，我察觉到有种空气稀薄带来的特殊的恶心感觉。我头一次拧开氧气袋的盖子，吸了一点这种场合专用的美妙气体。我能感觉到它像兴奋剂一样在我的血管里流淌，我兴奋得几乎要醉了。我朝着寒冷、寂静的外部世界翱翔，叫喊着，歌唱着。

1862 年格莱舍[1]和考克斯韦尔[2]乘坐气球上升到了 3 万英尺高度时，前者完全失去了知觉，后者症状较轻[3]。在我看来，这很明显是由于垂直上升的速度过快造成的。以一个和缓的梯度上升，让自己慢慢地适应气压的降低，就不会有这种可怕的症状出现了。在同样的惊人高度下，我发现即便没有吸氧装置，我也能呼吸，没有感到太过不适。然而，空气非常寒冷，我的温度计读数是华氏零度。一点半的时候，我已经离地球表面将近 7 英里了，而且还在稳步上升。然而，我发现稀薄的空气给我的飞机提供的支撑力在明显减少，因此我爬升的仰角不得不大大减小。很明显，我应该会止步于前方的某个高度了。更糟糕的是，我的一个火花塞又出了故障，引擎出现了间歇性熄火。对失败的恐惧让我心情沉重。

差不多就在那个时候，我有了一次最不寻常的奇遇。

1. 英国气象学家、天文学家。
2. 英国飞行家，格莱舍的助手。
3. 此次事故中格莱舍骤然昏迷，考克斯韦尔的肢体麻木无法动弹，但未昏迷。他用牙齿拉动了气阀绳给气球放气，让两人死里逃生。

有什么东西拖着一条烟雾的尾巴从我身边嗖的一下飞了过去，然后它爆炸了，发出巨大的嗞嗞声，喷出一团汽云。我一时间无法想象这是发生了什么。然后我想起地球一直在被陨石轰击，如果不是几乎所有的陨石都在大气层外层化为蒸汽，那地球上恐怕就很难适合居住了。这对高空作业者来说是一个新的威胁，因为当我接近 4 万英尺的高度时，又有两颗流星从我边上飞过。我毫不怀疑，在地球保护层的边缘，这种危险将是非常实实在在的。

当我的气压计指针指向 4.1 万英尺时，我意识到我无法更进一步了。从身体上来说，压力还没有超出我的承受能力，但我的机器已经达到了极限。稀薄的空气不再给翅膀提供坚实的支撑，最小的倾斜也会发展成侧滑，同时它对于操纵似乎反应迟缓。可能，如果发动机处于最佳状态，再高 1 000 英尺也可能还在我们的能力范围之内，但它确实时不时在熄火，十个汽缸中有两个似乎失灵了。如果我还没有到达我在寻找的目标所在区域，那在这次旅程中我是绝没有机会看到它了。难道不会是我还没找到它而已？我像一只巨鹰般在 4 万英尺的高空盘旋，让单翼机自行导航，并用我的曼海姆[1]望远镜仔细观察我周围的环境。天空非常澄澈；没有我设想的那些危险存在的迹象。

刚才我说我在兜圈子。我突然想到，我最好进行更大范围的搜索，在空中开辟一条新路。一位进入了地上丛林的猎人如果想找到他的猎物，那他会驱车从中穿过。我的推理让我相信，我设想的空中丛林就在威尔特郡上头的某

1. 1863 年德国移民亨利·威廉·斯狄哲在美国宾州兰开斯特创立的望远镜品牌，曾风行一时。

个地方。应该在我的西南面。我靠着太阳推断我的方位，因为罗盘完全指望不上，又看不到地面的痕迹——脚下只能远远看到那片银色的云海。无论如何，我尽我所能确定了我的方向，让飞机保持正对目标。我估计我油箱里的汽油再过一个小时左右就不够了，但我可以把汽油用到最后一滴，因为她随时可以把我带回地球上，只要来一次华丽的长距滑翔。

突然我察觉到了新的现象。我面前的空气已经不再如水晶般清澈。此刻空气中满是些长长的、细碎的一缕一缕的东西，要形容的话只能说像非常细的雪茄烟气。这东西悬浮在空中，盘旋成圈，缠绕成卷，在阳光中缓缓旋转、扭动。当单翼机从这些玩意当中穿过时，我感觉到嘴唇上有股淡淡的油味，机体的木制结构上多了层油腻的浮沫。大气中似乎悬浮着一些无限细小的有机物。那里并没有生命。那是些生命的雏形，扩散开来，延伸出去许多平方英亩，然后边缘消失在虚空中。不，这不是生命。但这难道不会是生命的遗骸吗？最重要的是，难道它不可能成为生命的食物，巨大而可怕的生命的食物，就像海洋中卑微的浮沫成为巨鲸的食物那样？我脑海中思考着这些，抬眼向上看，然后我看到了人类所曾见过的最美妙的景象。上周四我亲眼看到的这一幕，我真能奢望把它传达给你们吗？

设想一下，一只水母，就像是夏天我们海洋中的那种帆水母，钟形，身型巨大——以我的判断，比圣保罗大教堂的穹顶还要大得多。它是浅粉色的，带有精致的绿色纹理，但那整个巨大的结构极为纤薄，在天空那深蓝色的背景中，好似一个仙子缥缈的轮廓。它以微妙而有规律的节奏脉动着。它身上伸出两条长长的绿色触须垂向下方，缓缓前后摆动。这绚丽的倩影带着静默的尊严轻轻地掠过我的头顶，轻盈而脆弱得像一个肥皂泡，仪态端庄地飘向远方。

我把单翼飞机的机头掉转半圈，好让我可以目送这个美丽的生物，就在这时，我骤然发现自己置身于一支这种生物组成的完美的船队之中，船队成员大小各异，但再没有头一个那么大的。有些相当小，但大多数大约和普通气球差不多，顶部的曲率也差不多。有些身上那种微妙的质地和色彩让我想起了顶级的威尼斯彩色玻璃。淡淡的粉色和绿色是主要的色调，但阳光透过它们精致的形体闪烁，让它们都带上了可爱的虹彩。有几百只这种生物从我身边飘过，这是个绝美的仙灵阵列，奇特而人所未知的空中船团——这些生物的形态和体质与这纯净的高天如此协调，让人简直无法想象在大地上可以实际见到或听到任何如此纤美的东西。

但很快我的注意力被另一个新现象吸引住了——外头空气中的“巨蛇”。这是些由看似蒸汽的材质组成的怪异线圈，又长又细，以极快的速度旋转扭动；它们一圈又一圈地飞来飞去，速度快得眼睛几乎跟不上。这种像幽灵一样的生物有的有20或30英尺长，但它们的周径多少很难说，因为它们的轮廓模糊不清，似乎是融入了周围的空气中。这些空气蛇呈非常浅的灰色或烟色，内部有一些颜色深些的线条，给人的印象是那无疑是某种有机体。其中一条巨蛇正好从我面前一掠而过，我感觉到一次冰冰凉、湿漉漉的接触；但它们的构造是如此的单薄，以至于我无法想象将它们与任何有形的危险联系起来，它们的危险并不超过之前那些美丽的钟形生物。它们的身体里没什么东西比那些破碎的浪尖上漂浮的泡沫更坚固。

但一个更可怕的遭遇正在等待着我。从很高的地方往下飘来一片略带紫色的蒸汽，我最初看到时还很小，但随着它的靠近迅速扩大，最后它看起来有数百平方英尺大。尽管是由一些透明的果冻状物质构成的，但比起我之前见过的任何一样东西，它的轮廓还是要清晰得多，也结实得多。也有更多实体器官的痕迹，特别是两边各有一个的巨大而模糊的圆形盘子（可能是眼睛），然后它们之间有一个非常坚实的纯白色凸起，弯曲而又凶残，就像秃鹫的喙。

这个怪物的整体外形狰狞可怖，它不停地把自己的颜色从非常浅的紫红色变成阴沉而愤怒的紫色，颜色深得它飘到我的单翼机和太阳之间时投下了一片阴影。在它巨大身体的上部曲线上有三个巨大的凸起，我只能把它们形容成巨大的肥皂泡；看那样子，我相信其中充满了一些极轻的气体，用来在稀薄的空气中支撑起那些畸形的半固体物质。这个生物迅速地向前移动，轻松地跟单翼飞机保持同步，跟了我 20 英里甚至更远，就像是个可怕的护航者，在我头顶上盘旋，犹如一只在伺机突袭的猛禽。它前进的方法——动作迅捷得难以看清——是朝前方抛出一根长长的黏质飘带，带子似乎会反过来把那身躯上其余蠕动着的部分给拖向前方。它就像明胶般富于弹性，下一分钟的形状从来都跟上一分钟不同，可每次变化之后都比之前更加狰狞、更加恶心。

我知道它在故意戏弄我。它丑陋的身体上红紫色光芒的每次涌动都在这么告诉我。那双模模糊糊的鼓凸眼总在我身上打转，充满了黏糊糊的憎恨，冷酷无情。我把单翼飞机的机鼻下探，好逃离它。正在此时，从那大团的浮泡中射出了一根长长的触须，其疾如电，蜿蜒曲折着轻轻落下，像是一条皮鞭，鞭梢横在了我的飞机前端。它在炽热的引擎上搭了片刻，发出响亮的嗞嗞声，然后它匆匆飞回到天空中，与此同时那巨大的扁平身躯像是骤然吃痛般把自个缩成一团。我来了一次急速俯冲[1]，但一根触须再次落在单翼飞机上，然后被螺旋桨轻而易举地割断，就像切断烟圈一样。一根长长的、黏糊糊的卷须从后面像条蛇一样滑行而来，绕在我的腰上，要把我拖出机身。我用力撕扯，手指陷入了光滑的凝胶状表面中，一瞬间我已经挣脱开来，但却被另一根卷须缠到了我的靴子上，它猛地一拉，让我身子一歪，险些仰面朝天。

摔倒的同时，我扣下扳机，让双筒猎枪的两个枪口一起开火，尽管事实上这就像用射豆枪攻击一头大象，妄想着任何人类武器都可以重创那巨大的身躯。不过我的准头比我以为的更好，因为随即传来一声巨响，那生物背上的巨大气泡中有一个被霰弹打穿了，爆炸开来。很明显，我的猜想是对的，这些巨大的透明气囊里鼓鼓囊囊的全是些升力气体，因为一瞬间，那巨大的云状身体就朝侧边翻倒，拼命扭动着想找回平衡，那白色的喙带着可怕的狂怒一张一合。但是我已经以我敢于使用的最陡的下降坡度冲了出去，发动机还在保持全速运作，飞行螺旋桨和重力让我像陨石一样向下飞射。我朝身后看去，远处那团模糊不清的

1. 原文为法语。

暗紫色在迅速变小，融入后面的蓝天。我安全地逃出了外层大气中的致命丛林。

一脱离危险，我就关掉了发动机，没有什么比全速俯冲会更快地把机器撕成碎片了。我来了一次从将近八英里的高空开始的光荣的螺旋滑降——首先，到达银色云层的高度，然后到达它下面风暴云的高度，最后，在雨滴的敲打中到达地球表面。当我从云层中冲出的时候，我看到下面是布里斯托尔海峡；不过我的油箱里还有一些汽油，我往内陆飞了20英里，然后降落在离阿什科姆半英里远的一块地里。在那里我从一辆路过的汽车那弄到了三罐汽油。当天晚上6点10分，我在迪韦齐斯自家的草地上轻轻着陆。地球上还没有哪个凡人曾经历过我之前那样的旅程，然后从中活下来讲述这样的故事。我看到了高天之美，也看到了高天中的恐怖——比这更宏大的美或恐怖是超乎人类认知的了。

我接下来的计划是，在把结果公诸于世之前，再去那边一趟。这样做的原因是，我要把这样一个故事摆到我同胞们的面前，无疑必须先有些能拿得出手的证据。诚然，其他人将很快跟进并证实我所说的话，但我希望从一开始就令人信服。那些可爱的虹彩泡泡应该不难捕捉。它们移动时是慢慢飘移，动作灵敏的单翼飞机可以在悠闲行进的半途截住它们。很有可能它们在较浓密的大气层里会融解，我能带到地面上的可能只有一堆小小的无形胶冻。但这样也有了足够让我证实我故事的东西。是的，我会去的，尽管这样做是在冒险。那些紫色的恐怖怪物看起来并不多。我很可能一个也不会遇上。如果遇上了，我会立刻下降。

在最坏的情况下，我还有霰弹枪和我所知的……

不幸的是，这里的一页手稿缺失了。下一页上写着些零乱的大字：

4.3 万英尺。我再也见不到大地了。那些家伙在我下面，有三个。上帝保佑我；这是种多么恐怖的死法！

以上就是乔伊斯-阿姆斯特朗记述的全部了。再也不曾有人见过这位先生。他破碎的单翼飞机残片出现在肯特郡和萨塞克斯郡交界处巴德-勒欣顿先生的私人猎场中，该地离笔记簿被发现的位置只有几英里。如果这位不幸的飞行员的理论是正确的，他称为“空中丛林”的区域只存在于英格兰西南部上空，那么他似乎是以他的单翼飞机的全速逃离了那片丛林，但就在发现那些凄惨残迹的位置的上方，在大气高层的某个位置，他被这些可怕的生物赶上，被它们吞噬了。那架单翼飞机掠过天空，那些无名的恐怖生物在它下面同样疾速地飞行，它们逐渐逼近受害者，始终将他与地面隔绝开来；这画面任何珍视自己理智的人都不会乐意多想。据我所知，仍有许多人嘲笑我在这里所述的事实，但即便是他们也必须承认乔伊斯-阿姆斯特朗已经失踪了，而我，想要向这些人推荐他本人的话：“这本笔记簿可能会解释我是在尝试什么，以及我是如何为此失去生命的。但，拜托了，别说那是事故或者神秘事件之类的蠢话。”

（何锐　译）

碰撞之前

在美国，“生气勃勃的 20 年代”[1]造就了很多专门的杂志，如《爱情小说》（在它之前有创办于 1915 年的《侦探小说月刊》和创办于 1919 年的《西部故事杂志》），甚至还有《纽约客》和《时代》，其内容更精准地针对特定兴趣的读者。其中之一便是创刊于 1923 年的《怪谭》。而雨果·根斯巴克创立于 1926 年的《惊奇故事》则对科幻小说的未来有更大的影响。

英国与此完全不同，它的 20 世纪 20 年代也压根没多少生气。欧洲从第一次世界大战中复苏得很缓慢，而且各国的情况也各不相同，德国恢复繁荣得最快，而英国是最慢的国家之一。建筑业兴起，新的通信业和运输业改善了经济，但旧工业没能重新夺回战前市场，而且英国的失业率仍居高不下。工党赢得了 1924 年的全国选举，却在次年遭遇惨败。1926 年爆发了 5 月 3 日至 12 日的总罢工。

威尔斯在 1933 年创作的《未来事物的形态》（*The Shape of*

1. 指北美地区（含美国和加拿大）20 世纪 20 年代这一时期。十年间，它所涵盖的激动人心的事件数不胜数，因之有人称这是“历史上最为多彩的年代”。

Things to Come）中称这个时期为“沮丧的时代”。这个时代导致英国出现了众多凄凉的未来战争叙事，以及关于人类种族继承的猜测和迎接人类毁灭的天启故事。

威尔斯在他 1908 年的作品《空中战争》（*The War in the Air*）中描述了空中轰炸可能会摧毁人类文明，他在《未来事物的形态》中描述了近乎终结的战争。根据斯塔伯福德的说法，20 世纪 20 年代的其他作品也属于这一范畴，如爱德华・香克斯（Edward Shanks）的《废墟住民》（*The People of the Ruins*, 1920）、西塞里・汉密尔顿（Cicely Hamilton）的《西奥多野蛮人》（*Theodore Savage*, 1923）和肖・德斯蒙德（Shaw Desmond）的《诸神黄昏》（*Ragnarok*, 1926）。

威尔斯在《神食，以及它如何来到人间》（1905）中论述了一种新的人类，在《彗星到来的日子》（1905）中幻想了由彗星尾部气体引起的人类变革。萧伯纳在他的戏剧《千岁人》（*Back to Methuselah*, 1921）中描写了人类物种的未来进化。斯塔伯福德也指出 E. V. 奥尔德（E. V. Odle）的《钟表匠》（*The Clockwork Man*, 1923）和 20 世纪 30 年代的一些作品如奥拉夫・斯台普顿的《最后和最初的人》（*Last and First Men*, 1930）和《怪人约翰》（1934）里也有类似情节。

威尔斯在他的科学传奇小说《时间机器》（1895）和《世界大战》（1898）中描绘了人类终结的图景。在他生命的最后，他创作了一部令人绝望的作品，名为《心智穷处》（*Mind at the End of Its Tether*, 1943），在这部作品中他预测了“一切我们称之为生命之物的终结”“发生在一段由数周和数月而非数代人来估计的时间之内”。他早期作品里的讽刺风格在 20 世纪 30 年代为很多作品重现——比如尼尔・贝尔（Neil Bell）的《第七碗》[1]（*The Seventh Bowl*, 1930）和

1. 意谓世界末日灾难的彻底降临。参见《圣经・启示录》15—16 章。

《生命之主》(*The Lord of Life*, 1933), F. W. 莫斯利的《红雪》(*Red Snow*, 1931), 乔治·格罗格(John Gloag)的《新生愉悦》(*The New Pleasure*, 1933)和《玛哪》(*Manna*, 1940), 以及 R. C. 谢里夫(R. C. Sherriff)的《霍普金斯手稿》(*The Hopkins Manuscript*, 1939)等。

这一时期的另一位作家 S. 福勒·赖特(S. Fowler Wright)的作品通常被归为后两类。他本来是一位会计, 在 1920 年离开了自己的老本行, 成为了《诗刊》的编辑并创作出版了 5 本诗集。他在 50 岁时以一部引人入胜、充满幻想的小说《两栖族：五万年后发生的故事》(*The Amphibians: A Romance of 50,000 Years Hence*, 1925)开始了小说家生涯。在这个故事里, 新物种在人类早已灭绝的世界里艰难求生。

在随后的三十年里, 他创作了将近 50 部小说, 其中 15 部是科幻或奇幻小说, 32 部是侦探小说, 3 本是非小说类书籍, 还有 4 本作品集。此外, 他还编辑了 9 本书并翻译了 3 本书, 包括但丁的《地狱》和《炼狱》。他最著名的科幻作品是《大洪水》(*The Deluge*, 1927)和它的续集《黎明》(*Dawn*, 1929)以及《地下世界》(*The World Below*, 1929), 包括了《两栖族》及其扩充。他在 1954 年出版了《蜘蛛之战》(*Spiders' War*), 那时他已经 80 岁了。

最初于 1929 年发表在《怪谭》上的《老鼠》(“The Rat”)跟赖特的大部分小说和故事不同, 对人类的生存前景没那么感到绝望。事实上, 它出现在黄金时代后十到十五年也不足为奇。他这篇刊登在《怪谭》上的小说表明, 英国作家甚至在 1930 年前就开始关注美国杂志。

(筌嫗　译)

老鼠

S. 福勒·赖特

默森医生看着奄奄一息的老鼠，觉得如果他的实验再拖延下去的话，这只老鼠到不了明早就得死了。

这只老鼠他养了已经 6 个月了，而且买来时就很老了，眼睛都瞎了。

他告诉捕鼠人布里格斯，自己愿意出 5 英镑买贝尔歇姆年纪最大的老鼠；捕鼠人赚到了这笔钱。

当医生第一次凑近这只老鼠时，他就惊讶地发现要找到一只真正年老体衰的动物有多么困难。他发现大自然并不乐于拖延病痛和疲倦的时间，青春流逝，生命也紧随其后。

但他知道，在老鼠与人类的长期斗争中，它们已经形成了某种形式的社会组织，还借用了一些我们的做法。尤其是当它们患眼疾失明后（老鼠很容易患上的），它们的家庭成员会照顾、喂养它们，使得它们的寿命延长到其他情况下不可能达到的年纪。

所以他要了一只年老的老鼠，看着它的生命活力消退；到现在，它已经虚弱到没法爬向为它提供的诱人食物了。

……它已经老得太迟钝了，甚至被针扎到的时候都不会闪躲了。

第二天早晨那只老鼠并没有死；它躺在那儿睡觉，还是又老又瞎，老态龙钟。它看起来不太舒服，但似乎没有昨晚那么虚弱了——而且食物被吃掉了。

默森医生观察到这一点后，一阵兴奋，感到自己的心跳都加快了。他曾以为自己不会成功。

中午他又看了一眼，发现它正虚弱地往疏于打理的厕所爬去。然后他做了一件不太明智的事。

默森太太不喜欢他的实验，他的职业带来的沉默习气也使得他不愿意讲没把握的话。但这次的发现如此重大，他实在忍不住想要与人分享。

“你是说大家都不用死了？”她怀疑地问。即使她认真听了，也没有被深刻触动。她是一位年轻健康的女性，没有一点儿想象力，而且厨师一小时前刚跟她说要辞职。

“是的，这可能意味着，或者几乎是——排除偶然的情况——你看，”他对着这位基本不听他说话的听众继续说，“这不是什么真正的新鲜事。长期以来，我们都知道如果构建身体的细胞受到适当的刺激，就会青春永驻；但找到这种合适的刺激很困难。事实上，有些低级生命根本就不会死。旧个体分裂，每一部分又在分裂的震动中获得新的成长动力。但在高等动物中，随着年龄的增长，细胞中的物质和活性都会改变，这种改变的本质难以捉摸，虽然其结果显而易见……”

医生停住了，因为他察觉到默森太太没有在听。她不喜欢那只睡着的老鼠。

“我不认为有什么东西是在这么老的时候还想活下去的。”她确信地说。她拥有健康的年轻人面对一切老朽特征时的不耐烦。她认为那些事物看起来太蠢笨了。

这时她听到了后门外肉贩子的声音，心思转到了更重要的事情上。她回到了厨房里，开始工作。

这只老鼠很慢很慢地有了好转。它的食欲变好了，行动速度变快了，体重也在增加，而且更注意选择排泄的位置了。它变得更加野性，而且对周围的声音也更警觉。最终，它的视力恢复了。

这是一个缓慢但持续的过程。在接受（仅一次）注射的 3 个月后，它体现出了幼鼠的活性和体力。

默森医生没有再向妻子提起这件事，也没再试图另寻知己。他时常陷入沉思，而且有时候似乎忽然间就陷入了忧郁之中。他的病人抱怨不已，他的业务也受到了影响。

事实是，他开始担心自己的发现可能会造成的后果。

起初，这看起来很简单——影响巨大。他将为自己的种族带来的福祉，是任何前人都不曾做到的。难道他找到的不是一种可以战胜死亡本身的方法吗？他看到这会改变整个地球的面貌。老年将成为一个可憎的传说。疾病将无力战胜他所发现的崭新生机。人类不会在自己的思想接近智慧的门槛的路途中死去。

他想起了自己的病人。科纳夫人由于罹患肺结核，活不过一年了，除非他用自己的新力量来救她——明妮·科纳，有三个年幼的孩子，正在绝望地斗争着，他被请去诊治那缓慢恶化却无力攻克的疾病时，每次都只能说“今天你好一点点了”。他很乐意让她变得健康。作为她的医生，拥有这样的能力，这么做是一项明确且简单的义务。但是（就他所能想到的）他需要做的可能不止于此。他可能会令她接近永生。并不是绝对意义上的不朽，她的身体仍然很可能在暴力行为中受伤或损坏。当然，她也不可能活得比自己所生存的星球长。她的身体将很容易溺水或窒息，但却不会再受制于时间的背叛。喂饱它并抵御暴力，它就不会老化或腐烂。想到明妮·科纳不会老死有点奇怪，但并不令人厌恶。他认为这意味着也需要用同样的手段治疗她的孩子。当孩子们看到自己变得年老体弱，母亲却依然年轻时，会很恼怒。这会令他们的亲属关系显得混乱。她也不会因为这样的闹剧对他心存感激。他很了解科纳夫人，因此他知道要给她这样的恩惠，之后也一定得将同样的恩惠给予她的家人，不然他会不得安宁。好吧，为何不呢？

对于其中两个孩子这没什么难处，但他很讨厌另一个孩子——彼得。一想到将会有一个永生的彼得，他就受不了。问题倒不在于他那内翻的畸形双脚，虽然它们若是成了不再变化的世界中一个长久不变的特征，似乎会让人大为遗憾。问题在于这男孩身上从婴儿时期就表现出来的那些卑劣残忍的品质。他的母亲为此大为心痛，却无力改变。

按照自然规律，彼得会变老，到一定的时候会死去，这样他那令人不快的特征也会随之一起消失。他可能会有孩子，但无论是好是坏，这些孩子都不同于他自己，而且，在适当的时间，他们也会有自己的孩子，子子孙孙永无止境的变化重复着自身。

不管怎样，这前景也总比一个永生的彼得要好。

然而，医生想不出要怎么安排，才可以顺顺当当地在此过程中唯独让彼得不免一死。彼得的精神和身体的确低人一等，他本人的早早消亡十分重要——无论怎么仔细地对他解释这些，默森医生确信，彼得都会对此深恶痛绝。医生想象得出，成年的彼得可能会不顾一切地暴力袭击自己，因为他曾经拒绝向彼得施予永生之惠。甚至可能是蓄意谋杀……

他转而意识到，谋杀这一罪行可能会比现在要更严重——被谋杀致死的可能也会比现在要可怕得多。实际上，任何冒险行为都可能付出无比巨大的代价，从而——相应地——人们会无比抵触冒险行为。

默森医生丢开这些思绪，转而考虑“花斑奶牛”房东脖子上他马上要开刀切除的脓肿，心里轻松了些。

几周过去了，老鼠活力依旧，甚至比以前状态更好。它的眼睛明亮，皮毛光滑亮泽，它的动作轻快敏捷。看起来还很凶猛，时刻寻找着咬人一口的机会。有一次它的牙齿碰到了默森医生外套的袖套，这令医生很好奇老鼠的新活力能否通过噬咬来传递给人。想到这里他有种自己得脱大难的感觉，于是他意识到，对于这个新发现自己的担忧已经多过喜悦。无疑，在他还没有全面细致地想清楚最终的后果之前，他并不想让自己享用这个发现的益处。

同样，老鼠也在令人不安地时刻注意着是否有机会逃脱牢笼。有一次它真的把脑袋从正在关闭的笼门里伸了出来，默森医生猛力敲击它的头部，这才断了它向往自由的念想。默森医生做了个很真实的噩梦，梦见老鼠逃走了，然后他自己的发明被遗忘或被摧毁，以至于这个世界最终落入了数量持续增长的长生老鼠大军的爪中。

自那之后，默森医生每次都会很小心地锁上囚禁老鼠的实验室，并把钥匙装在随身的口袋里。想到老鼠一旦得以意外逃脱之后可能带来的后果，医生就觉得他对于自己的发现的本质还知之甚少。他甚至说不上来自己赋予它的活力能否一代代传递下去。他想象着如果一些多产的害虫被注入了长生的“疫苗”，而且它们依然盲目繁殖，它们可能会变得完全无法控制，甚至屠杀一切妨碍它们的生物。那将为在这个不健全的星球上的生命写下最古怪的结局，即便这个星球在周边智慧生物眼里想必已然是个笑话。

不过，这个想象实在是太不可能发生了。他想象着把自己的发现公诸于众，它带来的好处成为人类的共同财富，接着，一些获得接种的恶毒蟊贼就会成为威胁整个种族的超级罪犯，除非他们肯从此一直循规蹈矩。

他日复一日地审视自己的发现可能带来的后果，每次入眠时都满心迷惘，因为每天他都会想到一些新问题，或是之前未预想到的明显后果。

……他预见到人类将陷入停滞。或许脑力上并不会一成不变，但至少身体会。仅这一点就可以造成深刻的差异和分化了。那些丑陋和畸形的部分都将永久保留下去。也许，它们会更具活力，但活力并不能改变其结构。

……也许会有人煽动剔除掉大脑和身体存在明显缺陷的人，而用更健康的孩子代替他们。但谁来决定呢？那些被鉴定为下等的人会甘愿牺牲吗？他想象着激烈残酷的灭族战争。再者，白种人也许会试图将他的发现归为己用。黑种人和黄种人可能会为了这个无价的秘密而疯狂地攻击他们。白种人会屈服吗？或者说，他们会在这样的冲突中用自己也许不朽的身体冒险吗？如果他们屈服了，种族之间的潜在仇恨是否会不复存在，在那种情况下，是否会爆发最终导致奴役或灭绝的战争呢？

……他意识到，在没有广泛战争的情况下，世界的人口数量将很快达到饱和，他们的孩子们必须停止生育……或者，大概，会偶尔允许出现一个新生儿，以替代在突发事故中死去的人……抑或是很多孩子去替补战争造成的减员。那这个种族还能保持偶然繁育的能力吗？还是说他们最终会落到人口渐渐因为偶尔的事故而减少（不管多缓慢）的境地，而且这样的减少还无法弥补？

……或者，如果依然存在潜在的生儿育女的可能性，那么是否至少会有部分未育的女子对此的渴望会变得不可抵挡呢？也许她们不会欢迎那些赋予他们替换责任的战争？

他从这些思绪中抽离出来，意识到自己正站在恩普西太太床边。

恩普西太太最后一次在卧室地板上步行已经是几年前的事了。她的女儿艾达尽心竭力地照顾她，靠着缝纫和照顾邻居家小孩赚取微薄的收入。乔·霍顿也已经好几年没收这小屋的租金了。她们每周还能从教区收到几先令，这样方才得以度日。

默森医生十年来从未向他们收取过诊疗费，也没有想过这么做。他对待恩普西太太与对待他最富有的病人一样努力，这都是日常工作。

但他没能治好她。事实上，他对此也不抱希望。即使现在，即使他可以给她新的活力，他也仍然不确定她破碎的心灵能否修复。但即便如此，他还是希望能治好她。不管怎样，她都会好起来一些，而且艾达也可以嫁给贝尔沙姆车站那个等了她多年的售票员了。他们都超过30岁了。这是第一个他的发现可以带来超乎想象的幸福的地方。恩普西太太一直怀着不顾一切的怯懦在坚持求生。但即使站在她床边，医生也决定什么都不做——什么都不说——现在还太草率了，影响的方方面面实在太大了。

他抑制着自己，不让自己开出一张会让她魂归天堂，任何其他药物都无法救活她的处方……这带来了另一种想法……毒药的效力会依旧存在……如果死亡的必然性被移除了，那么人们对于毒性可能造成的偶然事故是否会更加恐惧，直到生命变成一种无法忍受的存在？只有时间能告诉我们答案。

在漫无边际的猜测中，一个念头最终从混乱中清晰地冒了出来。如果他的想法是正确的，他的发现可以给人以持久的青春，那么这意味着仅有一定数量的人可以生活得很长久，其他很多人都会活得短些。抛开所有关乎未来生命的理论、所有宗教的幻想和教条，他的发现的唯一后果是会让单一的生命变得更长，但长命的人不多。因此，他的发现只对那些条件远好于他周遭大部分人的中上阶级才真有好处。到那时，将不再有孩子，年龄差距也不复存在，人们将永葆青春。青春是所有人的愿望，年轻人都想保留它，老人也愿意付出一切代价换回它。如果他对自己的发现有把握，那么事情就很清楚了。本想消除衰老，但或许人们没能发现或者太晚才发现，从这世界上消失的反而是青春？

所有外在证据表明，那只老鼠已经重获青春。他为什么还要怀疑，他将会奉献出的是让全世界感激不尽的不朽青春呢？或许他自寻烦恼，是因为他的思想太狭隘，无法理解自己发现的伟大之处？

然而，青春可以永驻吗？年轻不仅是身体上的，也是精神上的。他并不知道……作为一名医生，他倾向于身体占主导地位。但重获的青春是否也是如此呢？

他考虑了另一种可能性。也许随着精神变得疲惫，年龄也会逐渐增长，尽管缓慢得多。然后，人们可能需要定期地接种，以开启新的青春，就像他对这只老鼠做的那样，带着春天来临时的所有快乐。“若年少而睿智——[1]”多少人浪费了青春，又徒劳地渴望它重新回来，有过这段经历后，当他们重新获得青春时，他们肯定比以前更加珍视，并且以一种不同的方式度过它。把年长的经验与年轻的活力结合起来！——接着他看到了自己的错误所在……青春的快乐不在于经验，而在于未曾经历。这是因为冒险总是新颖的：那是一条未经征服的路。

他想了想自己，43 岁的他并不觉得老。他知道在周围的年轻人

1.“若年少而睿智，若年高而多能。”出自西格蒙德·弗洛伊德。

眼中他一定是老了。如果他未婚，去向一位年轻女孩求婚，那个女孩可能会与她的同伴开起玩笑来。

但他身体很好，过着有节制的生活。他的身体仍然强壮有力。尽管他没有青春的容貌。他意识到自己的青春不会再回来了，尽管他看起来比实际年龄小 20 岁。

他突然清醒地认识到，要想重获青春，并不需要多新的身体；他现在拥有的身体足以满足他的目的，仅需要改善影响他年轻相貌的稀疏头发和日渐肥胖的身躯；关键在于让灵魂重获新生，这需要忘记过去。——他在那个方向上没什么发现。从身体上来看，青春可能会持续，但是，几百年甚至几千年后又会是什么样子呢？

他努力回忆自己青春时的想法，以便探究其不同之处。在回忆中他变得心不在焉……他那时常写诗，现在已很多年不做这么愚蠢的事了。尽管这样，他的诗写得相当好，唯一的缺点是诗总是没写完。写第一行总是很简单，旧时的记忆让他想起了过去的冲动。他突然激动地想起自己第一次遇见莫莉的场景……树下野餐……第一次害羞地吻她的肩……那是在他上大学之前……他始终忠诚于她，而她对他也是如此……他不是那种轻易改变的浅薄之人……他现在也爱着她，一如曾经——但是啊！这么多年世界变了太多……

要花费一生才能学会
没人能改变他的航向
来斩断船尾的白痕

二十多年前他写下了这些句子，很好地表达了他的想法。他曾经试图把它们组成一首完整的诗，但他现在明白了，当年那些诗永远不可能完成。他太了解自己和他人了，对自己的缺点也一清二楚。

这就是问题所在。年轻人的稚嫩是一去不返的，年长者的经验并不能替代它。他意识到消除衰老，也就是在消除青春。

意识到这一点，他考虑到了更远的可能性——是否可以同样正确地说，消除死亡就是消除生命本身？那瞬间在他的视线里，生命和死亡在搏斗，难分伯仲，互相获得周而复始的胜利：他看到它们彼此依存，而这场斗争是它们两个都存在的条件……他设想将自己的发现应用于植物世界。如果一棵橡树永远茂盛——是不是就意味着没有采摘和收获的时节，意味着春天不会有新苗发芽生长的空间？——还有个关于食物的问题——为了粮食我们仍需要播种谷物，并在适当的季节收割——也许可以给留在土里的根系持久的活力而格外发达？但是食物问题不仅仅是人类的问题。自然界的每一个生物都靠自己周围的生命饲喂。

这是根本性的。这残酷无情的一面，似乎有悖于上帝慈悲的观点。然而，如果人终有一死，那对于无用的或是失败者的尸体来说，还有什么结局能比用于支撑精力充沛的新生命更好呢……在他的发现将要给这地球的秩序带来的不可估量的巨大改变前，他再次困惑地停止了思考。

或许这个问题对于个人来说太过庞大，那么宣布他的发现，然后让由一部分被选举出来的人组成的小型委员会来考虑是否应该使用它，难道不是件好事吗？但他知道在人们的思想中不会有这样的问题。他们也许会怀疑这么做给他人、异族和动植物带来的好处，但对他们自己的益处是毋庸置疑的。

的确，他或许可以隐瞒这一发现本身，只是宣布自己拥有它，然而即使是这个宣告（如果被人们相信了的话）也可能会激起无法预估的激动情绪……他想着自己可能会被围攻、殴打甚至遭受拷打，直到他同意将发现透露给这个疯狂的世界……

他心神不宁地在实验室里踱步，心烦意乱，担心面对妻子的责备——她不明白医生为什么变了，变老得这么快——以至于他养成了一直待在实验室里的习惯，直到每天散步的时间才出来走一走，他看着老鼠在笼子的板上不知疲惫地奔跑，胸中突然冒起了无名怒火。他想杀了这只可憎的东西，忘掉自己发现的恐怖。也许这样，他就能重新开始享受生活……

他看了看表，惊讶地发现他平时散步的时间已经过了半个小时——而且他和威廉姆·布雷特先生在10点30分还有一场会诊……他赶快匆忙地跑出门。

学校那天上午刚开始上课，彼得·科纳就离开了。他把自己的自由归功于他能肆无忌惮地利用环境的各种因素和同学的轻信。他的两个姐姐感冒了，母亲把她们关在家里。如果他对女教师说母亲怀疑两个姐姐得的是麻疹，他回头会有遭到惩罚的可能，他一贯是会机敏地避免这种情况的。他没有那样做，而是把这句话告诉了杰西·菲普森，她肯定会迅速上报这个情况。当女教师问起彼得时，他便会极力否认。他母亲从未这样说过，他跟杰西说的是她们既没有得麻疹也没有得猩红热。女教师不知该相信谁，只能让他先回家，待她弄清情况后再让他返校。这正是他所期盼的。当他拖着残腿走向默森医生的诊所时，从表情看来心情不错。通常是他的姐姐来取母亲的药，但今天她们没来学校，这个任务就落在了他头上。他很讨厌默森医生，不喜欢去那里。他憎恶默森医生的眼睛，那双眼睛似乎不费吹灰之力就看穿了他，然后又看向别处，好像他不值得一看。但他今天必须得去了，还抱着一线希望。他并不期望在中午前能拿到药，他也知道医生早上不在家。但这不能怪他，他本来就是在回家的路上来拿药的。

他发现诊所的门没关，有时候默森医生不在，门也开着。他早就料到了。他知道贝尔沙姆大部分的门在什么时候锁或开，他不经常利用这些知识。他的残腿令他没法隐瞒或处理非法所得，这些身体上的困难阻碍了他主观上的不诚实想法。但在他的梦里（和其他孩子一样多次做过的梦），他常常是个神奇的飞贼。

只要他按一下诊所的门铃，女仆或者医生的妻子就会过来开门，但他毫不迟疑地转了一下把手，在门道上静静地站着，直到他确信周遭一片寂静。然后他穿过诊所大门，走向过道。他移动起来不可避免地会发出响声，但远处厨房里的陶器声让他定下心来。出乎他意料的是，过道尽头的门上插着钥匙。

默森医生不经常用活体动物做实验，但众所周知，他拥有活体解剖证书。进入那间屋子是彼得一直以来的梦想，他曾在路过时努力把脸趴在栅栏上往里看，模糊地想象着藏在磨砂玻璃背后的恐怖景象。

现在门甚至没有锁，钥匙插在锁孔里。彼得悄悄地打开门，走了进去，又关上了门。

默森医生没走多远，就被他到底有没有锁门的疑虑弄得心烦意乱。他几乎可以肯定他锁了——是的，他相当确定——但他隐约感到不安。他在自己常用的口袋里摸钥匙，但没找到。他又摸了另一个口袋，也没有。他肯定是把钥匙忘在门上了。他现在确信自己肯定转动了钥匙，但没有把它取下来。这正是他不安的原因。实际上，真的没什么。在这种情况下，家里没有任何人会进入房间。莫莉肯定不会，她讨厌那个房间，除了去找他，从没进去过。更确定的是，女仆不会贸然进去打扫，除非他叫她这么做。在男人工作的地方，女人就是麻烦。他明白她的感受。实际上，正是这个女仆在村子里说的话，使得彼得·科纳现在来到了房间里。但默森医生并不知道这点。他只是想着，如果家里的女人们发现门从外面锁上了，钥匙插在上面，就会知道他不在里面，也不可能进去。但他能确定他锁了吗?

本来他肯定不会再回去了，但令他更懊恼的是，他忘带了一些临床笔记，这些笔记在接下来的会诊中要用到，他已经迟到了。

他匆匆往回赶。在途中，他下定决心今晚就把那只老鼠杀了，并把他发明的血清也毁掉。他突然清醒地意识到，造物主对自己作品的了解应该比一个贝尔沙姆的地方医生要多得多。这一决定让他有种如释重负的感觉，这感觉令他更加相信这一决定是明智的。当他走过诊所，穿过通道走向外面的房间时，他的心情比过去几周好多了。

威廉姆·布雷特先生在病人家里等了半个多小时，这场会诊是为了挽救病人的健康和减轻他的经济负担而安排的。他给默森医生家里打电话要求解释，耽搁了一会儿后，他才收到了答复：医生突然病倒了，非常遗憾，预约的面诊得推迟到第二天。

验尸官宣布暂停彼得·科纳的验尸工作。他很了解默森医生，因此难以置信他会犯下如此古怪又莫名其妙的罪行。他期待能找到医生，或者医生回来自首，提供一些令人满意的解释。但是警察没有因为类似的犹豫而迟疑。在医生失踪后的24小时内，彼得·科纳的尸体被找到了。事实是医生失踪了，前一天他从银行取走了近400英镑的国库券（几乎是所有可用余额），这使得警察可以轻易地取得搜查令……但搜查令现在还没有被执行。

默森医生是大大方方地步行去了车站。他和站台上遇到的熟人闲聊，甚至还进了一个有人认识他的隔间。他去了伦敦，说要去找一些亟待更新的医疗器械。然后就杳无踪迹了。

遇到过他的人都一致认为他的精神特别好。事实上——这是该案的一个小疑点——自早上彼得被看到走进诊所后，医生的举止就很明显变了。所有人都注意到了这一点，好像从他身上突然卸下了一些恐惧和麻烦的沉重负担。

默森太太——尽管验尸官发出了警告，她还是坚持出庭做证——也证实了这一点。她进入证人席，极力反对一切压倒性的证据，主张医生根本没有谋杀彼得，还坚称他自己一直害怕一些神秘的敌人，这些敌人不仅造成了彼得命运的悲剧，还导致了她丈夫的失踪。

她这些朴素真挚的证词令人信服，听证者被她的真诚打动了，并深表同情，但这并不能动摇对失踪医生定罪的证据的分量。

警方证实那天早上医生不知道彼得会被学校放出来，但是他们的理论是医生在路上偶然遇见了彼得，并且认为这是个意外的机会，可以让他犯下以前脑海中就构思好的罪行。他让男孩去诊所等他回来。他走另一条路很快回到了诊所，没人注意到他，他迅速处置了未起疑心的受害人。他家里的人承认，直到威廉姆·布雷特打电话过来询问医生，他们才知道医生在家，医生透过半开的门说他不舒服，预约必须得推迟到第二天。

医生冷酷无情地解剖着受害者的尸体，这时寻找失踪男孩的警察来到了他的诊所附近，调查的声音越来越近，出于自己安危的考虑，医生决定立刻出逃，以避免为转移尸体或者毁尸灭迹而拖延出逃所带来的额外风险。

这就是警方的假说——解释不了冒这么大的风险进行如此可怕的行为有什么充分的动机，而且在医生过去的经历中也没有任何记录可以支持他会犯如此鲁莽恶劣的罪行。然而，与其他可能的情况相比，这个观点的优点在于能够合理满足所有既定事实，即使那些最不愿意相信医生犯了这起谋杀罪的人，也没法合理解释为什么男孩的尸体会在医生的屋子里，以及医生紧接着的沉默和离开。

默森医生在帕丁顿下车已经两个月了，有人看到他悠闲地走下通往毗邻终点站的地铁站的楼梯。警方无疑会继续调查，公众也会依然沉浸在残缺不全的“线索”之中，但是验尸官没有任何理由再推迟验尸了，找不到避免使陪审团明显会做出那种裁决的方法。这使他不得不痛苦地对一位老朋友发出逮捕令——内心带着难以释怀的歉疚感，不过实际上这并不重要，警方早已依据治安官的逮捕令开始采取行动（而进行诉讼的时间还没到）。

验尸官没有多少证据要提交，只有对被肢解的尸体进行了尸检的内政部专家莱昂内尔·蒂普希夫，会以奥林匹克般公正的态度说出他对死者死因的看法，警方常依赖他的说法处置嫌疑犯。

验尸官的审讯庭又小又挤。那天下着雨，审讯庭里的气氛很低沉，弥漫着潮湿雨伞的气息。屋子装修得很简单，有一张专用法律桌，一把验尸官的扶手椅，一间供陪审团使用的隔间，还有一些供听众和证人等候时就座的长椅。房间很干净，窗户又宽又高。然而，窗户的一面有没法清除的污垢，就好像在不断的、徒劳的清洗中，这些根深蒂固的灰尘始终未能被消除。

默森太太坐在前排长椅上，神情严肃，但并不十分痛苦。她丈夫的表弟雷金纳德·默森先生坐在她旁边。这位先生（她以前不知道他的存在）是在默森医生失踪六周后从阿根廷过来的。他本是偶然来拜访自己二十多年没见的表兄，却发现自己身处一出如此奇怪的悲剧之中，他正好有时间，就想在审判结束前尽可能地帮助表兄的妻子。他拒绝了住在这所房子里的邀请，宁愿在“花斑奶牛”那里租了一个房间，但即便是这样慎重的选择也没能阻挡不友好的流言蜚语，流言把默森太太的镇定归功于他恰如其分的陪伴。

在这一点上，流言也并非全然错误。但这位医生妻子的情感，她自己也百思不得其解，不太可能被陌生人观察清楚。她对自己消失的丈夫的忠诚从未动摇，热情也没有减少。她当然认为他没有谋杀任何人，而且她也非常肯定他还活着；她也同样确信他会在自己决定的时间回来，以他惯有的效率处理这件事。她认为整个麻烦都是由一些敌意造成的，至于说敌意的本质为何，正如缺乏合理的想象力的人们身上常见的那样，她的想法实在有些不着边际。雷金纳德·默森先生与丈夫相似的相貌吸引着她，有时也令她迷惑不解，并不是像自己上次见到的丈夫，而是像丈夫刚与她订婚和婚后最初几年的相貌。他的声音虽然更强而有力，却与丈夫的声音奇怪地相似；尽管他的头发很茂密，而她丈夫已经部分秃顶了，但却有着一样的颜色和发质——或者说，可能稍微深了点儿。他的特征也与丈夫一个样，除了上唇的短毛外，但甚至连这也让她想起丈夫曾经的蓄须模样。他说话很慢，很有戒备心，但即使如此，他也会时不时地发表一些令人费解的评论，表明他对家里过去的事很熟悉。

她并没有掩饰他的出现给予自己的信心，尽管这其中也不乏蹊跷之处，他从来没有坚称医生是清白的，也不建议医生回来为自己的名誉辩护，偶尔谈及她的未来时，他话里话外似乎认为最终的结局是医生消失了，而她应该接受这一点。

负责此案的克拉克森探长没有忽视这个年轻人奇怪的到来，尤其是当他没有在任何最近抵达的邮轮航班旅客名单中找到默森的名字时，他的疑心也就与日俱增了。他不知道如何将雷金纳德·默森与犯罪联系在一起，因为没有任何证据表明犯罪发生时他就在附近。但探长觉得他可能是个获得有价值信息的来源，很可能知道医生的藏身处。如果查明事实，指出他作为从犯可能受到的惩罚，他就很可能招供。

探长派人监视了他，却毫无所得。除了默森太太，他似乎没有熟人。他没有书信往来。探长决定与他面谈。

雷金纳德先生亲切地接待了他，随即就提起了这起谋杀案，并对他没能抓住嫌犯表示同情。这种情况似乎令他很愉悦。探长不觉得他是在开玩笑，也不喜欢他说话的语调。他断言嫌犯很快就会被逮捕，语气中带着他其实并没有的强烈信心。“伦敦警方，”他大胆宣称，“最终总能抓到罪犯。”

雷金纳德幽默地暗示自己可能就是伪装的医生。探长会逮捕他吗？如果有站得住脚的理由的话，探长会很乐意这么做。探长曾考虑过这种可能，现在却被他在说笑中提出来。这个神秘的表弟在这样一个时间点出现，还来历不明，即使是小说中最迟钝的侦探的注意力都会被吸引过去，更别说是克拉克森探长这样能干的警官了。

但他的判断力太强了，不会容许自己犯下如此明显的错误。他知道化装能做到什么程度，也知道其局限性。他从未见过默森医生，但他仔细审视了最近的一些照片。他了解医生的年龄。他和之前每天都会见到默森医生的当地警员讨论过他的外貌。

在突然消失的医生和突然出现的表弟之间有着超乎平常表亲的相似之处。但他们之间的差距又超过了化装所能掩饰的程度，这也很难解释。一个人不能用浓密的天然头发来掩盖秃顶，一个日渐圆胖的人也不能在几周之内把自己塑造成苗条且明显年轻的身形。一个 45 岁的男人不可能把自己伪装成只有实际年龄一半大的样子，还在阳光明媚的早上，在大街上骗过仅站在他两英尺外的侦探敏锐的眼光。

克拉克森探长只说了句今天天气很好。

那是昨天的事情。今天在验尸官的审讯庭上，探长的眼睛一直盯着同一个方向。他对莱昂内尔·蒂普希夫的证据不太感兴趣。一个原因是他知道内容，另一个原因是他并不看重这位专家证人。他很会打动陪审团，但警察和律师们清楚，总能找到另一个和他一样会打动陪审团的人来反驳他。莱昂内尔先生是个唯命是从的专家，常受雇于王国政府。自然，他证据的准确可靠性就像检察官不会提出囚犯中存在无辜的人一样——因为正是他们对这些囚犯提起诉讼的。

所以当莱昂内尔先生以一种对自己的准确无误略微有点厌烦的态度讲述他的验尸结果时，探长神游天外了。这位专家向审讯庭保证，尸体是在去世大概几个小时后被肢解的——可能是 7 小时后——肯定是对解剖学有相当了解的人做的。内部器官保存完好，而且（按某些技术性标准）是健康的。没有投毒迹象。尸体上有遭受暴力的痕迹，包括腿上一些由钝器造成的淤伤（没错，它们是在彼得突然去世之前的下午，在学校操场上被邦尼·辛普森的靴子弄的）。

听众们被冷酷果断的声音催眠得认为他已经提供了额外的重要证据。只有习惯于分析证据的验尸官意识到，在已经知道和可以从已承认的情况中推断出的证据中没有添加任何新内容，他正准备对陪审团说些什么，这时雷金纳德·默森先生站了起来，以一种恭敬但镇静的态度表示作为失踪医生（他的名誉受到极大的关注，不幸的死亡发生在他的住所里）的直系男性亲属，他能否根据莱昂内尔·蒂普希夫提供的证据向他提出几个问题。

验尸官犹豫了一下，他的调查没有刑事法院那么正式。可能是由于所有验尸官都不属于法律行业这一事实（很多是医生），要规避任何形式的口头交流，除非是通过付费律师作为媒介的规矩在这里没那么死板。但以这种方式讯问证人不太常见。他正想说如果默森先生提出问题，他自己愿意解答任何他所能证明的问题。然而那位绅士，把他的犹豫当成是默许，向莱昂内尔先生提出了一个出人意料的问题，莱昂内尔先生沉默了一会儿。

“请问您可以告诉我，实验室里除了彼得·科纳的尸体外，还发现其他尸体了吗？”

莱昂内尔先生本来已走离证人席几步了，听到问题他转过身，干巴巴地给出了精准的回答。

“没有其他人类残骸。默森医生最近一次在实验室工作，似乎是在解剖一只刚被杀死的老鼠。”

“那么，在那个时候，默森医生手上同时还要忙着处理男孩的尸体，难道这不表明两者之间一定有某种联系吗？”雷金纳德先生继续问道，但验尸官赶在莱昂内尔先生回答前插话了。

“默森先生，如果您有任何对本次调查可能有帮助的资料，我必须请您宣誓，并以正常的途径提供证据；您不能以暗示的形式将它提供给其他证人。”

默森先生对于这一指责既没有感到不安也没有感到恼火。他轻易地就给出了回答。他为自己不知道正确程序而道歉，他懊悔没有接受验尸官的建议。他只是想到了，就怀着胆怯的心情提出了这个建议——医生可能是出发后突然想起来自己没有按平时的做法把门锁上，因此急忙返回，却发现男孩擅自闯入了房间。假设老鼠已经被接种了某种新型可怕的病毒，男孩打搅了它，就被咬了，那么男孩就一定会感染这种病毒，不仅他自己会死，还会把病毒传染给他人。那么医生在看到这个场景时决定不顾个人风险，采取一些措施预防这样的后果，难道不是一件很自然的事情吗？甚至可以说是医生应尽的义务。

审讯庭上的人们在令人紧张的沉默中聆听着这一不可思议的理论。莱昂内尔先生给出了一个排除这种可能性的回复，尽管没人求助他，验尸官出于对他名字和头衔的尊重，默许了他的插话。

“老鼠没有生病。它是一个非常健康的样本。实际上，它是我见过的最健壮的老鼠。身上的每个器官都生机勃勃。”

“那么，如果它的身体状况如此不同寻常，那么当男孩打开它的笼子时，难道它不会跳到男孩的喉咙上（与老鼠笼子几乎处于同样的高度）咬出一个很严重甚至致命的伤口吗？”

莱昂内尔先生总是很愿意回答任何问题，他正要开口，却被验尸官迅速打断了，他的想法再也没有机会说出来。

“默森先生，我不认为，通过假设各种不可能的事情能得出任何有意义的结论。如果要提出这样的辩解，那也应该是由默森医生本人，或者是某些指定为他讲话的辩护者来提出。我不知道除了所谓的亲戚关系（即使这一点也尚未被证实）外，你还有什么资格代表他。默森医生失踪了。当他听到询问的警察正往他这个方向走时，他主动出逃了，并把这个不幸男孩的尸体留在了他的房子里。恐怕陪审团会得出他们自己的结论。”他停顿了一下，然后向陪审团提出了一个简短清晰的指示，让陪审团做出裁定。裁定结果很可能会是失踪的医生犯有故意杀人罪。

雷金纳德·默森先生转向他旁边的女人，低声说了些什么，默森太太笑了，和他一同站了起来。显然，他们不打算等待听到判决结果了。他自己举止的安逸与自信似乎感染了他的同伴，默森太太好像有点轻松愉快地出去了，就像终于从一件不愉快的事件中摆脱出来了似的。

当他们走下通往街道的台阶时，克拉克森探长碰了碰默森先生的胳膊，他礼貌地转过身来。

“我就想问问，”探长说，“你是怎么知道那个男孩打开了笼子的？”

默森先生似乎被逗笑了，“我周一晚上梦到的，探长……”他愉快地补充道，“我很擅长做梦。”

探长手插兜，指头紧紧握着他持有的搜查令。他非常希望自己能有勇气，依循自己的直觉逮捕默森先生。那样他将会一举成名——又或者身败名裂。然后他惊觉默森先生又在跟他说话了，而且是以开玩笑的语气：“探长，这样不好。你得不到更多证据了。自愿陈述已经结束了。担心无益。”他和善地说，“你最好回家去，把这些都忘了。”

尽管不太喜欢，但探长不能否认这是个合理的建议。他想到了自己的妻子和孩子，想到了那些经常升职的官员们在晚年惬意地领取着养老金，这些官员可从来不会犯引来报刊负面评论的错误。他闷闷不乐地转过身去。

默森医生高兴地往家走，身边是认不得他的妻子。他很爱莫莉，他陷入了疑虑（就像之前那样），不知道是不是该让她看看自己左臂上的胎记了。他也不知道现在是不是使用右边口袋里皮下注射器的时机，它应该可以恢复妻子的青春，并赋予她自己已经体验到的活力。她现在这样，默森也爱着她，但如果她看上去年轻20岁，他也一定会同样爱她。但他找不到给她注射的借口，也不太清楚，在没有事先解释后果的情况下这么做是否合乎道义。他感到，要说服她相信事实真相并不容易。但他也觉得，如果她也分享了自己的体验之后，要承认他的身份会更容易一些。

不过，不必太着急。拖延甚至有好处。他想象着克拉克森探长研究起失踪医生妻子的外形改变来会是什么样子。那一定很有趣。这几乎不可能有危险。不过，这是一个没必要冒的风险。慢慢来。

是的——他准备进屋喝杯茶。

（笠婳　译）

放眼天外

20 世纪 30 年代始于大萧条，终于第二次世界大战。经济困难对这十年间发生的许多事情都有深刻影响。美国在大萧条中已然十分艰难，而欧洲受创更深。在美国，艰难时世助长了娱乐业的发展，提供廉价娱乐的电影和纸浆杂志尤甚。在英国，纸浆杂志则从未繁荣过。

1929 年，雨果 · 根斯巴克失去对《惊奇故事》的控制权后，创办了后来叫作《神奇故事》的杂志。对科幻小说的发展更为重要的是，克莱顿杂志集团于 1930 年创办了《超科学的惊异故事》，后于 1933 年破产，并将该杂志出售给了斯特里特与史密斯出版社，在那里它的主编换成了 F. 奥林 · 屈里曼，1937 年又换成了约翰 · 坎贝尔，那个君临科幻黄金时代的人。

英国粉丝和作家初识美国科幻杂志时，它们是被船运到英国（传说是作为压舱物），在伍尔沃斯百货店里作为“扬基杂志”廉价出售的。美国的粉丝运动是杂志上的文字专栏所创造的，但由于这些杂志的进口，英国科幻同好圈的肇始几乎和美国一样早。

英国行星际协会成立于 1933 年。正如迈克·阿什利所指出的，学会中的科幻迷们，其中包括约翰·卡内尔、沃尔特·吉林斯、威廉·F. 坦普尔和阿瑟·C. 克拉克，比科学家更活跃。1937 年，英国科幻协会成立了。最终他们在 1937 年创办了英国科幻杂志《奇谭》，在 1942 年停刊前出版了 16 期季刊。

有些英国作家为早期的《奇异故事》和《神奇故事》做出了贡献，比如乔治·C. 沃利斯，这一位的写作生涯从 1896 年持续到了 1947 年；本森·赫伯特和 J. M. 沃尔什为《神奇故事》撰稿；费斯图斯·普莱格内尔在《神奇故事》和《惊异》上发表了故事，向后者供稿持续到 1943 年。许多作家主要致力于出书，比如约翰·格洛格，他出版了近 40 本关于家具和建筑的书，但也写了大约 20 部小说，其中 5 部是科幻小说。

英国粉丝活动的发展壮大加快了英国人在美国杂志上出现的速度，很快，英国作家的名字在《神奇故事》和《惊奇故事》甚至《惊异》上变得司空见惯，其中包括埃里克·弗兰克·拉塞尔（Eric Frank Russell），还有那位名字老长一串，后来以最前面两个词闻名的作者——约翰·温德姆，还有两位是约翰·拉塞尔·费恩和威廉·F. 坦普尔。

费恩是一位多产的作家，他的第一部科幻小说《智力巨人》（*The Intelligence Gigantic*）于 1933 年在《惊奇故事》连载。他被屈里曼在《惊异》中的“奇思怪想”系列[1]所吸引，而后就经常在该杂志上发表作品，成为了英国第一位全职科幻作家。后来他也在其他杂志上发表文章，接受合约写了一系列侦探小说和西部小说；到了 20 世纪 50 年代，他以瓦戈·斯塔滕之名写了一系列科幻小说，结果

1. 1933 年，屈里曼发表编辑文章说征求有奇思怪想的原创性强的文章。一个月后开始此类新颖故事大量涌现。

这些故事大受欢迎，以至于发行了《瓦戈·斯塔滕科幻小说杂志》，在1954年到1956年间出了19期。费恩还在《多伦多星周刊》上发表过小说。

坦普尔的产量就差远了。他为美国、英国和苏格兰科幻杂志创作了许多故事，但只有9部长篇小说，其中8部是科幻小说。他最著名的小说是《四边三角》，它作为封面故事出现在1939年的《惊奇故事》上，1949年改成了长篇小说，1952年拍成了电影。

然而，20世纪30年代最大的事件发生在杂志和粉丝圈之外：主流作家开始被科幻这一类型所吸引。阿道斯·赫胥黎于1932年发表了他的名作《美丽新世界》（*Brave New World*）；C. S. 刘易斯于1938年发表了《沉寂的星球》（*Out of the Silent Planet*）；还有奥拉夫·斯台普顿于1937年完成了他的《创星者》（*From Star Maker*）这一神思悠远的哲学小说巨作。

斯台普顿的第一部小说《最后和最初的人》中，对于人类物种未来历史的推想激发了一代科幻作家的灵感。《怪人约翰》（1935）成了经典的超人类小说。《天狼星》（*Sirius*, 1944）描绘了一只智能狗，可能是斯台普顿最成功的小说。但《创星者》是他对于宇宙的起源和意义以及试图理解它的千差万别的智能种族那些思维宏大幽远的构想。

（何锐　译）

创星者（节选）[1]

奥拉夫·斯台普顿

这就是宇宙在接近它生命旅程的巅峰，以及所有年代的所有生灵都隐隐约约为之奋斗的启示时的状况。奇怪的是，这新时代的人们，拥挤而贫乏，数着他们最后一便士的能量[2]，竟然完成了让那些光辉灿烂的早先时代的主人们为之挫败的任务。他们这完全是鹪鹩智胜老鹰[3]的实例。尽管处境艰难，他们仍然能维持住宇宙共同体和宇宙心智的基本结构。凭借天生的洞察力，他们得以利用过去来深化他们的智慧，远远超出以往任何智慧所及。

按照人类的标准，宇宙的巅峰时刻并非（也不会是）一刻；但按照宇宙的标准，那确实是个短暂的瞬间。当数百万银河系的总人口中略多于一半的部分已经完全进入宇宙共同体，并且很明显不能指望会有更多人加入后，接下来是一段宇宙冥想的时期。人们维系着他们窘迫的乌托邦文明，过着他们各自的生活，进行工作和社交，

1. 原书共 16 章，这里的部分选自第 13 章《最初和最终》。
2. 节选部分前文讲到，此前宇宙中的文明都发生了大规模收缩，基本被拘于各自的母星周围，靠很有限的能量和物质度日。
3. 出自《伊索寓言》。鹪鹩在飞行比赛中悄悄乘在老鹰背后，等老鹰飞不动后再度起飞而获胜成为鸟王。

与此同时在公共层面上重塑了整个宇宙文化的结构。在这个阶段，我没太多好说的。每个星系和每个世界都被赋予了一个特殊的创造性思维功能，所有人的工作都融为一体，这就足够了。在这一时代接近结束时，我，公共意识，脱胎换骨，破茧而出；在那片刻间，这宇宙正处于其巅峰时刻，我直面了那创星者。

很久以前我作为宇宙意识所经历的那个永恒的时刻，如今在这本书的人类作者心中，除了还记得痛苦的至福感，以及对激发我这种感觉的经历本身的一些不连贯的记忆，已经没有剩下什么了。

无论如何，我还是必须讲述一下那次经历。面对这项任务，我不可避免地会有一种极度无力的感觉。人类历史上所有时代最伟大的头脑都没能成功地描述出他们获得最深刻洞察的那一刻。那我如何敢尝试这个任务？然而我必须这么做。即使冒着受到完全应得的嘲笑、蔑视和道德谴责的风险，我也必须结结巴巴地说出我所看到的。如果一位遇难的海员坐在他的木筏上，随波逐流经过了神奇的海滨，那他回到家中后，就不能静默不言。有教养的人可能会厌恶他粗鲁的腔调、笨拙的措辞。有见识的人可能会嘲笑他不能区分真实和幻象。但，他必须开口。

巅峰时刻和之后[1]

在宇宙的巅峰时刻，作为宇宙意识的我，在我自己看来，似乎面对着一切有限事物的源头和归宿。

1. 前文为本章第二小节末尾。

当然，在那一刻，我并非用感官感知到那无限的精神，那创星者。我的感官只感觉到我以前所感觉到的，许多垂死恒星世界的人口稠密的内部。但通过这本书中称为“心灵感应”的媒介，我现在获得了一种更加内在的洞察。我直接感觉到了创星者的存在。最近，正如我说过的，我已经被一种感觉深深地吸引住了，那就是除了我自己，除了我的宇宙级身体和有意识的头脑，除了我有生命的成员和一群群燃尽的恒星，还存在着别的什么，隐隐约约，仿佛在一层面纱之下。但现在面纱颤抖起来，在心灵的视野中变得半透明了。万物的源头和归宿，创星者，隐约显明在我面前，作为一个异于我意识自我的真实不虚的存在，在我的视野中的一个客体，可又在我自性的深处；也作为我本身，虽然是无限地超出我自己。

在我看来，我现在从两个方面看到了创星者：作为精神的特殊创造模式，是祂产生了我，这个宇宙；同时，极尽庄严地，它较创造力无可比拟地要更为宏大，可说是那绝对精神的一得永得的完善。

真无聊啊，这些话真是无聊而琐细。但那经历绝非如此。

面对这比我最深的根更深，比我最高的顶更高的无限，我，宇宙意识，所有星辰和世界的精髓，被震骇了，就像一个野蛮人被惊雷和闪电所震骇。当我在创星者面前自感极度卑微之际，我的思维被一阵图像的洪水所淹没。世界上所有种族幻想出的那些个神灵再次自动向我涌来，祂们象征着威严和慈爱、无情的力量、盲目的创造力，还有无所不见的智慧。虽然这些图像只是被创造出来的心灵幻象，但在我看来，它们每一个都确实体现了创星者对生灵的影响的一些真实细节。

当我凝视着这大群的神灵从那众多世界如烟云般朝我飞升而来时，一个新的形象，一个无限精神的新象征，在我的脑海中形成了。虽然它出于我本身的宇宙思想，但它创生自一个比我更伟大的存在。

这图景使作为宇宙意识的我感到那么自惭形秽而又心醉神迷，虽然对这本书的人类作者来说它已几乎荡然无存。但我必须尽我所能地用那细弱的言语之网竭力重新捕捉它的形象。

我感觉，我已经穿越时间，回到了创造的一刻。我观看了宇宙的诞生。

那精神在冥思。它虽然是无限的、永恒的，但却将自己局限于有限和短暂的存在中；它冥思着一段不愉快的过去。它对一些过去的创造不满，那些创造在我是不可见的；它也不满足于它自身早先的质性，不满驱使那精神去做崭新的创造。

但此刻，照我的宇宙思维所酝酿的幻象，绝对精神，为创造而自我限制，将其本身具象化为一个具备无限潜能的原子。

这个微宇宙中孕育着胚芽——合适的时空以及所有种类宇宙生灵的胚芽。

在这个没有时间的宇宙中，有数不胜数但并非无数的物质的能量中心，人们含含糊糊地把它们想象成电子、质子和其他；它们起初相互叠合。它们处于休眠状态。1 000 万个星系的物质休眠在一个点中。

然后创星者说："要有光。"就有了光。

从所有那些叠合在一起、不知时间流逝的能量中心里，光芒跳出、闪耀。宇宙爆炸了，将其中潜在的空间和时间实化。能量的中心就像爆炸的炸弹碎片一样，被四散抛掷。但每个碎片中都保留着作为整体的单一精神的记忆和渴望；每一个都在自身反映出散布在宇宙时空中的其他所有碎片的各个方面。

宇宙现在不再没有时间流逝，它是一团不可思议的致密的物质和不可思议的剧烈的辐射，不断膨胀。也是一个沉睡的、无限分离的精神。

但说宇宙在膨胀，也等于说它的成员在收缩。那些最初都与那无时的宇宙重叠的能量中心，最终它们自己通过彼此脱离而产生宇宙空间。整个宇宙的膨胀不过是所有物理单位和其中光的波长的收缩。

尽管宇宙的体积有限，但就光波这方面来看，它是无界的，没有中心的。就像一个膨胀的球体表面是没有边界和中心的一样，宇宙膨胀的空间是无界的，没有中心的。但是，就像球面以它以外的一个存在于“第三维”中的点为中心一样，宇宙空间以它以外的一个存在于“第四维”中的点为中心。

高密度的爆炸火云膨胀着，直到有一颗行星那么大，一颗恒星那么大，整个银河系那么大，1 000 万个银河系那么大。随着膨胀，它变得越来越稀薄，不再那么辉煌，不再那么激烈。

眼下，宇宙云膨胀的压力正与其各部分间的依附力互相冲突，让它分裂成了数百万个云团——巨大的星云组成的群落。

有一段时间，它们彼此之间的距离相对于其体积相当紧密，就像斑驳天空中的那些絮凝物一样。但它们之间的通道在拉宽，直到它们彼此分离，相隔开来，像灌木丛中的花，像蜂群里的蜜蜂，像迁徙中的候鸟，像在海上的船只。它们越来越快地互相远离；与此同时，每片星云都在收缩，先是个向内收缩的球，然后是一个旋转的透镜，最后成了样式独特的星流旋涡。

宇宙仍在膨胀，直到彼此相距最远的星系之间分离的速度快到宇宙间的微光再也无法越过它们之间的鸿沟。

但我，在我思维中的视野里，仍然能看到它们的全部。就好像是另有一些超越宇宙的瞬间抵达的光，从宇宙空间的不知什么地方发出，照亮了内心的一切。

我再度观察，在这种新的、寒冷的、犀利的光线下，观察各个星辰、各个世界、各个银河社群所有的一切生命，以及我自己，直观察到我所在其中的这一刻，面对着人们称之为上帝的，依据他们人类的渴望所编织的无垠形象。[1]

1. 下文继续描述“创星者”给“我”的印象，以及“上帝”给人的印象对照。引文至此结束。

美国的吸引力

根据 I. F. 克拉克的研究，第二次世界大战结束了“未来小说”在英国的出版热潮。出版书籍的数量从 1934 年和 1935 年每年近 30 本的高峰，到 1938 年和 1939 年略多于 15 本，骤降至 1940 年的 5 本。除了 1943 年短暂恢复到 11 本，直到 1947 年都一直保持在这一水平。

英国的科幻和奇幻杂志在 1937 年和 1938 年开始发行，但《奇谭》杂志仅在 1937 年至 1942 年间发行了 16 期；随着战争的爆发，《幻想》杂志也暂停发行，只在 1946 年至 1947 年间短暂复苏。即使是那些出版了的小说，也赚不到多少钱。投身科幻是作为业余爱好，而不是为了赚钱。在这一点上英国作家与美国作家一样，甚至更甚。

可以肯定的是，科幻小说类书籍在美国的出版状况甚至不如英国。在 1938 年至 1939 年间，只有埃德加·赖斯·巴勒斯出版了他的科幻冒险小说，赫胥黎和斯台普顿偶尔出版一些非类型化的作品，还有一些主流出版商尝试少量出版科幻小说。除此之外，1926 年至 1945 年间就没有科幻小说书籍出版了。但科幻杂志的发行量却急剧增加，从1938年初的4本上升到1940年的18本。即使1941年末美国参战，分散了不少编辑和作者的精力，杂志发行量有所下降，但发表作品的机会还是很多。稿酬从每个单词半美分到一美分不等，有时甚至按照作者的定价来支付稿酬。

这一时期，正如约翰·拉塞尔·费恩在写给威廉·F. 坦普尔的信中说到的："这下我们英国佬受欢迎了，不是吗？"对此，迈克·阿什利补充道："毫无疑问，任何英国作家，所有英国作家，都能席卷美国。"包括埃里克·弗兰克·拉塞尔和约翰·温德姆在内的许多作家也确实做到了这一点。对英国科幻小说史来说更重要的一点，可能在于英国作家迫于出版环境，不得不依赖美国杂志，并使他们的小说符合美国人的口味。英国的教育和文学传统塑造了他们的写作技巧，但在很多情况下他们的作品都是以美国消费市场为目标。

规模更大、稿酬更高的美国市场也吸引了那些不在科幻杂志上发表作品的作家。在20世纪30年代和40年代初，像《科利尔》《星期六晚邮报》《美国人》《时尚先生》《大西洋》《哈泼斯》这样的大众杂志和所有的女性杂志都发表了大量科幻小说和非小说类的科幻作品，稿酬丰厚。图书市场也欢迎没有纸浆杂志那些坏毛病的幻想类作品。

约翰·科利尔就是一位被美国市场所吸引的英国作家，他的作品有优雅的幻想，有悬疑，也有恐怖故事。他的很多作品都短小精悍，发表在《纽约客》这样的顶级杂志上。他像许多其他作家一样搬到了美国，并在好莱坞做了多年编剧，创作了《非洲女王号》等剧本。他的许多小说都因为其理性的风格而被认为具有科幻小说的特征，他还写了一部后灾难科幻小说《汤姆冷着呢》。他的后辈中出现了一个与之风格相近的作家罗尔德·达尔。他一生的大部分时间都在美国度过，但始终保持着奇异怪诞的风格特征。

亨利·菲茨杰拉德·赫德（Henry FitzGerald Heard）没有他们有名，但比他们更贴近科幻小说传统。他用 H. F. 赫德和杰拉德·赫德的名字进行写作。根据一本参考书的说法，他用字母缩写名发表神秘小说和怪诞小说，用“杰拉德”发表其他作品，其中大部分是关于哲学、宗教和他所信奉的吠檀多崇拜[1]的非虚构作品。

赫德在剑桥大学获得历史学学位，并在毕业后从事了一段时间的哲学研究工作。此后他先后参加爱尔兰和英格兰的农业合作运动，在牛津大学讲学，在英国广播公司（BBC）担任了 5 年的科学评论员，并于 1937 年移居美国。他写了 4 部长篇神秘小说，但只写了两部长篇科学幻想小说：《二重身》（*Doppelgangers*, 1948）和《黑狐》（*The Black Fox*, 1950）。他对科幻小说的贡献主要是短篇小说，他偶尔把这些作品投向科幻市场，发表在原作选集和《奇幻与科幻杂志》之类的地方，但大多数情况下还是投给印刷精美的一流杂志或编入他自己的小说集——《大雾和其他怪诞故事》（1944）和《迷失洞窟及其他奇幻故事》（1948）。《大雾》（“The Great Fog”）着重挖掘人性，是对“令人惬意的”英国式灾难[2]传统的回归。

赫德去世时住在南加州，他是科学哲学家中活得最久的一位。这类学者曾包括萧伯纳、罗素、朱利安·赫胥黎和阿道斯·赫胥黎，他们都偶尔写过点科幻小说。

（陈立群　译）

1. 吠檀多意为“吠陀的终极”，是被视为印度教正统的六个哲学宗派之一，也是影响最大的一派。《吠陀》经典即此派的理论根据。

2. “令人惬意的灾难”（cosy catastrophe）是后灾难式科幻小说的一种类型，在二战后的英国科幻作家中十分流行。“令人惬意的灾难”通常是指文明走向终结，大部分人都被杀死，只有主要人物得以幸存，并从先前的文明约束中解脱出来。这个词最初由布赖恩·奥尔迪斯在《万亿年狂欢：西方科幻小说史》中创造的，用于评论英国作家约翰·温德姆和他的小说《三尖树时代》——尽管社会崩溃了，小说的主人公却能过着相对舒适的生活，几乎没有太多的困难和危险。

大雾

H. F. 赫德

最初的症候是一种霉菌。

很少有人仔细研究过这种“霉菌”；事实上，只有一个专门分支的植物学家才知道它们。而且除了极少数的情况，关于这类霉菌的知识也并没有多大用。这类缓慢增长的物种有时会侵袭重要的经济作物，然后农民就会把那些毕生都在研究这些孢子植物的真菌学家请来。这些植物学家有时能找到另一种霉菌把这种霉菌吃掉，这样问题就解决了，被稍稍扰动的生态平衡恢复了正常。这并不是一个大众会普遍关注的问题。

这次的霉菌似乎并不特别重要，显然它不会对附着的树木造成任何伤害。实际上大多数果农从未注意到它的存在，也没有人请植物学家来研究，是植物学家自己发现了它。这种霉菌只是孢子植物的一种，生长速度却不同于记载的任何一种。它似乎不会对任何其他生物造成伤害，但它自身的繁殖速度惊人。它不是一种新植物，而是具有某种新的增长机能的植物。

正是这个事实让植物学家，更准确地说是植物学家专门的那一分支——真菌学家，感到十分困惑。因此他们最后请来了气象学家。

正如那些被病情难住的医生一样，他们去寻求“替代性的观点”。真菌学家选择气象学家来咨询的原因是这样的：我们知道出现了一种霉菌，其生长速度比已知的任何霉菌都要快。它在那些曾被认为无法生长的地方都十分茂盛。但无论霉菌本身，还是它所附着的植物，似乎都没有发生植物学上的变化。因此原因一定是气候——只有天气变化才能解释前所未有的增长。

气象学家们认为这个观点很有道理。他们立刻对此产生了兴趣。他们说，首先不能把这种霉菌当作一种植物，而应该把它们当作一种机器，一种指示物种。“你知道吗，”气象学家瑟森对植物学家查尔斯说（他们在研究期间是同事），“天文学家有一种叫作热电偶[1]的仪器，它能测出火星赤道地区的夏季气温变化。嗯，这是我做的一个小玩意。它对潮湿的灵敏度几乎跟热电偶对热度的敏感度是一样的。”

瑟森花了一点时间把它组装起来，然后，按他的话来说，对它进行“校准”。“我们先找到正常湿度，然后再看某个特定位置的湿度超出了多少。”他继续摆弄了好长时间，比查尔斯想象的一个专家操作自己发明的小玩意需要的时间要长得多。瑟森显然很困惑，过了一会儿他承认了这一点。

“奇怪，真奇怪。”瑟森说道，“我当然知道霉菌周围显示的湿度会很高。就像你说的，不高的话霉菌就不会长在这儿了，因为霉菌只会长在极度潮湿的地方。但你看这里，”他一边说，一边指着标度尺上一个很大的数字旁边颤抖着的指针，“这是霉菌周围的湿度——就算很高，我们也预料到了。这并不令人惊讶，让人惊讶的是这里。”他把三脚架上的设备向上摇，大概到霉菌上方超过一英尺的地方。据查尔斯所知，因为他们正在研究的这棵树刚被侵袭不久，树

1. 一种被广泛应用的温度传感器。它价格低廉、易于更换，且有标准接口，具有很大的温度量程。主要的局限是精度，小于 1℃的系统误差通常较难达到。

上只有这一株霉菌。

查尔斯看着那指针。它仍在之前显示的那个很大的数字周围摆动。“嗯？”他问道。

“你没有看到吗？”瑟森急切地说，“这种奇怪的高湿度不仅出现在霉菌周围，还出现在霉菌上方超过一英尺的地方。”

“我看不出这有多大意义。”

“我看到了两件事，”瑟森厉声说，“一件很奇怪，另一件非常奇怪。第一件事任何眼睛不瞎的人都能看到。另一件也许太重大了，只有能退一步的人才能看到全貌。”

“请原谅我的愚笨，”查尔斯说，他是个说话温和但思想保守的小个子，“我们植物学家的视野都很狭隘。”

“对不起，我太暴躁了。”瑟森道了歉，“不过我想你已经猜到，我吓了一跳。我有一种奇怪的感觉，觉得我们正在经历一件大事，是的，而且这件事正进展得非常快速。第一件怪事并不完全令人惊讶，那是你们植物学家向我们展示的——这东西可以说是一种气象仪，它比我们能制造的任何气象仪都更精密、更准确。可能我们一直都在期待这样的发现。毕竟，生物总是最灵敏的指示物——只要它们愿意，它们总是比机械仪器强。你知道就像种子繁殖时会产生有丝分裂射线，这些射线只能被酵母细胞记录下来——当酵母细胞暴露在射线下时，它们会迅速繁殖，从而指示出有丝分裂射线的范围和强度[1]。”

---

1. 有丝分裂射线是科学史上有名的一段公案，这个概念最初由俄罗斯生物学家亚历山大·古维兹在1923年提出，他认为生物在进行细胞分裂时，会发出一种极其微弱的射线，他称之为“有丝分裂射线”。他先后用洋葱、酵母和细菌进行实验，提出细胞分裂时能发射出一种射线，刺激其他细胞的分裂。消息传开后，各国科学家纷纷重复该实验。但是，在试图重复古维兹实验的人中，约有一半的人没能发现有此现象。到了1935年，研究有丝分裂射线的论文已多达约500篇。同年《美国光学学会杂志》发表的一篇综述指出，这些论文的大多数要么是错误的，要么是相互矛盾的，要想证明有丝分裂射线的确存在，需要有更令人信服的证据。1960年，苏联也有科学家发表综述，认为有丝分裂射线的存在已被完全否定，应该终止这方面的研究。之后西方主流学术界对有丝分裂射线的研究基本销声匿迹。

“哼。”查尔斯说。瑟森举的例子很不好，因为查尔斯跟大多数保守的植物学家一样，觉得有丝分裂射线只不过是一种臆想。

瑟森又恼火起来，接着说：“好吧，不管你相不相信，我还是坚持我的观点，这种霉菌是一种超级探测器。它们对湿度增长的感知远早于我们的所有仪器。证据表明气候已经发生了变化。这种霉菌是第一个发现并从中获益的。我预测它很快就会遍及全世界。”

“那你的第二个发现，或者说猜测呢？”查尔斯不喜欢预测。这些气象学家真是的，他想，他们毕竟不是真正的科学家，所以大概也不能怪他们喜欢预测——预测是相当不科学的。

查尔斯是个彬彬有礼的人，但瑟森很敏感。“好吧，”他戒备地说，“那只是猜测。”但他在收拾仪器的时候心里还是在想，如果这确实是真的，那可能意味着一场巨变——植物学将被颠覆，气象学也会变成神秘学——这个内心的小玩笑消除了他的怒气。当他们回到总部时，他和查尔斯又非常友好了。他们同意联合写一份严格遵循事实的报告。

同时，各地的植物学家都在观察和记录霉菌的蔓延。他们不久就发现了规律：霉菌是从一个中心点向外扩散的，就像把石头扔进湖里产生巨大的涟漪一样向外蔓延。这个中心无疑位于东欧。西班牙、英国和北非显示出同样高的扩展速度，而法国的蔓延速度甚至更快，北美和南美可观测的蔓延速度也一样。大西洋沿岸诸多地区的灌木和树丛都受到了侵袭。太平洋沿岸受侵袭的比例稍低，但全球各地的受侵袭数量都在增长。美国、印度以及非洲，在这个广阔而又不断扩大的扩散圈里的每一个地区，霉菌都在飞速蔓延。

瑟森独自对霉菌本身和每棵植物周围的“湿度场”进行持续研究。紧接着他进行了一系列计算，包括霉菌飞快的扩散速度、平均每棵植物被侵染的霉菌数量的增加，推算出它们必然会带来的湿度水平。然后经过反复检查，他终于准备好在植物学家和气象研究员的联合大会上宣读他的论文并做出结论。

就在瑟森走上讲台前，他转身对查尔斯说："我已经准备好了承担一切后果，因为我相信我们现在要面对的事件会让科学尊严尽失。我们得勇敢起来，公诸于众。"

"这很严肃。"查尔斯谨慎地说，"非常严肃。"瑟森说着，登上了讲坛的台阶。

他上台后，观众也变得严肃起来，有那么一会儿他们变得和他一样严肃了。他先展示了一张世界地图，上面标注了霉菌目前的覆盖范围，并用日期标注了范围拓展的圈层；地图上同时还显示了几个月后，扩散的两个方向将要会合的位置。不久之后，全世界几乎所有的树木和灌木都将被侵袭，当然，每棵树和灌木上的霉菌数量也会增加。这个结论十分新奇有趣，但大众并不十分关心。这些霉菌对宿主树木和动物仍然是无害的——事实上一些昆虫似乎很享受这些植物的变化。到目前为止，由于该变化仅限于霉菌的繁殖力方面，因此并没有引起人们的担忧，更不需要进行预警。这些霉菌只是先于其他物种，成为某种难以察觉的气候变化的第一批受益者。那么自然可以预期，之后昆虫、宿主植物或一些其他类型的霉菌也会陆续反应过来，并重新调整适应扰动的自然平衡。

不过这只是瑟森演讲的第一部分。在说到"自然平衡"时，他停下了。他的视线离开了演示霉菌生长的世界地图，朝着另外一组统计图表看了一会儿；然后他似乎改变了主意，按下了心中的警铃。灯光熄灭了，立体投影仪的光束穿过黑暗的大厅。被照亮的投影屏幕上是一棵树，树的枝干上标注了许多红色十字。每个红十字都被一个大圆圈包围着，圆圈很大，以至于已经有一些相互交叠在了一起。

“先生们，”瑟森说，“这才是真正重要的发现。可能迄今为止我不愿将它公诸于众的想法并不明智。你们已经知道霉菌在扩散。你们也已经知道它对某种难以察觉的天气变化尤其敏感。现在你们必须知道关于它的第三个事实——它是一种气候创造者。毫不夸张地说，它能够创造出属于自己的气候。

“我已经证明，在这里的每个圆圈范围内，霉菌都会创造出自己独特的气候——一种高得出奇且极其稳定的湿度，而且我敢肯定圆圈的范围在扩大。根据我所准备的统计资料和我现在所呈现的内容，我相信已经没有其他可能的结论了。还有一点需要补充：我认为我们能够认识到发生这种情况的原因。到底是什么触发了这一前所未有的变局，现在已经很清楚。我们已经点燃了引发爆炸的火星。毫无疑问，霉菌最初开始增长是因为湿度发生了轻微变化。但现在这——该怎么说呢——正在发生的是协同作用。霉菌正在使湿度增加。

“近几年里，大气湿度可能出现过周期性的小幅上升。就其本身而言，这本不会对我们的生活产生任何影响，并且确实会在不知不觉中过去。但就在这种气象发生的时期，欧洲科学家成功培养出了一种生长迅速并能产生脂肪的新型霉菌。这也许是一次最了不起的战争行动，也许是一种最强大的新型防御武器——用来对付其他人类，但是，在我们所居住的充满人类的世界里，这种霉菌可能非常危险，就像在充满沼气的矿井里的一团明火。因为，容我提醒各位，霉菌通过孢子进行繁殖，而真菌是最强大的生命形式。它不停地繁殖，且能够在任何其他生命形式都无法忍受的条件下生长。如果对孢子生物漫不经心，你随时都可能触发它释放出巨大的能量，与之相比炸药也不过是潮湿的哑炮。我认为现在人类所做的事情正是如此——把魔鬼从瓶子里放了出来。我们可能会发现自己在它面前完全无能为力。”

瑟森停了下来，灯亮了。查尔斯博士站起身，被大会主席注意到了。查尔斯博士恳请代表植物界阐述自己的观点，他希望媒体和公众不要把瑟森博士的夸张言论看得那么严重。瑟森博士讲的是植物学问题。查尔斯博士希望大家明白，他和他的同事对这种霉菌进行了长期观察。他可以明确声明它并不危险。

瑟森没有离开讲台。他大步走回演讲坛，大声说：“我不是以植物学家的身份，而是以气象学家的身份来发言的！我将我所确信的东西呈现给你们——生态平衡已经被打乱！你们想当然地认为生态平衡不过存在于生物之间、动物之间，还有植物之间！你们请来气象学家是正确的，但如果你们不能理解气象学家所说的，那就什么用也没有！”

听众们感到自己受到了冒犯，在座位上骚动起来。如此紧张一点儿也不科学。况且查尔斯不是已经说了没有什么危险吗？这位怪客现在还在说什么呢？

“不仅是我，每个气象学家都知道，这种自然平衡比你们以为的要宏大得多，也精细得多。所有生命都要与其环境实现相互平衡。飓风出现的时候，气候会发生变化，冰川期可能就产生自外行无法注意到的微小气候变化。我们的大气是一张神奇的纱网，我们在它的庇护下生存。大气的状态极其精妙。正确的——准确来说，是错误的——催化剂能让整个过程突然进入另一种完全不同的状态，这对人类来说可能是极度危险的。一直以来，大自然保持了惊人的平衡力才让人类得以生存。请注意，我们所打破的就是这种平衡。”

他仔细观察了他的听众。他们坐在那里，自信而镇定，只是觉得这位过激的同事表现得太不科学，几乎到了歇斯底里的程度，这让他们有点儿烦乱。瑟森突然感到强烈的失望，他意识到想要引起这些学术专家的重视是不可能的。恰恰正是他们耐心地、坚持不懈地、勇往直前地做着的工作，给生态平衡带来了灾难性的变化。他们从来没有问过——也从来没有想过要问——他们所挖掘的变化的趋势和最终结果是什么。瑟森低头看着台下一排排圆乎乎的脸和暗淡的象牙色脑袋，想到，我们不过是另一种白蚁。我们试图把所有东西都变成“消耗品”，直到我们周围的一切都分崩离析。

他离开了演讲坛，礼貌地表示了感谢，然后回家了。一周后，那些邀请他的植物学家们甚至已经不再谈论他那些奇怪的举动了。几乎再没有其他人听过他的演讲。

第一次关于灾难的报告——更确切地说，是小道消息（因为这样的自然历史报道太微不足道，根本进不了竞争激烈的报纸版面）——来自深山谷里的果农。当地狱般炎热干燥的因皮里尔河谷[1]也传出同样的消息时，果农们开始议论纷纷。开始的时候它在夜间出现，白天消失，所以看上去不过是一种奇怪的、无关紧要的局部现象。但如果你在满月的时候出去，你确实会看到奇怪的景象。每棵树的周边似乎都有一层闪光的外壳，一层薄薄的白色云雾，像是把自己包裹起来的银色保护罩。

当然，不久以后枣农们也开始叫嚷了。枣树不喜欢潮湿——悬浮在每棵枣树周围的银色保护罩都像是一个蒸汽浴室。但所有其他农民都认为，枣农们本来就是要遭殃的，因为当科罗拉多新的水源灌溉计划完成时，他们无论如何都会大受损失。山谷一旦变成绿洲，湿度的增加会不可避免地破坏他们的庄稼。

植物学家们不想再研究这件事了。从植物学的角度看，它并没有什么意思。调查已经正式结束。但越来越多的其他现象持续不断地吸引着人们的注意。

---

1. 位于北美洲科罗拉多沙漠灌溉地区。当地属于炎热的沙漠气候，气温日差较大。

湿度似乎达到了一个饱和点，一种新的雾气产生了。现在白天都能看到每棵树木和灌木周围的云雾，有时候它们会伸出像触角一样的缕缕白雾，与从周围树木上蔓延上升的雾融合在一起。瑟森已经辞去了公务，持续跟踪记录。他记录了那个关键的夜晚，带着一种冷酷的预言家式的喜悦，他看到自己的预言在眼前应验了。如今，他最后的记录已经日渐霉烂，他的曾孙们只能勉强辨认出其中的内容。

他写道："我站在索尔顿湖[1]南侧的一块岩壁上。一轮满月从我身后升起，照亮了整个山谷。我能看见果园在闪闪发光，每棵树都被云雾缭绕，像一粒粒树型的巨大水珠。然后就在我向下看时，一股白色洪流如大潮般淹没了一切。这些水珠互相融合，直到我眼前出现一片浓密的乳白色海洋，它比一般的雾要浓得多。月亮高悬夜空，照在大雾上，它看起来是如此的坚固、美丽、寂静。又一场大洪水，我对自己说，我不能问谁是对的吗？我不是预言了它的到来吗？我不是说这是人类自己造成的吗？"

当然，事实证明瑟森是对的。因为那个不眠之夜过后的早晨，当太阳升起的时候，大雾并没有消散。它没有受到任何干扰，均匀稳定，像被雪覆盖的冰一样白得耀眼，把照在它上面的每一缕光热都反射回了空中。它表面之上的空气如水晶般清澈。山谷被一种看上去坚实得能在上面行走的物质淹没了。这种变化显然非常彻底，因为它是双向的、急剧的交换过程。所有的湿气都聚集到水面般清晰的雾面之下。与之相反，大雾上方空气中的所有云、雾和水汽显然都被这种新的、稠密的大气抽干了。就好像旧的大气层是牛奶，而霉菌是凝乳酶，在它的作用下，牛奶只剩下稠密的凝乳和透明的乳清。大雾上的天空与其说是最深的蓝，不如说几乎是灰黑色。天

1. 位于美国加州沙漠地区的咸水湖。

空中的太阳是极度刺眼的白色，大多数较亮的星星整个白天都能看到。所以大雾之外是极度的寒冷。到了晚上更是冷得令人难以忍受。在那寒冷的空气下，大雾厚实而紧密，像一层飘落冻结的雪。

在雾面之下，情况就更奇怪了。进入其间就像突然进入黑夜。所有的灯都要整天开着，但即便如此也没有多大用处。就像在以前的浓雾中一样，光线无法穿透空气，但现在比过去更糟。比如，汽车前照灯的光线形成了一个 3 英尺长的锥形，光锥底部看起来像一个投在不透明白色屏幕上的圆形光斑。汽车在大雾中可以行驶，但只能以步行速度缓慢前进——否则就会不断撞到东西。事物会突然闪现在眼前，人们只能摸索前行——在这个世界生活，就像高度近视的人丢了眼镜一样。

当然，人们不久就开始惊慌地意识到了大雾对庄稼和花园、对房屋和物品的影响。再没有什么干燥的东西了。虽然东西不会湿透，但只要是能吸水的东西，就完全是潮湿的。纸张发霉，木头腐烂，铁制品生锈。但混凝土、玻璃、陶器、所有的石器和陶瓷制品都没受影响。至于衣服，只要穿的人能忍受一直潮湿，也完全还能穿。

对于先受到侵袭的地区，人们的第一个想法自然是搬出去。但大雾也在移动。每天夜里都会有大型山谷突然被大雾“降临”。每棵树周围的雾气都会向外翻腾，与周围的同伴汇合，形成一道坚实的防线。从那以后，每一个被雾气淹没的山谷，每一个被雾气笼罩的湖泊，都与周围的雾谷和雾湖连成一片，然后这些湖泊的水位就会升高。与常见的顺序相反，目前为止被淹没的大片地区并非低地，反而主要都是山区。山脉变成了一串串的岛屿，从覆盖整个地球表面高达 6 000 英尺的闪耀海洋中浮现出来。

所有对空中飞行的希望都破灭了。在大雾内部，能见度很低，飞行当然是不可能的。在大雾之上，地球的边缘——地平线清晰可见，没有一丝云雾，似乎近得用手就能触摸到。在大雾上方，视觉上的远近似乎是一样的。即便人类能够在那种稀薄的空气和“无遮挡”的光照下生存，也没有一架飞机能够维持飞行。

海上航行更是几乎行不通。的确，海面静静地躺在浓雾层下，像 1 000 英寻[1]以下的海水一样平静。但在那片毫无波澜、平淡无奇、如沙漠般静止的油腻水面上，即便在距离海岸只有几码远的地方，航海员也会彻底迷路。太阳和星星再也不会出现在海上为船只引路。因此，人类很快就放弃了除紧邻海岸线的浅滩以外的大海。即便人们能在海上找到航路，也不可能航行了。海上没有一丝风可以吹起船帆，而各种蒸汽船或汽艇冒出的烟雾会滞留在整艘船的周围，使船员几乎窒息。

向上迁移的路线也被切断了。当大雾稳定在 6 000 英尺的厚度，想要在其上面生存是不可能的。即使大雾之上的有限空间能够为逃亡人口提供立足之地，也无法为他们提供食物，那个方向并没有什么希望。因为如今大雾上方过于寒冷，任何植物都无法生长。而且，那些冒险到外面的人让人们意识到了更糟糕的问题：空气稀薄得无法呼吸，也无法屏蔽来自太阳和外太空的强烈紫外线辐射。在这种情况下，即使是短时间的暴露都是致命的。

在 6 000 英尺以上的地方，繁星不再闪烁，太阳苍白而耀眼，少数高山和高原像骨架上的一根根肋骨，荒凉而憔悴。经过几次对那片开阔空间的探索，人们意识到他们必须满足于雾面之下的生活，像一种新的鱼类一样生存。人们不得不在大雾之下的池塘底部摸索前行，而这个池塘从此就是他们的整个世界。这可能是一种乏味而受限制的生活方式，但大雾之上就是死亡。一些探险者回来了，离

1. 常用于海洋测量的长度单位，1 英寻为 6 英尺，约 1.828 8 米。

开水的鱼如果很快放回水中是可能活下来的，但每一个到大雾之上的探险者都会受到严重的伤害。高强度的 X 射线灼伤会在几天后产生病变和溃疡。在那之后，就算那个可怜人的神经系统没有崩溃，他的身体也会开始崩溃。

雾层之下，人们痛苦而笨拙地摸索着新的生活方式。人们当然对这种情况毫无准备，因此代价也是巨大的。所有易患风湿病和肺结核的人都相继死去，少数强壮的人活了下来。人类的聪明足够把高悬头顶的大气层盖拉下来，但再也没能学会如何把像蓝色天空的穹窿那样高、那样宽广、那样怡人的东西重新盖起来。最后的沉淀将空气分离，走向终极的熵变，再也不能逆转。人类可以继续生存，但代价是在被厚厚的沉降空气包裹着的大地上度过余生。对人类来说，即使能够自由地生活，也有能力行得快、看得远，但试图“举起空气”可实在是太难了。现在人类被自己造成的灾难压得喘不过气来，甚至都没有机会开始计划如此庞大的重建工程。

于是，人类的工作变成了使蛰伏变得好过一点。而且在一定范围内，这并不是完全不可能的。是的，人类对速度、旅行、见多识广的热情确实不得不被放弃。他们刚刚开始觉得飞行是很自然的事，现在却被困在甚至不能轻松步行而只能爬行的范围内，过着节奏最慢的生活。当然，很多人在黑暗来临时的第一次混乱中就死去了。后来，湿度和光线的永久变化又带走了其他数百万无法适应的人。但一段时间后，不仅是人的身体，他们的眼睛也适应了这种永恒的昏暗。人们开始意识到这种昏暗并不是漆黑一片。渐渐地，越来越多的人学会了不用灯就能到处走动。他们发现，培养这种“夜视”能力确实让他们看得更清楚，肉眼的这种能力在远古时代就已经存在，只不过长久以来被自认为是万物之主的人类所忽视。还有一种微弱的磷光对他们也有很大帮助，这种“冷光”（也可能是另一种霉菌突变）会在大多数没有被碰触的物品表面出现，从而勾勒出微弱的、幽灵般的光亮轮廓。

因此，随着人们逐渐习惯这种四处分散的生活，他们发现自己拥有的东西已经足够。战争消失了，大规模的社会出血停止了。货币失灵了，所以对货物交换的束缚也消失了。人们只是浪费不掉他们所拥有的东西，然后就发现自己拥有的东西比想象的多得多。其中的一个原因是，为了涨价而囤积的任何东西都不再有价值——真正的、可食用的、可穿戴的东西——它们都会腐烂。在这个新的黑暗时代，古老的中世纪墓志铭证实了其正确性："我拥有我花掉的，我失去我积攒的。"总之，生活空间变小了，生活变得更直接、更真实了。这是人们从未料想到的。许多过去被认为是必需品的东西变得没用了。汽车？以每小时 4 英里的速度长途出行是不可能的（而且大多数情况汽车也达不到这个速度）。收音机？它们只会发出无意义的声响，要么是因为防潮做得不够，要么是因为电信号环境——上层大气的无线电共振层已经完全变质了。对于所有试图重建无线通信系统的举动，哀号的静电干扰是唯一的回应。

那是一个建筑低矮、房屋狭小的步行世界。连马都显得过于活跃了，它们在大雾中比人更看不清。至于房子，除了前门几乎看不到其他部分。人们很少使用金属——冶炼可是件麻烦事，烟气很难散去，几乎会使方圆几英里内的人都窒息而死。并且，钢铁制品一生产出来，就会立刻开始生锈。取而代之的是玻璃刀，它们非常锋利。在成千上万年的忽视之后，人类又学会了如何剥刻燧石、水晶和所有的硅石，把它们做成各种灵巧、锋利的工具。

至于人类最基本的需求——那种曾引发了所有囤积行为的欲望，对储藏食物的动物性渴望，自文明诞生以来，让人将粮仓建得像堡垒那么大的恐惧。这种需要，这种恐惧，已经被大雾的另一种奇怪的副产品植物给消灭了。奇怪的大雾气候使食用菌生长起来。那是一种天赐之物。如果把它们储藏起来，它们就会腐烂。但它们在任何地方都能大量自然地生长。它们实际上已经取代了青草——只要曾经能长草的地方，食用菌就会长出来。它们生吃时，味道可口，营养丰富，比煮熟后更美味、更健康（这本身就是一种恩赐，因为所有的火几乎都烧不起来，而浓密空气中的任何烟雾都让人难受）。人类就像鱼一样，生活在一种昏暗但丰饶富足的环境中。

大雾中的平均温度正好是华氏 67 度，这显然是来自某种基本平衡，就像一定深度以下的海水始终保持在华氏 36 度，仅高于冰点 4 度的那种平衡一样。于是人类再也不会感到冷了。

人们大部分时间都待在家里，或在他们的居民点附近。为什么要到处走动呢？门口就有你所需要的一切。没有什么可以看的——你的视野永远局限在 4 英尺范围内。试图占领别人的领土也没有什么用。每个人拥有的都一样，每个人拥有的都足够。

艺术也发生了变化。实体艺术消失了，于是取而代之的是一种更纯粹，但无法收藏的艺术。书本无法保存，因此人类的记忆力大大增强了，人们把书籍装在头脑中——这是一种更便宜、更方便的方式。结果不断引用权威作品的情况消失了，学术准确性的问题也消失了。一个新的史诗时代由此诞生。人们在昏暗中创作，即兴演唱，共同谱写伟大的叙事诗、传奇故事、大合唱，这些作品像参天大树一样，一代又一代地生长、开花、结果、长出新枝。原始的吟游诗回归了，它随之又与它萌芽时代的兄弟——音乐结合在一起。木管乐器和弦乐器都因潮湿而损坏。但类似原始文化使用的石制乐器又出现了，发出优美纯净的音调。由玉和大理石制成的笛子、清亮的锣、晶莹的打击乐器组成的交响乐团出现了。人类像在一望无际的沙海中游牧的阿拉伯人一样，不再有造型艺术，但取而代之的是赞美诗和唱诗这种美妙的声音艺术。因此在阴暗纪元，人的创造力从眼睛转移到了耳朵。阻碍视野的浓雾的确使人的听觉变得灵敏而广阔。人能听到几英里外的声音，人们的耳朵变得像狗一样灵敏。随敏锐而来的是细腻——人们开始欣赏到原来在开阔空间中的旧人类从未感受到的细微音阶。人们主要是为音乐而活，当他们凝视着绘画艺术的最后一点残片时，他们觉得这个交换真不赖。

当变化的冲击已经过去，人类习惯了新的环境时，瑟森的曾孙说："是啊，我想我们已经不再习惯宽阔的视野，不再适合旧人类所生活的广大世界了。让动物般的人类拥有开阔的世界是可以的，但是，一旦人们拥有了力量而缺少远见，他们就必须被关起来，否则就会用枪弹炸毁地球表面的一切。为什么呢？因为当大雾来临时，人们已经住在隧道中了。而隧道之外，前所未有的强大人类，却在成百万地死去，就像昆虫在严寒中死去一样，只不过人类是死于彼此之手。飞机把人们带离了大地，我相信正是这件事让上帝决定我们不再适合自由自在的生活了。我们走得太快，飞得太高，都看不清自己真正在做什么了。于是，上帝让人类相信，他们要做的是从土地中获取食物，那种食物就是食用菌。正如我的曾祖父所看到的，是它直接导致了大气混乱和气象巨变。它确实是一种催化剂，使混合均匀的空气分成像水和空气般不同的两层，而我们曾一直想当然地认为混合均匀的空气是唯一可能存在的大气形式。我们现在更安全。上帝知道这一点，而且由于大雾的治疗（虽然十分严厉），我们已经好多了。

"也许，有一天，当我们学会一切的时候，大雾会散去，将曾经高高的天空还给我们。上帝可能会再一次说：'再试一次，第二次大洪水结束了。走出去，充满大地。这一次，请记住你们是一个整体。'同时，我也感激我们今天所经历的一切。"

（杜阿　译）